# Implacáveis
PRETTY LITTLE LIARS

# Pretty Little Liars

Maldosas
Impecáveis
Perfeitas
Inacreditáveis
Os segredos mais secretos
  das Pretty Little Liars
Perversas
Destruidoras
Impiedosas
Perigosas
Traiçoeiras

# Implacáveis

PRETTY LITTLE LIARS

DE

**SARA SHEPARD**

Tradução
FAL AZEVEDO

**ROCCO**
JOVENS LEITORES

Título original
RUTHLESS
A PRETTY LITTLE LIARS NOVEL
VOL. 10

Copyright © 2011 by Alloy Entertainment e Sara Shepard

Todos os direitos reservados. Nenhuma parte desta obra pode ser reproduzida, ou transmitida por qualquer forma ou meio eletrônico ou mecânico, inclusive fotocópia, gravação ou sistema de armazenagem e recuperação de informação, sem a permissão escrita do editor.

Edição brasileira publicada mediante acordo com a Rights People, Londres.

Direitos para a língua portuguesa reservados
com exclusividade para o Brasil à
EDITORA ROCCO LTDA.
Av. Presidente Wilson, 231 – 8º andar
20030-021 – Rio de Janeiro – RJ
Tel.: (21) 3525-2000 – Fax: (21) 3525-2001
rocco@rocco.com.br
www.rocco.com.br

Printed in Brazil/Impresso no Brasil

preparação de originais
TÁRSIO ABRANCHES

---

CIP-BRASIL. CATALOGAÇÃO NA PUBLICAÇÃO
SINDICATO NACIONAL DOS EDITORES DE LIVROS, RJ

S553i

Shepard, Sara, 1977-
    Implacáveis / Sara Shepard; tradução Fal Azevedo. – [1. ed.] – Rio de Janeiro: Rocco Jovens Leitores, 2014.
    (Pretty Little Liars; v. 10)

Tradução de: Ruthless
ISBN 978-85-7980-181-5

1. Literatura infantojuvenil. 2. Ficção. 3. Suspense. I. Azevedo, Fal, 1971-. II. Título. III. Série.

13-06215                                                          CDD: 028.5
                                                                        CDU: 087.5

---

O texto deste livro obedece às normas do
Acordo Ortográfico da Língua Portuguesa.

Para Farrin, Kari, Christina, Marisa
e o restante da fabulosa equipe da Harper.

*A suspeita sempre persegue a consciência culpada.*

— WILLIAM SHAKESPEARE

## VOCÊ RECEBE O QUE MERECE

Alguma vez você já conseguiu se safar depois de fazer alguma coisa muito, muito errada? Como na vez que ficou com aquele cara bonitinho que trabalha com você na cafeteria e nunca contou para o seu namorado. Ou quando roubou aquela echarpe estampada da sua loja preferida... e os alarmes de segurança não dispararam. Ou quando criou um perfil anônimo no Twitter para postar uma fofoca maldosa sobre a sua melhor amiga... e não disse nada quando ela culpou a nojentinha que senta na frente dela na turma de álgebra III.

No começo, pode parecer sensacional escapar da punição. Mas, conforme o tempo passa, talvez você se sinta esquisita e um pouco enjoada. Você tinha mesmo feito *aquilo*? E se alguém descobrisse? Às vezes a antecipação é ainda pior do que o castigo. A culpa pode comê-la viva.

É provável que você já tenha ouvido mil vezes a expressão *Linda de morrer* e nunca tenha parado para pensar nela, mas quatro garotas lindas de Rosewood eram mesmo lindas de morrer: verdadeiras assassinas. E não foi só isso que fizeram. Os segredos perigosos que carregam as devoram por dentro, bem devagar. E, agora, tem alguém que sabe de tudo.

O carma é uma droga. Especialmente em Rosewood, onde os segredos nunca permanecem enterrados por muito tempo.

Apesar de já serem quase 22:30 de 31 de julho em Rosewood, Pensilvânia, um bucólico subúrbio abastado a pouco mais de trinta quilômetros da Filadélfia, a noite estava abafada, quente demais e infestada de pernilongos. Os gramados impecáveis e bem aparados haviam secado e ficado marrons, e as flores murchavam nos canteiros. O chão estava coberto por uma profusão de folhas secas acumuladas aqui e ali. Sem pressa para nada, os residentes locais relaxavam em suas piscinas de mármore, consumindo quantidades industriais de sorvete artesanal de pêssego de um mercado local de produtos orgânicos que ficava aberto até meia-noite, ou recolhiam-se, prostrados na frente do ar-condicionado, fazendo de conta que era inverno. Aquela era uma das poucas ocasiões no ano em que a cidade não parecia o mais perfeito cartão-postal.

Aria Montgomery estava sentada na varanda dos fundos de sua casa, passando devagarinho um cubo de gelo pelo pescoço e pensando vagamente que deveria ir para a cama. Sua mãe, Ella, também estava ali, com uma taça de vinho pressionada entre os joelhos.

— Não está animada com a viagem para a Islândia? É daqui a alguns dias! — disse Ella.

Aria tentou reunir algum entusiasmo, mas, no fundo, se sentia um pouco estranha. Aria adorava a Islândia — tinha morado lá do oitavo ano do ensino fundamental até o primeiro ano do ensino médio –, mas, desta vez, ela estava voltando para lá com o namorado, Noel Kahn, com o irmão, Mike, e com a antiga amiga Hanna Marin. A última vez que Aria viajara com eles – além das amigas Spencer Hastings e Emily Fields – foi para a Jamaica, durante o recesso de primavera. E algo muito ruim acontecera lá. Algo que Aria jamais poderia esquecer.

Naquele mesmo instante, Hanna Marin estava em seu quarto terminando de fazer suas malas para a viagem à Islândia. Será que um país cheio de vikings esquisitos de pele branca, todos primos uns dos outros, estaria à altura de suas botas de salto alto Elizabeth and James? Desistindo das botas, Hanna jogou um par de alpercatas da Tom's que, ao atingirem o fundo da mala, fizeram emanar do forro um forte cheiro de protetor solar de coco, trazendo à mente dela imagens de uma praia banhada de sol, de penhascos formidáveis e do azul profundo do mar jamaicano. Assim como Aria, Hanna foi levada de volta à terrível viagem que fizera com as antigas melhores amigas. Uma voz dentro da cabeça dela ordenou: *Não pense nisso. Pare de pensar nisso de uma vez por todas.*

No centro de Filadélfia, o calor não estava menos cruel. O ar-condicionado do dormitório do *campus* da Universidade Temple era uma vergonha, e os alunos dos cursos de verão instalavam ventiladores nas janelas de seus quartos ou mergulhavam na fonte que ocupava o centro da praça em frente ao prédio, apesar dos rumores de que calouros e veteranos bêbados urinavam nela com alarmante frequência.

Emily Fields destrancou a porta do quarto onde a irmã estava escondida durante o verão. Largou as chaves em uma caneca sobre o balcão com os dizeres *Natação – Stanford* e arrancou a camiseta suada e cheirando a fritura, a calça preta amassada e o chapéu de pirata que precisava usar no Poseidon, o restaurante cafona de frutos do mar na Penn's Landing onde trabalhava como garçonete. Tudo o que Emily queria era se deitar na cama da irmã e respirar profundamente, mas ela mal havia entrado quando ouviu o barulho de chaves na fechadura e Carolyn apareceu no quarto carregando um monte de livros. Emily não precisava mais esconder a gravidez, mas ainda assim cobriu a barriga nua com a camiseta. Isso não impediu que Carolyn automaticamente baixasse os olhos, enojada, para a barriga arredondada da irmã, e Emily se virou, envergonhada.

Perto do *campus* da Universidade da Pensilvânia, a quase um quilômetro de onde Emily estava, Spencer Hastings se arrastou para uma salinha de interrogatório na central de polícia local. Um filete de suor percorria sua espinha. Quando correu os dedos pelo cabelo louro-escuro, ele pareceu oleoso e embaraçado. Ela fixou o olhar em seu reflexo no vidro da porta, e uma garota exausta, com olhos vazios e opacos e expressão triste, a encarou de volta. Ela parecia uma carcaça imunda. Quando tinha tomado banho pela última vez?

Um policial alto e louro entrou na sala depois de Spencer e, fechando a porta, olhou para ela de um jeito ameaçador.

– Você está no programa de verão da Penn, não é?

Spencer assentiu. Seu medo era de que, se abrisse a boca, começaria a chorar e não pararia mais.

O policial tirou um frasco de comprimidos sem rótulo do bolso e o sacudiu na cara de Spencer.

– Vou perguntar mais uma vez. Isto aqui é seu?

O frasco se transformou em um borrão aos olhos de Spencer. O policial chegou ainda mais perto, e ela pôde sentir o cheiro de perfume Polo. Aquilo a fez lembrar-se, subitamente, de que Jason, o irmão de sua antiga melhor amiga, Alison DiLaurentis, adorava o mesmo perfume quando estava no ensino médio. Ele costumava se encharcar daquilo antes de ir às festas.

— Eca! A sala está *Polo-ída*! — troçava Ali quando Jason entrava no aposento em que elas estavam, arrancando gargalhadas de Spencer e suas antigas melhores amigas Aria, Hanna e Emily.

— Você está achando isso muito divertido, não é? — rosnou o policial. — Posso lhe garantir, você *não* vai achar graça quando tivermos terminado.

Spencer apertou os lábios ao se dar conta de que estava sorrindo.

— Sinto muito — sussurrou ela. Em um momento como aquele, como conseguia pensar sobre sua falecida melhor amiga *Ali*, que na verdade era Courtney, a irmã gêmea secreta de Ali? Logo estaria pensando na *verdadeira* Alison DiLaurentis, de quem ela nunca tinha sido amiga. Depois de deixar o hospital psiquiátrico, a verdadeira Alison DiLaurentis tinha voltado a Rosewood e matado a irmã gêmea, Ian Thomas e Jenna Cavanaugh. Spencer escapara por um triz.

Sem dúvida aquela avalanche de pensamentos aleatórios era resultado do comprimido que tomara havia uma hora e que estava começando a fazer efeito. A mente de Spencer girava a um milhão de quilômetros por minuto. Ela não conseguia fixar o olhar em nada, e suas mãos tremiam. *Você está na onda do Easy A!*, diria a amiga dela, Kelsey, se estivessem no dormitório na Penn em vez de trancadas ali, naquela delegacia encardida, em duas salas separadas de interrogatório. Spencer daria risada ao ouvir essa frase e a golpearia com um caderno, para depois voltar a estudar, na tentativa de acumular nove meses de química avançada III em seu cérebro já entulhado.

Quando ficou claro que Spencer não confessaria nada sobre os comprimidos, o policial suspirou, irritado, e guardou o frasco no bolso de novo.

– Só para seu conhecimento, sua amiga está falando feito um papagaio – disse ele, a voz firme. – Disse que a coisa toda foi ideia sua e que ela fez apenas o que você mandou.

Spencer engasgou.

– Ela disse o quê?

Alguém bateu à porta.

– Não se mova, volto já – grunhiu o policial, deixando a sala.

Spencer avaliou o lugar. As paredes de concreto tinham sido pintadas de verde-vômito. O chão forrado de bege estava todo enfeitado por manchas marrom-amareladas bastante suspeitas, e as luminárias do teto emitiam um zumbido agudo que a deixou com dor de dente. Spencer ouviu passos no corredor e se deixou ficar ali, imóvel, prestando atenção. Será que o policial estava pegando a confissão de Kelsey naquele momento? E o que ela contaria sobre Spencer? Elas não tinham combinado uma história para o caso de serem pegas. As meninas pensavam que *nunca* seriam pegas. Aquele carro de polícia tinha saído do nada...

Spencer fechou os olhos, pensando sobre tudo o que acontecera na última hora. Elas tinham ido comprar comprimidos em South Philly, tentando dar o fora daquele bairro assustador o mais rápido possível. E então ouviram as sirenes soando atrás delas. Spencer temia o que as próximas horas trariam. Os telefonemas para seus pais. Olhares cheios de mágoa. Choro resignado. Ela provavelmente seria expulsa de Rosewood Day e teria que terminar o ensino médio no colégio público de Rosewood. Ou seria mandada para o reformatório. De qualquer forma, uma viagem só de ida para a universidade comunitária estava garantida – ou, pior ainda, uma carreira como montadora de sanduíches no Wawa ou de garota-propaganda nos semáforos da avenida Lancaster, onde, carregando uma placa da União Federal de Crédito de Rosewood, Spencer informaria aos motoristas sobre as novas taxas de hipoteca.

Spencer tocou no seu cartão de identificação plastificado do programa de verão da Universidade da Pensilvânia em seu bolso. Ela pensou em todas as notas que recebera por seus relatórios e testes durante a semana, todos aqueles "*10*" e "*Excelente trabalho!*". As coisas estavam indo tão bem. Ela só precisava terminar o curso de verão com notas excelentes nas quatro disciplinas avançadas que cursava e logo estaria de volta ao topo da pirâmide de notas de Rosewood Day. Ela merecia uma folga depois de todos aqueles problemas horríveis com a Verdadeira Ali. Quanta aflição e azar uma garota precisava aguentar?

Tateando em busca de seu iPhone no bolso do short jeans, Spencer pressionou TELEFONE e digitou o número do celular de Aria. Tocou uma vez, duas...

O iPhone de Aria interrompeu a paz da noite de Rosewood. Ao ver o nome de Spencer na tela, ela se encolheu.

– Alô – atendeu com cautela. Fazia um tempo desde que falara com Spencer. Desde o desentendimento na festa de Noel Kahn.

— Aria! — A voz de Spencer estava tensa como uma corda de violino. — Preciso da sua ajuda. Estou com problemas. Sérios.

Aria abandonou a varanda e, passando pela porta de correr, subiu em silêncio para seu quarto.

— O que aconteceu? Você está bem?

Spencer engoliu em seco.

— Kelsey e eu. Fomos pegas.

— Foram os comprimidos? — Aria estacou no meio da escadaria.

Spencer concordou resmungando.

Aria não disse nada. *Eu avisei você*, pensou ela. *E você me disse uma porção de desaforos.*

Spencer suspirou, imaginando o motivo do silêncio de Aria.

— Olha, desculpa pelo que eu disse na festa do Noel, de verdade. Eu não estava pensando direito e não falei para valer. — Spencer olhou mais uma vez para a janelinha na porta. — Mas isto é sério, Aria. Todo o meu futuro está em jogo. Minha *vida* pode ser arruinada.

Aria massageou a testa.

— Não há nada que eu possa fazer. Não vou criar caso com a polícia, especialmente depois do que houve na Jamaica. Sinto muito. Não posso ajudá-la. — Aria desligou, o coração pesado.

— Aria! — gritou Spencer, mas a tela de seu celular dizia CHAMADA ENCERRADA.

*Inacreditável*. Depois de tudo pelo que tinham passado juntas, como Aria tinha coragem de fazer aquilo com ela?

Alguém tossiu no corredor. Ela olhou para o celular mais uma vez e digitou o número de Emily rapidinho. Ajeitou o aparelho discretamente no ouvido, ouvindo o *triim-triim* da chamada.

– Atende, atende – implorou Spencer.

No quarto de Carolyn, as luzes já estavam apagadas quando o celular de Emily tocou. Emily deu uma olhada no nome de Spencer na tela e foi tomada pelo pânico. Era provável que Spencer quisesse vê-la. Emily sempre alegava cansaço, mas a verdade era que não queria que Spencer e suas outras amigas soubessem da gravidez. A ideia de explicar a situação a deixava apavorada.

Mas, ao ver o nome da amiga na tela, Emily teve uma sensação premonitória estranha. E se Spencer estivesse metida em alguma confusão? Ela parecia assustada e desesperada na última vez em que Emily a tinha visto. Talvez agora precisasse de Emily. Talvez elas pudessem mesmo ajudar uma à outra.

Emily fez menção de atender o celular, mas Carolyn resmungou e se mexeu.

– Você não está mesmo pensando em atender isso, está? *Algumas* pessoas têm aula logo cedo.

Resignada, Emily pressionou IGNORAR e deitou-se novamente, engolindo o choro. Ela sabia que não era fácil para Carolyn permitir que ela ficasse ali – o colchonete ocupava quase todo o chão, Emily estava sempre atrapalhando o esquema de estudos da irmã e, além disso, ela pedira para Carolyn esconder um segredo enorme de seus pais. Ainda assim, Carolyn precisava ser tão cruel?

Spencer desligou sem deixar mensagem. Ainda restava uma pessoa. Selecionou o número de Hanna em sua lista de contatos.

Quando ouviu o celular tocando, Hanna estava fechando o zíper da mala.

— Mike? — Hanna atendeu sem conferir o nome na tela. Durante todo o dia, Mike, seu namorado, ligara para contar curiosidades sobre a Islândia: *Você sabia que há um museu de sexo lá? Nós iremos, com certeza.*

— Hanna — soou a voz de Spencer do outro lado da linha. — Eu preciso de você.

— Você está bem?

Hanna não tivera notícias de Spencer durante todo o verão, desde que a amiga começara um programa de cursos avançados de verão na Penn. A última vez que tinham se visto fora na festa de Noel Kahn. Spencer levara com ela sua amiga Kelsey. Aquela noite tinha sido *estranha*.

Spencer começou a chorar. Ela falava entre soluços desesperados, e Hanna só entendia trechos das frases.

— A polícia... comprimidos... eu ainda tentei me livrar, mas... Estou *muito* ferrada, a não ser que você...

Hanna se levantou e caminhou pelo quarto.

— Devagar. Vamos ver se entendi. Então... você se meteu em uma encrenca? Por causa das drogas?

— É, e eu preciso muito, muito mesmo, da sua ajuda, Hanna. — Spencer segurava o celular com as duas mãos.

— Como é que *eu* posso ajudar? — sussurrou Hanna. Ela se lembrou das duas vezes que tinha ido parar na delegacia pelo roubo de uma pulseira da Tiffany e também por arrasar o carro do menino que namorava na época, Sean. Com certeza Spencer não estava pedindo para Hanna dar uns amassos no policial que a prendeu, como a mãe de Hanna fizera.

— Sabe aquele frasco que ficou com você na festa do Noel ano passado? Ainda está com ele? — perguntou Spencer.

— Hããã, está sim — respondeu Hanna, desconfortável.

— Você precisa levá-los para o *campus* da Penn, Hanna. Vá direto ao dormitório Friedman. Há uma porta nos fundos que está sempre aberta, pode entrar por ali. Vá para o quarto andar, no 413. O quarto tem uma fechadura eletrônica, e a combinação de números para entrar é cinco-nove-dois-zero. Quando entrar, esconda os comprimidos debaixo do travesseiro. Ou em alguma gaveta, sei lá. Escolha um lugar meio escondido, mas que seja fácil de encontrar.

— Espere aí, esse quarto é de quem?

Spencer se encolheu. Esperava que Hanna não fizesse essa pergunta.

— Esse é o quarto da... Kelsey — admitiu Spencer. — *Por favor*, não me julgue, Hanna. Não posso aguentar isso, não agora. Ela vai destruir minha vida. Por favor, plante essas pílulas no quarto de Kelsey e depois telefone para a polícia e diga que todos na universidade sabem que ela é traficante. Você também tem que dizer que ela teve uma porção de problemas no passado e que é uma encrenqueira. Isso vai fazer com que os policiais vasculhem o quarto dela.

— Kelsey *é* mesmo traficante? — perguntou Hanna.

— Ah... não. Acho que não.

— Então, o que está me pedindo é que eu participe de uma armação para jogar sobre Kelsey a culpa por algo que vocês fizeram juntas?

Spencer fechou os olhos.

— Eu juro que Kelsey está neste exato momento em uma sala de interrogatório me culpando por tudo o que aconteceu. E eu preciso sair dessa, Hanna.

— Mas em dois dias eu viajo para a Islândia! — protestou Hanna. — Gostaria de não estar na lista de "Procurados" quando passar pela alfândega.

— Mas nada vai acontecer com você! — garantiu Spencer. — Eu prometo. E... pense sobre a Jamaica. Pense na péssima situação em que *todas* nós estaríamos se não tivéssemos ajudado umas às outras.

O coração de Hanna disparou. Ela tentara com todas as forças apagar tudo o que acontecera na Jamaica de sua mente, evitando suas amigas pelo restante do ano letivo para não ter que reviver nem falar das coisas horrorosas que viveram juntas. Tinha acontecido a mesma coisa com as quatro meninas depois que outra amiga delas, Alison DiLaurentis — Courtney, na verdade, a irmã gêmea secreta de Ali —, desaparecera no último dia de aula do sétimo ano. As tragédias podem unir as amigas, às vezes. E, às vezes, não.

Spencer precisava dela, como Hanna precisara das amigas na viagem à Jamaica. Elas tinham salvado a vida de Hanna. Por isso, Hanna se levantou e colocou um par de Havaianas nos pés.

— Tudo bem — sussurrou Hanna. — Vou fazer o que pediu.

— *Obrigada* — disse Spencer. Ao desligar, o alívio a cobriu como uma chuva fresca.

A porta foi aberta de repente, e por pouco o celular não escorregou da mão de Spencer. O mesmo policial durão entrou. Quando ele viu o celular de Spencer, ficou com o rosto vermelho.

— O que você pensa que está fazendo com um celular?

Spencer colocou o celular sobre a mesa.

— Ninguém me disse que não era permitido.

Apanhando o celular de cima da mesa, o policial o colocou no bolso. Em seguida, agarrou Spencer pelo pulso e fez com que ela levantasse.

— Venha comigo.

— Para onde?

O policial arrastou Spencer para o corredor. O lugar cheirava a comida velha.

— Vamos ter uma conversinha.

— Eu já disse, não sei de nada! — protestou Spencer. — O que foi que Kelsey disse?

O policial sorriu.

— Vamos ver se as histórias de vocês duas batem.

Tensa, Spencer podia ver a nova amiga sentada em uma sala de interrogatório, cuidando do próprio futuro enquanto destruía o de Spencer. Então, pensou em Hanna assumindo o volante de seu carro e programando o GPS para o *campus* da universidade. A ideia de jogar toda a culpa em Kelsey fazia com que Spencer se sentisse doente, mas qual era a escolha?

O policial abriu a porta de outra sala e mandou que Spencer se sentasse.

— Você tem muitas explicações a dar, srta. Hastings.

*É o que vamos ver*, pensou Spencer, endireitando-se. Tinha feito a escolha certa. Ela precisava cuidar de si mesma. E, com a ajuda de Hanna, Spencer sairia dessa confusão.

Só mais tarde, depois que Hanna tinha escondido os comprimidos e feito uma ligação anônima para a central telefônica da polícia, e depois de Spencer ter escutado dois detetives sussurrando sobre o resultado de uma batida surpresa ao quarto 413 do dormitório Friedman, que ela soube o que realmente tinha acontecido: Kelsey não abrira a boca para dizer nada que as implicasse nos crimes dos quais eram acusadas. Spencer desejou poder desfazer tudo o que fizera, mas era tarde demais — admitir a armação apenas atrairia maiores problemas. Era preferível que permanecesse em silêncio. Era impossível que a polícia conectasse Spencer com as denúncias.

Algum tempo depois, Spencer foi liberada com uma advertência. Ao sair da sala de interrogatório, viu dois policiais arrastarem Kelsey pelo corredor. Suas mãos enormes agarrando a garota pelo braço como se ela estivesse em uma enorme encrenca. Ao passar por Spencer, Kelsey a encarou, e seus olhos estavam cheios de medo. *O que está havendo?*, ela parecia querer dizer. *O que eles têm contra mim?* Spencer fez um gesto vago, como se não soubesse absolutamente nada sobre o que estava acontecendo. E depois saiu para respirar o ar da noite, seu futuro intacto.

A vida de Spencer seguiu em frente. Ela terminou o curso avançado e tirou notas perfeitas em seus exames. Retornou para Rosewood Day direto para o seleto grupo de melhores alunos da classe. Foi aceita antecipadamente em Princeton. E, conforme se passavam semanas e meses, aquela noite assustadora foi ficando **mais** e mais distante. Com isso, Spencer foi se acalmando, cada vez mais certa de que seu segredo estava seguro. A única que sabia a verdade era Hanna. Ninguém além dela, nem seus pais, nem os membros do comitê de admissão de Princeton, nem Kelsey. Ninguém saberia o que tinha acontecido.

Até a chegada do inverno seguinte. Quando alguém descobriu tudo.

# 1

## TODA ASSASSINA MERECE UMA NOITE DE FOLGA

Em uma quarta-feira à noite no começo de março, Emily Fields deitou-se no carpete do quarto que, durante anos, dividira com Carolyn. Pendurados nas paredes, medalhas de natação e um pôster enorme de Michael Phelps. A cama de Carolyn estava soterrada sob casacos de ginástica, uma pilha de camisetas largas e uma calça jeans estilo boyfriend. Carolyn partira para Stanford em agosto, e Emily adorou ter um quarto só dela, especialmente porque, nos últimos tempos, era ali que passava quase todo o tempo.

Emily se virou e olhou para seu notebook. Uma página do Facebook piscava na tela. *Tabitha Clark, RIP.*

Ela encarou a foto de Tabitha. Lá estavam os lábios rosados que haviam sorrido de forma tão sedutora para Emily na Jamaica. E também os olhos verdes que haviam observado todas elas atentamente no deque da cobertura do hotel. Agora Tabitha não passava de um amontoado de ossos, suas carne e vísceras devoradas por peixes e arrastadas pelas marés.

*Por nossa causa.*

Emily fechou o computador sentindo-se enjoada. Durante o recesso de primavera na Jamaica havia um ano, suas amigas e ela podiam jurar que estavam cara a cara com a verdadeira Alison DiLaurentis. A garota parecia ter voltado dos mortos, louca para eliminar cada uma delas sem piedade, exatamente como tentara fazer na casa dos DiLaurentis em Poconos. Depois de vários encontros esquisitos nos quais a estranha misteriosa as ameaçara com um monte de coisas que *só* Ali poderia saber, Aria por fim a empurrara da beirada do deque na cobertura. A garota despencou de uma altura de vários andares, e o corpo dela desapareceu quase no mesmo instante em que atingira a areia, provavelmente arrastado pela maré. Havia duas semanas, as quatro amigas tinham assistido a um telejornal que informava que os restos mortais da mesma garota tinham aparecido na praia do hotel. Todas elas estavam mais do que certas de que o mundo todo iria descobrir o que já sabiam, que a Verdadeira Ali sobrevivera ao incêndio em Poconos. Mas então souberam de algo ainda mais surpreendente: a garota empurrada por Aria não era a Verdadeira Ali. Ela dissera a verdade, seu nome era mesmo Tabitha Clark. Elas tinham matado uma inocente.

No fim do telejornal, uma mensagem de texto perturbadora chegou para Emily e suas amigas. A mensagem era assinada por alguém que se identificava como *A*, exatamente como assinavam as duas perseguidoras que haviam atormentado as meninas no passado. O novo A sabia o que elas tinham feito e as faria pagar. Emily mal respirava desde então, esperando pela próxima jogada de A.

A consciência do que ocorrera atingia Emily todos os dias, deixando-a apavorada e envergonhada. Por causa dela, Tabitha morrera. Por causa dela, uma família tinha sido destruída. O máximo que podia fazer era se impedir de ligar para a polícia e contar a eles o que tinha acontecido, porque, se fizesse isso, destruiria também as vidas de Spencer, Aria e Hanna.

Em cima do travesseiro, o celular soou, e Emily o pegou. ARIA MONTGOMERY era o nome na tela.

— E aí? – disse Emily.

— E aí? – respondeu Aria. – Tudo bem com você?

— Ah... você sabe. – Emily encolheu os ombros.

— Sei, sim – respondeu Aria, com delicadeza.

As amigas caíram num longo silêncio. Desde que o novo A havia aparecido e o corpo de Tabitha fora encontrado duas semanas antes, Emily e Aria passaram a ligar uma para a outra todas as noites, apenas para ver como estavam. Na maior parte do tempo nem sequer conversavam. Assistiam à televisão juntas, às vezes, coisas como *Acumuladores* ou *Keeping Up with the Kardashians*. Na semana anterior, tinham assistido a uma reprise de *Pretty Little Killer*, o filme para televisão que mostrava a volta da Verdadeira Ali e todos aqueles assassinatos em Rosewood. As meninas não tinham visto o filme na primeira vez que fora exibido. A descoberta dos restos mortais de Tabitha as deixara em estado de choque, e tudo a que conseguiam assistir era a CNN. Por isso, Emily e Aria assistiram mudas a reprises, atônitas ao se verem na tela com outros corpos e outras vozes, e afligindo-se diante das cenas dramatizadas de suas vidas, nas quais encontravam o corpo de Ian Thomas ou fugiam do incêndio do bosque que rodeava a propriedade da família de Spencer. Quando o filme chegou ao clímax, com Ali dentro da casa de Poconos que explodiu, Emily estremeceu. O final da trama, na ficção, era irrevogável. A malvada estava morta, e as protagonistas tiveram um final "felizes para sempre". O que os produtores não poderiam saber era que as meninas tinham voltado a ser ameaçadas por A.

Assim que as mensagens da nova versão de A começaram a chegar — no aniversário do pavoroso incêndio em Poconos que quase as matou —, Emily teve certeza de que a Verdadeira Ali sobrevivera ao incêndio em Poconos e à queda do deque no hotel da Jamaica. Também estava certa de que Ali voltara para se vingar. Aos poucos, as amigas começaram a acreditar nisso também, até surgirem as notícias sobre a verdadeira identidade de Tabitha. Mas aquilo não queria dizer, necessariamente, que a Verdadeira Ali não pudesse estar viva. Ela *ainda* poderia muito bem ser esse novo A e saber de tudo o que acontecera.

Emily adivinhava o que as outras meninas diriam se ouvissem sua teoria: *Sai dessa, Em. Ali se foi.* Mais do que depressa, as amigas de Emily voltaram a acreditar que Ali tinha mesmo morrido no incêndio em Poconos. Mas tinha uma coisa de que elas não sabiam: Emily deixara a porta da frente destrancada e entreaberta para que Ali pudesse escapar se quisesse, antes de a casa explodir. Ali podia muito bem ter fugido do incêndio.

— Emily? — chamou a sra. Fields. — Você pode descer, por favor?

Emily se aprumou.

— Preciso ir — disse ela a Aria. — Nós nos falamos amanhã, está bem?

Ela desligou o celular, foi até o corredor e olhou pelas brechas do corrimão. Lá estavam seus pais, parados no vestíbulo, ainda vestidos com os moletons cinzentos combinando que usavam para caminhar à noite pela vizinhança. Ao lado deles, estava uma garota alta e sardenta, o cabelo louro-avermelhado igual ao de Emily e uma grande mochila nas costas bordada com letras vermelhas que anunciavam NATAÇÃO – UNIVERSIDADE DO ARIZONA.

– Beth? – Emily estreitou os olhos.

Beth, a irmã mais velha de Emily, ergueu os olhos para ela e abriu os braços.

– Tã-rããã!

Emily disparou pelas escadas.

– O que está fazendo aqui? – gritou.

Beth era uma visita rara em Rosewood. O trabalho como professora-assistente na Universidade do Arizona, onde também fora aluna, a mantinha ocupada, e Beth também era treinadora assistente do time de natação da universidade, do qual tinha sido capitã enquanto estudava lá.

Beth apoiou a bolsa de lona no chão de tábuas de madeira.

– Eu podia tirar uns dias, e a Southwest estava com passagens em promoção. Pensei em fazer uma surpresa a vocês. – Ela mediu Emily com os olhos e franziu o nariz. – *Taí* um jeito original de se vestir.

Emily baixou os olhos. Usava uma camiseta manchada da maratona de revezamento de natação e uma calça de moletom da Victoria's Secret justa demais e com PINK escrito no traseiro. Aquela calça pertencera a Ali, a Ali *dela* – Courtney, na verdade –, em quem Emily confiara, com quem tinha dado boas risadas, a garota a quem tinha adorado no sexto e sétimo anos. Apesar de o moletom estar com as bainhas esfarrapadas e de ter perdido o cordão da cintura séculos antes, havia se transformado na roupa de ficar em casa preferida de Emily nas últimas duas semanas. Por alguma razão, Emily passara a acreditar que, enquanto usasse aquela calça, nada de ruim aconteceria.

— Vou colocar o jantar na mesa. — A sra. Fields se dirigiu para a cozinha. — Venham, meninas.

A família seguiu a mãe. O lugar tinha um cheiro reconfortante de molho de tomate e alho. Havia quatro lugares arrumados na mesa da cozinha, e a mãe de Emily se adiantou para o forno a fim de checar a refeição. Beth se sentou ao lado de Emily e bebeu água em um copo do Caco, o Sapo. Aquele era o copo preferido de Beth desde pequena. A irmã tinha as mesmas sardas no rosto e um corpo de nadadora musculoso como o de Emily, mas seu cabelo louro-avermelhado era cortado de forma assimétrica na altura das orelhas e, na ponta superior da orelha, Beth tinha uma pequena argola de prata. Emily não pôde deixar de se perguntar se aquilo era doloroso e o que a mãe delas faria quando notasse o *piercing* — ela não aprovava que os filhos tivessem aparência "inapropriada", ostentando *piercings* no nariz ou umbigo, cabelo de cores esquisitas ou tatuagens. Mas Beth tinha 24 anos. Talvez ela já estivesse além da jurisdição da mãe.

— E aí, como vão as coisas? — Beth apoiou as mãos sobre a mesa e encarou Emily. — Faz séculos que não nos vemos!

— Você deveria vir para casa mais vezes — disse a sra. Fields do outro lado da mesa.

Emily desviou o olhar para suas unhas lascadas, a maioria roída até a carne. Nada do que poderia contar para Beth era assunto seguro para a mesa de jantar. A vida dela estava uma confusão.

— Um passarinho me contou que a senhorita passou o verão em Philly com Carolyn — continuou Beth.

— Ahhh, pois é — respondeu Emily, torcendo um guardanapo com uma galinha estampada. Falar sobre o verão era a *última* coisa que ela queria.

— É, o verão desregrado de Emily longe de casa — comentou a sra. Fields com uma pitada de ironia na voz enquanto colocava a travessa de lasanha sobre a mesa. — Não me lembro de ver *você* passar um verão inteiro sem nadar, Beth.

— Ora, são águas passadas. — O sr. Fields se acomodou em seu lugar de sempre e pegou um pedaço de pão de alho no cesto. — Emily fará bonito no próximo ano.

— É mesmo, estou sabendo! — Beth deu um soquinho no ombro de Emily. — Uma bolsa de estudos para a equipe de natação na UNC! Você está feliz?

Emily sabia que sua família estava com os olhos grudados nela e engoliu em seco.

— Terrivelmente.

Emily sabia que era muita sorte receber uma bolsa daquelas, mas no processo perdera uma boa amiga, Chloe Roland. Chloe entendera mal a história e pensara que Emily estava se engraçando com o pai dela, que tinha mesmo ótimos contatos, para conseguir uma vaga na UNC. Mas, na verdade, fora o sr. Roland que deu em cima de Emily e ela fez o que pôde para evitar. Parte de Emily ainda se perguntava se conseguiria *mesmo* ir para a UNC no ano seguinte. O que aconteceria se A contasse para a polícia sobre o que elas tinham feito com Tabitha? Será que ela iria para a cadeia antes do início do ano letivo?

Enquanto comiam a lasanha com entusiasmo, Beth contou sobre seu trabalho voluntário no Arizona com um grupo que plantava árvores em comunidades carentes. O sr. Fields elogiou o espinafre refogado. A sra. Fields falou em detalhes sobre uma família que tinha acabado de se mudar para a cidade e que ela, como integrante da Comissão de Boas-Vindas da Cidade de Rosewood, já tinha ido visitar. Sorrindo de leve e assentindo, Emily participou como pôde da conversa, mas não tinha muito o que dizer. E, apesar de lasanha ser seu prato favorito, não pôde comer mais do que algumas garfadas.

Depois que todos acabaram suas sobremesas, Beth se levantou de um pulo, insistindo em lavar os pratos.

– Vem me ajudar, Em?

Emily, na verdade, preferia voltar para o quarto e ir para a cama, mas via tão pouco a irmã que não poderia lhe dizer não.

– Claro.

Lado a lado em frente à pia, as irmãs olhavam juntas para o milharal que cercava o quintal. Enquanto a cuba se enchia e o cheiro do detergente Dawn de limão pairava no ar, Emily resolveu começar uma conversa.

– Bem, quais são seus planos para os dias que vai passar aqui?

Beth olhou em volta para ter certeza de que ela e Emily estavam a sós na cozinha.

– Tenho planos sensacionais para nós, para ser franca – sussurrou ela. – Amanhã vai rolar uma festa à fantasia que tem tudo para ser sensacional.

– Ah... bom, acho que vai ser divertido. – Emily não disfarçou o quanto estava surpresa com aquilo. A Beth da qual se lembrava não fazia coisas como essa. Pelo que se recordava, a irmã era bem parecida com Carolyn, respeitava o toque de recolher, jamais perdia um treino de natação e era incapaz de matar uma aula. Emily estava no sexto ano quando Beth concluíra o ensino médio em Rosewood Day. Emily se lembrava de que a irmã e seu acompanhante no baile, Chaz, um rapaz magrinho e louro da equipe de natação, tinham voltado para a casa da família depois do baile, em vez de irem para uma festa. Ali estava passando a noite com Emily, e as duas amigas se esgueiraram para espiar Beth e Chaz, esperando apanhá-los no meio de um amasso quente na sala de estar. Mas eles estavam apenas sentados no sofá, assistindo a reprises de *24 horas*.

— Não quero ofender, Em, mas a sua irmã é uma otária — observara Ali na ocasião.

— Que bom que aprova, porque você também vai, Em. — Beth espirrou água da pia em Emily, que revidou.

Emily balançou a cabeça. Ela preferia caminhar sobre brasas a ir a uma festa naqueles dias.

Beth ligou o triturador de lixo da pia, que começou a trabalhar fazendo barulho.

— Em, qual é o problema, pelo amor de Deus? Mamãe disse que você anda meio deprimida, mas, sinceramente, você parece pior, parece catatônica. E, quando mencionei a bolsa de estudos, parecia que você ia cair no choro. O que é isso, Em, brigou com a namorada?

*Uma namorada.* O pano de prato com estampa de galinha caiu das mãos de Emily. Ela sempre se sentia esquisita quando alguém da sua família certinha mencionava sua orientação sexual. Emily sabia o quanto custava a eles entendê-la e não julgá-la, mas aquele clima "tudo bem ser gay" que eles adotavam costumava constrangê-la.

— Não, não briguei com ninguém — murmurou Emily.

— Mamãe ainda está pegando muito no seu pé? — perguntou Beth, revirando os olhos. — Quem é que se importa se você deu um tempo na natação? Faz meses! Não sei como aguenta morar sozinha com eles.

Emily a encarou.

— Pensei que você gostasse da mamãe.

— E gosto, Em, mas não via a hora de ir embora depois da escola. — Beth secou as mãos em um pano de prato. — Vamos lá, Emily. O que está acontecendo?

Emily secou um prato enquanto encarava o rosto doce e paciente de Beth. Bem que gostaria de desabafar com a irmã. Sobre a gravidez. Sobre A. E sobre Tabitha também. Mas Beth iria surtar. E Emily já havia arrastado uma irmã para essa confusão.

— Ando um pouco estressada — balbuciou. — O último ano da escola é mais difícil do que eu pensava.

Beth gesticulou na direção de Emily com um garfo.

— Excelente motivo para irmos juntas à festa! E não vou aceitar não como resposta.

Emily correu a ponta dos dedos sobre a borda recortada do prato que segurava. Algo a impedia de dizer não à irmã, por mais que quisesse aquilo. Sentia falta de ter uma irmã para desabafar. Durante as férias de Natal, Carolyn viera para casa e tinha feito todo o possível para não ser deixada a sós com Emily. Carolyn chegara a dormir no sofá da sala, explicando que tinha se acostumado com o barulhinho da televisão ligada. Emily sabia, claro, que ela não queria ficar no mesmo quarto que ela. O carinho e a delicadeza de Beth eram um presente que Emily não iria desprezar.

— Bem, eu vou... mas não vou ficar muito tempo — murmurou. Beth a abraçou.

— Eu sabia que você ia topar.

— Topar o quê?

Ambas se viraram. Com as mãos na cintura, a sra. Fields estava parada no batente da porta. Beth se endireitou.

— Nada, mãe.

A sra. Fields se virou e deixou a cozinha. Emily e a irmã olharam uma para a outra e riram baixinho.

— Vai ser tão divertido! — sussurrou Beth.

E por um momento Emily quase acreditou nela.

# 2

## O OUTRO SPENCER

— Um pouco mais para a esquerda. — A mãe de Spencer Hastings, Veronica, estava em pé no meio do vestíbulo da enorme casa da família, com uma das mãos apoiada no quadril esguio. Dois decoradores estavam posicionando sob a escadaria dupla e curva um enorme quadro que mostrava a Batalha de Gettysburg. — Ficou alto na esquerda, eu acho. Spence, ficou bom daí?

No último degrau da escadaria, Spencer, deu de ombros.

— Por que tiramos o retrato do bisavô Hastings daí mesmo?

A sra. Hastings olhou feio para Spencer para, em seguida, desviar o olhar para Nicholas Pennythistle, seu noivo, que uma semana e meia antes havia se mudado para a casa dos Hastings. O sr. Pennythistle, que ainda estava com sua roupa de trabalho — um terno impecável e gravata-borboleta —, não escutara a conversa, pois estava ocupado mexendo em seu BlackBerry.

— A casa é de todo mundo, Spence, e todos precisam sentir-se confortáveis e bem-vindos aqui — respondeu a mãe da forma mais paciente que pôde, afastando uma mecha de cabelo louro-acinzentado do rosto. Seu anel de noivado de quatro quilates brilhou ao refletir as luzes. — E eu achava que seu bisavô a assustasse.

— Era Melissa que tinha medo dele, mamãe, não eu — resmungou Spencer. Ela até que gostava daquele retrato de família excêntrico. Vários cocker spaniels de olhos tristonhos ocupavam o colo do bisavô. E o velho era a cara do pai de Spencer, que abandonara, depois do divórcio, a casa dos Hastings, mudando-se para um apartamento no centro de Filadélfia. A ideia de trocar o retrato do bisavô por aquele quadro horroroso da Guerra Civil tinha sido do sr. Pennythistle. Provavelmente, ele queria *sua* nova casa livre de quaisquer resquícios do pai de Spencer. Mas quem acharia boa ideia entrar em casa e dar de cara com Confederados, sujos de sangue, empinando seus cavalos enfurecidos? Spencer ficava estressada só de olhar para a cena da batalha.

— O jantar está pronto! — avisou uma voz da cozinha. Em seguida, a irmã mais velha de Spencer, Melissa, apareceu no vestíbulo. Ela se oferecera para fazer o jantar. Estava de avental preto com os dizeres GREEN GOURMET no peito e tinha as mãos cobertas por luvas de forno prateadas. Os cabelos louros cortados na altura do queixo eram mantidos no lugar por uma faixa preta de veludo, e ela usava um colar de pérolas e sapatilhas de balé da Channel. Parecia uma versão mais jovem e fresca de Martha Stewart.

Melissa olhou para Spencer.

— Fiz seu prato favorito, Spence. Frango assado ao limão com azeitonas.

— Obrigada. — Spencer sorriu com gratidão, pois sabia que aquilo era um gesto de carinho. Elas foram inimigas por muito tempo, mas enfim tinham conseguido colocar de lado as diferenças no ano anterior. Melissa sabia que Spencer tinha problemas com o novo arranjo familiar. Mas outras coisas incomodavam Spencer. Coisas que ela não poderia discutir *nem mesmo* com a irmã.

Spencer foi com a mãe e o sr. Pennythistle — que ela achava difícil chamar de *Nicholas* — para a cozinha, onde Melissa colocava uma travessa sobre a mesa. Amelia, sua futura irmã postiça, dois anos mais nova que Spencer, acomodou-se no canto, abrindo o guardanapo com cuidado sobre o colo. Ela usava um par de botas de salto baixo que Spencer a ajudara a escolher quando viajaram para fazer compras em Nova York. O cabelo dela ainda estava uma bagunça, e a pele brilhante de seu rosto precisava desesperadamente de uma camada de base.

Quando ergueu os olhos para Spencer, Amelia fez cara feia, e Spencer desviou os olhos, bastante irritada. Era bem óbvio que Amelia não a perdoara pelo que fizera ao seu irmão, Zach. Ele tinha sido mandado para a escola militar. Spencer não tivera a intenção de contar a verdade sobre Zach para o pai dele. Mas o sr. Pennythistle tinha presumido o pior quando flagrara Spencer e Zach na cama e ficara furioso. Spencer só contara que Zach era gay para que o sr. Pennythistle parasse de bater no filho.

— Oi, Spencer — disse alguém. O namorado de Melissa, Darren Wilden, sentou-se ao lado de Amelia, comendo pão de alho quentinho. — E as novidades?

Spencer sentiu um aperto no peito. Apesar de trabalhar agora como segurança em um museu da Filadélfia, até pouco tempo Darren Wilden era o *Policial* Wilden, investigador-chefe no caso do assassinato de Alison DiLaurentis. Fazia parte de seu trabalho saber quando alguém estava mentindo ou ocultando alguma coisa. Será que Wilden tinha como saber sobre o novo perseguidor de Spencer e de suas amigas que, para variar, assinava suas ameaças como *A*? Wilden teria elementos para suspeitar sobre o que Spencer e as amigas tinham feito com Tabitha no hotel da Jamaica?

— Ah... nada de novo — respondeu Spencer, falando devagar e ajeitando a gola da blusa. Ela era uma boba. Era impossível Wilden suspeitar sobre A ou Tabitha. Não havia como ele saber dos pesadelos horríveis de Spencer sobre a morte de Tabitha e que, na cabeça dela, aquele dia pavoroso na Jamaica se repetia sem parar. E ele também não poderia saber que Spencer lia e relia artigos sobre as consequências da morte de Tabitha. Artigos que falavam sobre como isso acabara com seus pais. Sobre os amigos dela em Nova Jersey fazendo vigílias em sua homenagem. Sobre ONGs criadas para monitorar o uso de bebida alcoólica por jovens, que era o que todo mundo pensava que havia levado Tabitha à morte.

Mas *não tinha* sido o álcool o que a matara. Spencer sabia. E A também.

Quem teria testemunhado o que acontecera naquela noite? Quem odiaria tanto as meninas a ponto de torturá-las com aquela chantagem, ameaçando destruir suas vidas devagar em vez de contar tudo à polícia? Spencer não podia acreditar que ela e as amigas estavam, mais uma vez, tentando descobrir quem era A. E, o que era pior, não conseguia pensar em nenhum suspeito. Desde que aquela notícia pavorosa tinha sido divulgada, havia duas semanas, A não escrevia para nenhuma das meninas, mas Spencer sabia que ela não tinha simplesmente ido embora.

E que outras coisas A saberia? Sua última mensagem dizia *Esta é apenas a ponta do iceberg*, insinuando que ele ou ela conhecia outros segredos. Spencer tinha mais alguns esqueletos escondidos no armário, infelizmente. Como o incidente com Kelsey Pierce no verão anterior, na Universidade da Pensilvânia. Kelsey acabara no reformatório por causa de Spencer. A não poderia saber nada sobre *aquilo*. Mas a verdade é que A parecia sempre saber de tudo...

– Ora, como assim? – perguntou Wilden dando outra mordida no pão crocante com seus olhos cinza-esverdeados fixos em Spencer. – Isso não soa como a vida atribulada de uma futura caloura de Princeton.

Spencer fingiu limpar uma mancha em seu copo d'água, desejando que Wilden parasse de encará-la como se ela fosse um paramécio sob um microscópio.

– Estou participando da peça da escola – murmurou ela.

– Você não está apenas *participando* da peça da escola, você, como sempre, vai fazer o papel principal. – Bem-humorada, Melissa revirou os olhos. Sorrindo para o sr. Pennythistle e Amelia, ela continuou: – Spencer é a estrela de Rosewood Day desde a pré-escola.

– E vai atuar como Lady Macbeth na produção deste ano – disse o sr. Pennythistle, ajeitando-se cheio de cerimônia na cabeceira da mesa em uma sólida cadeira de mogno. – É um enorme desafio, e estou louco para ver a produção.

– Ah, mas não precisa vir – disse Spencer, sentindo o calor se espalhar pelo rosto.

– Mas é claro que iremos! – disse a sra. Hastings. – Está marcado em nossas agendas!

Spencer examinou seu reflexo na parte de trás da colher. A última coisa de que precisava era ter um homem que mal conhecia fingindo interesse no que ela fazia. O único motivo que o sr. Pennythistle tinha para assistir à peça dela era a imposição da mãe de Spencer.

Amelia se serviu do frango cuja travessa estava sendo passada ao redor da mesa.

– Estou organizando um concerto de caridade – disse. – Pelas próximas semanas, minhas amigas de St. Agnes virão ensaiar aqui. Vamos apresentar o concerto na abadia de Rosewood. Estão todos convidados.

Spencer revirou os olhos. St. Agnes era o colégio particular metido a besta que Amelia frequentava, uma instituição ainda mais exclusiva do que Rosewood Day. Tinha que haver um jeito de escapar do concerto. Kelsey frequentava o St. Agnes. Pelo menos tinha frequentado, antes de ser mandada para o reformatório. Spencer não queria arriscar-se a se encontrar com ela.

A sra. Hastings se animou.

– Que maravilha, Amelia! Avise-nos da data, e nós iremos.

– Quero participar das vidas de *todas* vocês. – O sr. Pennythistle olhou em torno da mesa para Amelia, Spencer e Melissa, estreitando seus olhos azul-acinzentados. – Agora somos uma só família, e estou ansioso para estreitarmos nossos laços.

Spencer fungou. Onde ele aprendera a falar *daquele* jeito? Assistindo ao programa do Dr. Phil?

– Já *tenho* uma família, muito obrigada – disse ela.

Melissa olhou para ela com olhos arregalados. Amelia sorriu como se tivesse acabado de ler uma fofoca incrível na *US Weekly*. A sra. Hastings se levantou.

— Isso não são modos, Spencer. Saia da mesa, por favor.

Spencer deixou escapar uma meia risada, mas a sra. Hastings apontou o corredor com um movimento de cabeça.

— Isso é muito sério. Vá ao seu quarto para pensar no que disse.

— Mãe — disse Melissa, tentando parecer calma. — Esse é o prato favorito de Spencer...

— Ela pode comer mais tarde. — A sra. Hastings estava tensa e parecia prestes a cair no choro. — Spencer, por favor, agora. Vá para o seu quarto.

— Desculpem-me — murmurou Spencer enquanto se levantava, embora não achasse que devia desculpas. Pais não eram substituíveis. Era impossível criar laços instantâneos com um sujeito que conhecia tão pouco. Spencer mal podia esperar o próximo outono, quando iria finalmente para Princeton. Bem longe de Rosewood, longe da nova família, longe de A, longe do segredo sobre Tabitha... E também de todos os outros segredos que A pudesse conhecer. Mal podia esperar.

Encurvada, ela foi até o vestíbulo. Uma pilha de correspondência estava amontoada no centro da mesa. No meio da pilha, um grande envelope de Princeton trazia o nome dela, Spencer J. Hastings, estampado na frente. Spencer o pegou com a repentina esperança de que a universidade pudesse ter-lhe escrito para dizer que ela poderia se mudar mais cedo para lá. Agora, por exemplo.

Vozes tímidas vinham da sala de jantar. Rufus e Beatrice, os dois *labradoodles* da família, apoiaram-se na janela, talvez sentindo cheiro de um veado nas imediações. Spencer rasgou o envelope e tirou de dentro dele uma folha de papel. Na parte superior, o logotipo do comitê de admissões de Princeton estava bem visível.

*Cara srta. Hastings,*
*Queremos informá-la de um lamentável mal-entendido. Aparentemente, duas pessoas chamadas Spencer Hastings se matricularam para a turma de entrada antecipada em Princeton – você, Spencer J. Hastings, e um aluno, Spencer F. Hastings, de Darien, Connecticut. Infelizmente, nosso comitê de admissões não percebeu que se tratava de indivíduos diferentes – alguns membros leram seu pedido de admissão, e outros leram o pedido do outro Spencer, mas o comitê votou como se vocês fossem apenas um candidato. Agora que percebemos essa falha lamentável, teremos que reler e revisar os pedidos de admissão e decidir qual dos dois terá acesso à vaga. Ambos são excelentes candidatos, temos uma decisão muito difícil à frente. Se desejar acrescentar algo a seu pedido de admissão, este é o momento ideal.*

*Lamento pela inconveniência, e boa sorte!*
*Atenciosamente,*
*Bettina Bloom*
*Presidente do Comitê de Admissões de Princeton*

Spencer leu a carta três vezes, até que o escudo no topo da página parecesse uma figura do teste de Rorschach. Aquilo tinha que ser um engano. Ela fora *aceita* em Princeton. Era *certo.*

Dois minutos antes, seu futuro estava assegurado. Agora, ela poderia perder tudo.

Uma risadinha alegre ecoou pelo cômodo. Instintivamente, Spencer ergueu os olhos para a janela, que mostrava a antiga casa dos DiLaurentis. Algo havia se mexido por entre as árvores. Spencer olhou fixamente para lá, à espera. Mas o vulto que acreditou ter visto não reapareceu. Quem quer que tivesse sido, não estava mais lá.

# 3

## A PEQUENA E BELA SOLITÁRIA

— *Conecte-se com a divina fonte de toda a existência.* — Uma voz suave alcançava os ouvidos de Aria Montgomery. — *Expire devagar, liberando a tensão de seu corpo. Braços primeiro, pernas depois, depois os músculos do seu rosto, depois...*

Bang. Aria abriu os olhos. Ela estava na escola naquela quinta-feira de manhã. A porta do ginásio de Rosewood Day tinha sido aberta, e uma porção de calouras usando malhas de ginásticas e polainas invadiram o lugar para as primeiras aulas de dança moderna.

Aria ficou em pé num instante e tirou os fones de ouvido. Ela estivera deitada sobre um tapete de ioga, empurrando seu traseiro para cima e para baixo — o guru de meditação cuja gravação ela ouvia dissera que o movimento limparia seus chacras e a ajudaria a esquecer-se do passado. Mas, pelas caras sorridentes das calouras, provavelmente parecera que ela estava fazendo algum tipo de alongamento sexual esquisito.

Aria escapuliu pelos corredores de Rosewood Day, enquanto enfiava o iPod na bolsa. Todas as coisas perturbadoras que tanto tentara esquecer invadiram sua mente como um enxame de abelhas furiosas. Esgueirando-se por um pátio com fontes de água, ela tirou o celular do bolso da jaqueta e, pressionando um botão, acessou a página que vinha acompanhando de forma obsessiva nas últimas duas semanas.

*Memorial de Tabitha Clark.*

Aquele site tinha sido criado pelos pais de Tabitha para homenagear a filha. Nele havia *tweets* de amigos, fotos de Tabitha vestida como líder de torcida e em recitais de balé, detalhes sobre a bolsa de estudos que fora criada em seu nome e também links para novas histórias que citavam Tabitha. Aria não conseguia parar de visitar o site. Sempre temendo que alguma revelação a ligasse à morte de Tabitha, ela lia notícia por notícia. Mas as pessoas ainda acreditavam que tudo fora um trágico acidente. Não tinha havido a menor sugestão de que sua morte poderia ter sido causada por um homicídio. Ninguém se dera conta de que Aria e suas amigas estiveram na Jamaica na mesma época em que Tabitha e que todas haviam se hospedado no mesmo hotel. Nem mesmo o irmão de Aria, Mike, e seu namorado, Noel, que estavam lá com elas, comentaram a notícia. Aria nem mesmo tinha certeza se eles tinham visto ou lido alguma coisa a respeito. Para eles, aquela era, provavelmente, apenas mais uma morte sem sentido a ser ignorada.

Havia, porém, uma pessoa que conhecia a verdade. A.

Uma risada explodiu atrás dela. Um grupo de meninas do segundo ano estava parado próximo aos armários do corredor e encarava Aria.

— Pretty Little Killer — sussurrou uma delas, causando um ataque de risos nas outras. Aria estremeceu. Desde que o filme biográfico da vida da Verdadeira Ali passara na televisão, os alunos andavam pelos corredores da escola citando falas de várias cenas, bem na cara dela. *Pensei que éramos boas amigas!*, disse a Aria da televisão para a Verdadeira Ali no final do filme, quando Ali tentou colocar fogo na casa de Poconos. *Nós éramos umas idiotas antes de conhecermos você!* Como se Aria tivesse mesmo *dito* algo parecido com aquela bobagem.

De repente, um vulto familiar apareceu. Noel Kahn, o namorado de Aria, ensinava a Klaudia Huusko – uma finlandesa loura, estudante de intercâmbio, que estava vivendo com a família dele – o caminho para a sala de inglês. Klaudia fazia caretas de dor a cada passo que dava, mantendo para cima o tornozelo enfaixado enquanto se apoiava no ombro forte de Noel. Todos os garotos do corredor pararam para observar os fartos seios de Klaudia oscilarem.

O coração de Aria bateu mais forte. Duas semanas antes, Noel, os dois irmãos mais velhos dele, Aria e Klaudia tinham feito uma viagem a uma estação de esqui em Nova York. Ao chegarem, Klaudia declarou que iria flertar com Noel e que Aria não poderia impedi-la. Louca da vida, Aria tinha empurrado Klaudia da cadeira do teleférico por acidente, em um momento de raiva. Aria contou a todos que Klaudia tinha escorregado, e Klaudia não desmentiu, dizendo que não conseguia se lembrar do que acontecera, mas Noel culpara Aria mesmo assim. Desde a viagem, ele vinha sendo superatencioso com Klaudia por causa da torção, levando-a à escola, carregando seus livros pelos corredores e buscando café ou *sushi* para ela. Era surpreendente que ele não estivesse colocando o *sashimi* pessoalmente na boca de Klaudia com a ajuda dos *hashis* que traziam o nome de Rosewood Day em relevo.

Brincar de médico com Klaudia significava que ele não tinha mais tempo livre para Aria. Nenhum olá nos corredores, nem sequer um telefonema. Há duas semanas, Noel a deixara plantada, faltando ao encontro que tinham no sábado, no Rive Gauche do Shopping King James. Ele também tinha matado as aulas de grelhados e marinados no curso de culinária que faziam junto na Universidade de Hollis.

Um instante depois, Noel deixou a sala de inglês. Quando viu Aria, em vez de fingir que não a tinha visto e seguir na outra direção como vinha fazendo nas últimas duas semanas, foi na direção dela. Aria se permitiu um pouco de esperança. Talvez o namorado fosse pedir desculpas por ignorá-la havia tanto tempo. Talvez as coisas pudessem voltar ao normal.

Ela baixou os olhos para suas mãos trêmulas. Seu nervosismo a fez lembrar-se da única vez que Noel tinha falado com Aria no sétimo ano em uma das festas da Ali Delas. Eles tinham se dado bem, e Aria sentira-se maravilhosa até que Ali se aproximara mais tarde, informando a Aria que havia um pedaço de coentro preso entre seus dentes da frente enquanto ela conversava com Noel.

– Aria, acho que Noel é bom demais para você – dissera Ali, que na verdade era Courtney, com uma voz gentil, mas desafiadora. – Além disso, acho que ele gosta de outra pessoa.

*Ah, é, alguém como você?*, pensou Aria, cheia de amargura. Que garoto não teria uma quedinha por Ali?

Noel parou em frente a uma vitrine que exibia as partes remendadas e decoradas da bandeira da Cápsula do Tempo daquele ano. A Cápsula do Tempo era uma gincana, uma caça ao tesouro da qual participavam todos os alunos de Rosewood

Day. Fotos das bandeiras dos outros anos estavam penduradas ali também, já que as bandeiras tinham sido enterradas atrás do campo de futebol, inclusive a de quando Aria estava no sexto ano. Faltava um pedaço de tecido bem no centro da bandeira – a Verdadeira Ali encontrara aquele pedaço, a Ali Delas o roubara, e em seguida Jason DiLaurentis, o irmão das duas Alis, também o roubara e o entregara para Aria. Por causa daquele pedaço da Cápsula do Tempo, a Ali Delas tinha conseguido trocar de lugar com a irmã gêmea, enviando a Verdadeira Ali para uma clínica psiquiátrica por quatro longos anos.

– Oi – disse Noel. Ele cheirava a sabonete de laranja e pimenta, uma combinação exótica da qual Aria jamais se cansava. Quando Aria olhou para a bolsa-carteiro Portage Manhattan de Noel, notou que o broche de um rinoceronte usando um chapéu de festa, que Aria tinha comprado para ele em uma feira de artesanato, ainda estava preso junto ao broche do time de lacrosse de Rosewood Day e do Philadelphia Phillies. O fato de ele não ter removido o do rinoceronte dali era um bom sinal, não era?

– Oi – respondeu Aria baixinho. – Senti sua falta.

– Ah... – Noel fingiu estar fascinado pelo mostrador de seu relógio Omega. – É, andei muito ocupado.

– Cuidando de Klaudia? – perguntou Aria, incapaz de se controlar.

Noel fez uma expressão solene, como se estivesse prestes a fazer o discurso de sempre: "Ela está em um país estrangeiro, e você deveria ser mais gentil."

Mas ele deu de ombros.

– Hã... precisamos conversar.

O sangue congelou nas veias de Aria.

— S-Sobre o quê? — gaguejou Aria, ainda que tivesse uma intuição horrível de que sabia o que Noel ia dizer.

Noel brincou com a pulseira amarela de lacrosse que usava, a mesma que usavam todos os jogadores do time, como o símbolo de uma fraternidade masculina. Ele não encarou Aria ao dizer:

— Acho que nosso relacionamento não está dando certo — disse Noel. A voz dele hesitou, mas só um pouquinho.

Aquilo foi um golpe de caratê no estômago dela.

— P-Por quê?

Noel deu de ombros. Ele costumava ter sempre uma expressão calma e tranquila no rosto, mas agora estava tenso. Sua pele perfeita e macia estava coberta de manchas.

— Não sei. Quero dizer, acho que não temos muito em comum, não é?

De repente, o mundo todo pareceu girar. Durante o breve instante da duração da falsa amizade entre Aria e Klaudia, a garota finlandesa dissera que achava que Aria e Noel eram incompatíveis. Tudo bem, Aria não era nada parecida com as meninas que Noel costumava namorar — elas pareciam saídas de uma fábrica, todas jogavam lacrosse e usavam camisas Polo Ralph Lauren —, mas Noel tinha dito que *gostava* de Aria por ser assim. Mas, ah, como Aria poderia se comparar a uma loura deusa do sexo finlandesa?

O cheiro do produto de limpeza orgânico que a equipe de manutenção aplicava no chão alcançou Aria e a deixou enjoada. Um sujeito grande do time de basquete trombou com ela no corredor, jogando-a contra Noel, mas Aria se afastou no mesmo instante, sentindo-se subitamente desconfortável por tocá-lo.

— Então, é... *isso*? Todo o tempo que tivemos... Nada do que vivemos juntos importa?

Noel enfiou as mãos nos bolsos.

— Sinto muito, Aria. — Noel a encarou e, por um instante, pareceu mesmo muito triste. Mas havia algo indecifrável em sua expressão, como se ele já tivesse se despedido de Aria há muito tempo.

Os olhos de Aria se encheram de lágrimas. Ela pensou em todos os fins de semana que passaram juntos. Em todos os jogos de lacrosse dele a que assistira, apesar de não entender de verdade como o jogo funcionava. Em todos os segredos que contara a ele; como vira no sétimo ano, junto com a Ali Delas, o pai beijando uma das alunas, Meredith, perto da Universidade de Hollis. Na certeza que tivera de que Noel acabaria o namoro com ela quando a Verdadeira Ali retornara no ano anterior e dera em cima dele. Em como, desde que a Verdadeira Ali quase as matara em Poconos, ela dormia com a luz acesa e com uma faca de samurai que o pai trouxera do Japão sob o travesseiro. E que, apesar de ter perdido a virgindade com um menino na Islândia, no primeiro ano do ensino médio, Aria queria que sua segunda vez fosse especial de verdade. Talvez tivesse sido uma boa ideia ela ter se resguardado com Noel, considerando o que estava acontecendo agora.

Mas havia alguns segredos que Noel desconhecia. Como o que ela fizera com Tabitha ou o que tinha acontecido de verdade em sua viagem à Islândia. Só o ocorrido na Islândia já teria afastado Noel dela muito tempo antes. De uma forma indireta e cármica, talvez Aria merecesse aquilo.

Uma risadinha a alcançou no corredor, e Aria olhou para a porta aberta de uma sala de aula. Klaudia estava acomodada na primeira fileira, com o tornozelo machucado apoiado em uma cadeira. Kate Randall, Naomi Zeigler e Riley Wolfe estavam sentadas perto dela. Elas haviam se tornado amigas de Klaudia em um piscar de olhos, já que eram todas nojentas e fofoqueiras. As quatro meninas olhavam para Aria e para Noel com amplos sorrisos. Elas haviam se instalado perto da porta para assistir ao rompimento de Noel e Aria. A escola toda saberia daquilo em instantes. *A Pequena e Bela Perdedora não é mais do que uma Pequena e Bela Rejeitada!*

Aria deu as costas para elas e correu em direção ao banheiro antes de cair no choro. Desejando que Noel a chamasse, olhou por cima do ombro. Mas ele se virou e foi na direção oposta sem hesitar nem por um instante. Ao passar por Mason Byers, um de seus amigos, ele parou e o cumprimentou. Como se nada pesasse em seu coração. Feliz. Aliviado por ter se livrado, de uma vez por todas, da esquisita Aria Montgomery.

# 4

## HANNA MARIN, ESTRATEGISTA DE CAMPANHA

Quinta-feira à noite, conforme o sol mergulhava atrás das árvores, espalhando um tom alaranjado no céu, Hanna Marin colocou seu iPhone no ouvido, esperando pelo sinal da mensagem de voz.

– Mike, sou eu de novo. Onde você está? Quantas vezes vou ter que pedir desculpas?

Hanna pressionou a tecla ENCERRAR. Nas duas últimas semanas, deixara dezesseis mensagens de voz para ele, onze mensagens de texto, montes de recados pelo Twitter e uma porção de e-mails, mas seu ex-namorado, Mike Montgomery, não respondera a nenhuma delas. Agora ela entendia que tinha sido burrice terminar o namoro com Mike quando ele a alertara a respeito de Patrick Lake, o fotógrafo que dissera a Hanna que faria dela uma modelo internacional. Mas como ela poderia prever as fotos comprometedoras que Patrick tiraria dela e a chantagem que se seguiria? Patrick exigira muito, muito dinheiro para não publicá-las.

Hanna sentia saudades de Mike. Sentia falta de ver *American Idol* com ele e rir dos participantes. Ela ouvira dizer que Mike conseguira um pequeno papel na montagem que a escola faria de *Macbeth*. Enquanto namoravam, conversavam um com o outro antes de participar de atividades extracurriculares. Hanna teria achado essa história ridícula.

E ela sentia ainda mais falta de Mike depois da história envolvendo A e Tabitha. Hanna não contaria a Mike o que ela e as outras tinham feito, mas seria reconfortante ter alguém que se preocupasse com ela. Hanna se sentia sozinha e assustada. Queria mesmo acreditar que o que tinham feito a Tabitha fora em legítima defesa. Elas *acreditavam* que Tabitha era a Verdadeira Ali e que iria matá-las. Mas não importava o quanto Hanna racionalizasse o que acontecera. No final, a verdade era devastadora: as quatro amigas haviam matado uma garota inocente. Elas eram culpadas e sabiam disso. E A também sabia.

Hanna saiu de seu Toyota Prius e olhou em volta. A entrada de carros da casa nova de seu pai, uma construção estilo McMansion de tijolos vermelhos com seis quartos em Chesterbridge, que ficava a duas cidades de distância de Rosewood. A casa era cercada por várias árvores recém-plantadas, protegidas por cordas que pareciam instáveis. Colunas brancas de estilo grego sustentavam a cobertura da varanda, no jardim da frente uma grande fonte borbulhava tranquilamente, e fileiras de arbustos bem cuidados que pareciam com casquinhas de sorvete invertidas ladeavam a entrada principal. A casa parecia grande demais para três pessoas – o pai dela, a nova esposa dele, Isabel, e Kate, filha de Isabel –, mas *parecia ser* a casa adequada para alguém que concorria a senador dos Estados Unidos. A campanha do sr. Marin começara havia algumas semanas, e suas chances eram boas. A não ser que A deixasse vazar o segredo envolvendo Hanna e Tabitha, claro.

Hanna tocou a campainha, e a porta foi aberta por Isabel quase no mesmo instante. Ela usava com um suéter azul de *cashmere* da Tiffany, saia-lápis preta e sapatilhas confortáveis. A esposa simplória, mas arrumada, adequada para um futuro senador.

– Oi, Hanna. – A expressão severa de Isabel deixava claro que ela não aprovava o vestido Anthropologie hippie-chique e as botas cinzentas de camurça que Hanna usava. – Estão todos reunidos no escritório de Tom.

Hanna seguiu pelo corredor, decorado com fotografias em molduras prateadas que mostravam cenas do casamento de Isabel e do pai dela no último verão. Hanna fez uma careta ao ver uma foto que mostrava a si mesma usando o vestido de dama de honra mais horroroso do mundo, escolhido, claro, por Isabel. Longo e verde-menta, o vestido fazia os quadris de Hanna parecerem enormes e sua pele parecer doentia e amarelada. Ela virou a moldura ao contrário para que a imagem ficasse de frente para a parede.

O pai de Hanna e a equipe de campanha estavam acomodados em torno da mesa de nogueira do escritório. A filha de Isabel, Kate, estava em um sofá vitoriano, digitando em seu iPhone. Os olhos do sr. Marin brilharam quando ele viu Hanna.

– Ah, ela chegou!

Hanna sorriu. Quando, poucas semanas atrás, os consultores da campanha dele informaram que os eleitores gostavam dela, Hanna havia, de repente, se tornado a filha preferida do sr. Marin.

Isabel entrou no escritório atrás de Hanna e fechou as portas francesas.

— Leia, querida, foi por isso que eu chamei você aqui. — O sr. Marin empurrou um monte de panfletos e imagens impressas da internet na direção de Hanna. Dava para ler coisas como: *A verdade sobre Tom Marin*, *Não acreditem nas mentiras* e *Esse não é um homem que mereça nossa confiança*.

— Os panfletos foram produzidos pelo comitê de campanha de Tucker Wilkinson — explicou o sr. Marin.

Hanna estalou a língua em desaprovação. Tucker Wilkinson era o maior rival do pai dela pela indicação do partido. Senador havia muitos anos, Wilkinson arrecadava incríveis quantidades de dinheiro para seus fundos de campanha e tinha uma porção de amigos influentes.

Ela se inclinou para olhar a foto dele. Tucker Wilkinson era um homem alto, bonito, de cabelos escuros e que se parecia vagamente com Hugh Jackman. Tinha aquele tipo de sorriso político ultrabranco, levemente irritante e que parecia dizer o tempo todo *Confie em mim*.

Sam, um membro antigo da equipe, com olhos tristonhos e gosto por gravatas-borboleta, balançou a cabeça.

— Dizem por aí que Wilkinson subornou um funcionário do comitê de admissões de Harvard para que o filho mais velho entrasse, apesar de o garoto estar dois pontos abaixo da média exigida.

O administrador do website do sr. Marin, Vincent, enfiou um chiclete Trident na boca para, em seguida, dizer:

— Wilkinson faz qualquer coisa para tirar do armário os esqueletos de seus concorrentes durante as campanhas.

— Mas não encontrou nada sobre nós, felizmente. — O sr. Marin deu uma olhada para a equipe. — E *não vai* encontrar, a menos que eu deva saber de algo que ainda não sei. O que Jeremiah fez foi chocante. Não quero mais saber de surpresas por aqui.

Hanna estremeceu ao se lembrar de Jeremiah, um assessor de seu pai recentemente demitido por roubar 10 mil dólares do fundo da campanha. Mas Jeremiah não roubara o dinheiro... Hanna o fizera. Mas fora necessário. Só assim Patrick se manteria calado sobre as fotografias que fizera de Hanna.

O celular de Kate tocou. Ela deu uma risadinha depois de ler a mensagem.

— Kate? — O sr. Marin parecia irritado. — Será que não poderia deixar seu celular de lado por alguns instantes?

— Desculpe. — Kate virou a tela do iPhone e encarou Hanna. — É que acabo de receber uma mensagem muito engraçada de Sean.

Hanna ficou louca da vida, mas tentou não demonstrar. Recentemente, Kate começara a namorar Sean Ackard, o ex de Hanna. Hanna não sentia a menor falta de Sean, mas doía saber que ele estava saindo com Kate, a menina que ela mais detestava.

O sr. Marin organizou a papelada em uma pilha.

— Então, alguém gostaria de fazer alguma confissão?

Hanna estremeceu. A equipe de Wilkinson teria meios de descobrir sobre Tabitha? Ela olhou pela janela. Um carro desceu a rua devagar. Ela desviou o olhar para os vultos das árvores que separavam a casa de seu pai da casa do vizinho. Por um instante, pensou ter visto alguém correndo entre as árvores.

O celular dela tocou.

Hanna o apanhou, pressionando SILENCIOSO. Mas resolveu ler os dizeres da tela quando olhou em volta e se certificou de que o pai não estava prestando atenção. Ao ver os números e letras embaralhados, congelou até os ossos. Ela pressionou a tecla LER.

**O que papai diria se soubesse que sua nova queridinha é uma ladra? – A**

Hanna tentou não demonstrar o horror que sentia. Quem poderia estar fazendo isso com ela? Como A poderia saber onde ela estava naquele momento? Hanna olhou discretamente para Kate. Ela *estivera* mexendo em seu próprio celular alguns segundos antes. Kate devolveu-lhe um olhar irritado.

Hanna fechou os olhos, tentando pensar em quem mais poderia ser o novo A. No começo fizera todo o sentido imaginar que os recados vinham da Verdadeira Ali. De alguma forma, ela poderia ter voltado para assombrá-las, depois de ter sobrevivido ao incêndio *e* à queda do deque na cobertura do hotel. Mas, sabendo que a garota que elas mataram na Jamaica era Tabitha, Hanna dava-se conta de que era loucura acreditar que Ali tinha conseguido escapar do incêndio da casa de Poconos. Quem mais poderia querer machucá-las? Quem teria visto o que aconteceu na Jamaica? Quem mais saberia sobre a confusão entre Hanna e Patrick, *e* só Deus sabe mais o quê?

– Hanna?

Atordoada, Hanna olhou em volta. A equipe havia se levantado e deixava o escritório. O sr. Marin estava ao lado dela com um olhar preocupado no rosto.

— Querida, você está bem? Você parece um pouco... pálida.

Hanna olhou na direção das portas francesas. Kate e Isabel estavam se afastando em direção à cozinha. Os outros membros da equipe haviam desaparecido.

— Hum... pai, você tem um segundo? — perguntou Hanna.

— Claro. O que está acontecendo?

Hanna tossiu. Jamais poderia contar ao pai sobre Tabitha, mas havia uma história que deveria confessar antes que A o fizesse por ela.

— Ah... bom, você disse que deveríamos confessar antes que nossos segredos fossem revelados na campanha, certo?

Uma ruga de preocupação apareceu na testa do sr. Marin.

— Sim...

— Bem, há algo que preciso contar.

Hanna virou o rosto para não encarar o pai e desabafou. Sobre Patrick. Sobre como achou que ele realmente acreditava que ela poderia ser modelo. Sobre o olhar lascivo de Patrick enquanto lhe mostrava as fotografias incriminadoras.

— Tive tanto medo de que ele fosse mesmo publicá-las na internet... — disse ela, olhando para os cartazes de campanha enrolados em um canto do escritório. — Tive medo que ele pudesse afetar sua campanha e por isso roubei o dinheiro do cofre. Não sabia mais o que fazer. Não queria fazer com que perdesse a indicação do partido, papai.

Depois que ela terminou de falar, houve uma pausa longa e pesada. O celular do sr. Marin soou, mas ele não se deu o trabalho de verificar. Hanna não ousava olhar para ele. Ela estava com vergonha e com raiva. Aquilo era ainda pior do que a vez que a Ali Delas flagrara Hanna vomitando na casa do sr. Marin em Annapolis depois de comer demais.

De repente, não pôde mais aguentar. O soluço de Hanna parecia o choro de um cachorrinho. Os ombros dela se sacudiam em silêncio. Depois de um momento, ela ouviu o pai suspirar.

— Ei, querida. — Ele colocou as mãos em seus ombros. — Hanna. Não chore. Está tudo bem.

— Não, pai, não está. — Ela soluçou. — Estraguei tudo. E agora você vai me odiar outra vez.

— Outra vez? — O sr. Marin se afastou, franzindo a testa. — Eu nunca a odiei.

Hanna deu uma fungadela e ergueu os olhos. *Ah, certo.*

O sr. Marin coçou o queixo.

— Olha, é claro que eu estou *surpreso*. E um pouco chocado, admito. Mas é preciso muita coragem para admitir algo de que não nos orgulhamos. Mas, minha filha, por que você foi tirar fotos no apartamento de um estranho? E por que não veio até mim para contar tudo?

Hanna desviou o olhar.

— Eu não queria chatear você.

O sr. Marin olhou para a filha com o olhar perdido.

— Querida, eu poderia ter tomado alguma providência! Poderia ter resolvido isso. Você precisa aprender, Hanna, que pode falar comigo sobre seus problemas!

Hanna deu uma risada amarga.

— Não, papai, na verdade *não posso* — disse ela. — Faz anos que não posso contar com você. — O sr. Marin estremeceu, e Hanna pensou que fosse desmaiar. — Desculpe. Isso soou errado. O que eu quis dizer foi...

Ele fez um gesto para interrompê-la, parecendo estar na defensiva.

— Eu acho que você *quis* dizer exatamente o que disse. Mas tentei fazer parte da sua vida, Hanna. Não se esqueça de que você se recusou a falar comigo por anos. Como acha que eu me sentia?

Hanna ficou surpresa. Durante muito tempo, enquanto seu pai vivera em Annapolis, ela fingia estar ocupada demais para atender às ligações dele. Mas a verdade é que não queria ouvi-lo falar sobre Kate e sobre como ela era maravilhosa quando comparada com a gorducha, feia e desengonçada Hanna. Eles nunca tinham falado sobre isso. Hanna não percebera que seu pai sabia.

— Sinto muito — murmurou Hanna.

— Eu sinto muito também. — A voz do sr. Marin soou ríspida.

Aquilo fez as lágrimas correrem pelo rosto de Hanna ainda mais rápido. Depois de um momento, o pai puxou-a contra o peito, acariciando o braço de Hanna. Finalmente, ela enxugou os olhos e o encarou.

— Você quer que eu procure Jeremiah? Posso pedir perdão, posso pedir que ele volte, explicar o que fiz. — Hanna já podia ver o sorriso arrogante de Jeremiah quando ela pedisse *desculpas*.

O sr. Marin balançou a cabeça.

— Na verdade, Jeremiah trabalha para Tucker Wilkinson agora.

Hanna quase engasgou.

— Você está brincando!

— Bem que eu queria estar. Acho que ele não era *mesmo* de confiança. — O sr. Marin pegou um bloco de anotação sobre sua mesa, onde estava impresso TOM MARIN PARA SENADOR. —

Preciso de toda e qualquer informação que você tenha sobre esse sujeito, esse Patrick. E-mail, números de celular, tudo de que você puder se lembrar. O que ele fez é crime, Hanna. Precisamos encontrá-lo e fazê-lo pagar por isso.

Hanna vasculhou na agenda de seu celular e deu a ele as informações que tinha sobre Patrick.

— E o dinheiro que roubei? Quer que eu devolva?

O sr. Marin brincou com a caneta entre os dedos.

— Sim. Trabalhando na minha campanha. Eu ia falar sobre isso depois da reunião. Precisamos pensar numa forma de atrair os jovens. Kate vai me ajudar. E você?

— Você não tem um profissional trabalhando nisso?

— Claro que sim. Mas quero que vocês participem do processo.

Hanna parou para pensar. A última coisa que queria era participar de um grupo de trabalho com Kate, a srta. Perfeição. Mas como poderia negar alguma coisa ao pai agora?

— Claro. Estou dentro.

— Eu não consigo pensar em formas de alcançar os jovens — disse o sr. Marin. — E imaginei que vocês, garotas, pudessem ter alguma ideia.

Hanna fez uma pausa.

— Você tem uma conta no Twitter, não?

— Sim, mas *não entendo* como aquilo funciona. — O sr. Marin parecia envergonhado. — Você pode convidar as pessoas para serem seus amigos, como no Facebook?

— Não, no Twitter as pessoas simplesmente seguem quem desejam. Posso cuidar do seu Twitter se quiser. E se nós o usássemos para organizar um *flash mob*?

O sr. Marin franziu a testa.

— Não foi um *flash mob* que causou tumultos em Philly há alguns verões?

— Ah, seria um *flash mob controlado* — explicou Hanna, sorrindo. — Poderíamos atrair um grupo para um *campus*, como Hollis ou Hyde, e fazer um comício. Talvez contratar uma banda. Tornar a coisa toda o mais bacana possível, para fazer os jovens quererem comparecer, mesmo que não saibam exatamente do que se trata. Você poderia aparecer e fazer um discurso, e também poderíamos ter membros da equipe andando por ali e registrando quem quisesse se tornar eleitor.

O sr. Marin inclinou a cabeça. Seus olhos brilhavam exatamente como da vez que ele esteve prestes a permitir que ela fosse a Hershey Park, coisa pela qual Hanna costumava implorar todos os fins de semana.

— Vamos tentar — declarou ele por fim. — Que tal a Universidade de Hyde? O *campus* é pequeno e fica perto de Philly. Você pode organizar as coisas para mim?

— Claro que sim! — afirmou Hanna.

O sr. Marin tomou a mão da filha.

— Está vendo? Você tem um dom. E sobre aquilo que disse antes... De como as coisas estiveram entre nós por tanto tempo. — A voz do sr. Marin era gentil, mas ele hesitava, parecendo nervoso. — Não quero que seja assim.

— Eu também não. — Hanna fungou. — Mas não sei como arrumar as coisas.

O sr. Marin refletiu por um instante.

— Por que você não passa algumas noites da semana aqui?

Hanna ergueu os olhos.

— Como é?

— Nossa casa nova é enorme. Há um quarto sempre disponível para você. — O sr. Marin brincava com a caneta de prata.
— Sinto saudades, Han. Eu sinto falta de ter você por perto.

Hanna esboçou um sorriso, sentindo que poderia cair no choro a qualquer momento. Ela não queria morar com Kate nunca mais, mas as coisas agora pareciam diferentes com seu pai. Talvez fosse melhor morar com ele desta vez. Talvez *pudessem mesmo* começar de novo.

— Tudo bem — concordou ela, baixinho. — Acho que eu poderia passar algumas noites com vocês na próxima semana.

— Isso é maravilhoso! — O sr. Marin parecia tocado. — Sempre que quiser. — Ele ficou sério de novo. — É isso? Não há mais nada que você queira me contar?

O rosto de Tabitha surgiu na mente de Hanna depressa como um bote de serpente, mas ela fechou os olhos e se obrigou a esquecê-lo.

— Não, papai. Era só isso.

O sr. Marin sorriu para ela e deu um soquinho no braço da filha.

— Boa menina.

Hanna se levantou, deu um beijo no pai e saiu do escritório. A coisa toda tinha saído melhor do que o planejado. E provavelmente melhor do que o que A planejara também.

Mas ao sair notou que havia alguma coisa presa debaixo do pneu dianteiro de seu carro. Era um folheto de propaganda do filme *Pretty Little Killer*, que tinha estreado na mesma noite em que surgiram as notícias sobre Tabitha.

Os olhos de Ali eram de um azul assustador e seu sorriso cruel parecia real demais, quase como se ela pudesse sair da página a qualquer instante. Uma risada distante alcançou os ouvidos de Hanna, e ela olhou ao redor, observando a rua quieta. Estava vazia, mas ela ainda teve a impressão de que era observada por alguém. Alguém que sabia todos os seus segredos. Alguém que estava pronto para contá-los a todo mundo.

# 5

## A PEQUENA SEREIA

– Não consigo entender por que temos que esperar até meia-noite para ir à festa. – Emily se ajeitou na banqueta estofada com tecido de galinhas estampadas da cozinha dos Fields. – Você não disse que começava às nove horas?

Beth passou sombra na pálpebra de Emily.

– Ninguém vai para uma festa às nove da noite, Emily. Meia-noite é a hora em que tudo acontece!

– E como *você* sabe disso, garota certinha?

– Garota certinha? – Beth riu. – Rá!

– Psss! Não fale tão alto! – sussurrou Emily.

Passava um pouco das onze horas, e os pais de Emily tinham ido dormir depois do jantar de carne ensopada, de uma partida de *Scattegories* e de um programa de televisão entediante sobre a história da criação das ferrovias. Eles não tinham ideia de que Emily e Beth planejavam ir a uma festa em noite de um dia de semana, muito menos a um *loft* na Filadélfia cheio de universitários e álcool.

Beth passara a última hora enchendo o rosto de Emily de maquiagem e usando uma chapinha para criar ondas sedutoras em seu cabelo louro-avermelhado. Além disso, Beth exigiu que Emily usasse o sutiã de cetim preto com bojo que encontrara em sua gaveta. Era um sutiã que Emily comprara na Victoria's Secret quando fora lá com Maya St. Germain, uma garota que tinha sido sua namorada no ano anterior.

– Um novo look vai arrancar você dessa tristeza – garantira Beth.

Emily queria dizer que sabia que a única coisa que a arrancaria da tristeza seria descobrir que a morte de Tabitha não passava de um sonho, mas apreciava o esforço de Beth.

– Pronto. Sua transformação está completa – disse Beth enquanto dava os últimos retoques de batom em Emily. – Dê uma olhada.

Ela colocou um espelho amarelo nas mãos de Emily.

Emily suspirou, observando seu reflexo. Suas pálpebras estavam esfumadas, o que tornava seu olhar sensual. As maçãs de seu rosto estavam definidas, e seus lábios pareciam mais cheios e bastante beijáveis. Isso a lembrou de como Ali a maquiava quando iam dormir na casa umas das outras. As garotas insistiam para que Emily usasse maquiagem na escola, mas ela se sentia envergonhada quando se maquiava. Tinha certeza de que estava fazendo alguma coisa errada.

Beth exibiu um vestido preto e justo e uma faixa preta de cabelo, adornada com uma pena.

– Vamos, ponha isso e então você estará pronta.

Emily olhou para baixo, para o moletom-amuleto que ainda usava. Queria perguntar a Beth se podia ficar assim, mas até mesmo ela sabia que aquilo seria inadequado.

— Ei, e se eu usasse jeans?

Beth fez uma careta.

— É uma festa à fantasia, Em! E não há nenhuma gota de glamour em jeans. Queremos que você fique com alguém esta noite.

*Ficar?* Emily ergueu uma de suas sobrancelhas recém-feitas. Tivera uma surpresa atrás da outra desde que Beth chegara. Ouvira a voz de L'il Kim vindo do antigo quarto de Beth enquanto a irmã cantava sem errar a letra, mesmo nas músicas mais obscenas. E Beth mostrara a Emily uma foto de Brian, seu novo namorado, que também era treinador da equipe de natação.

— Quem é você e o que fez com a minha irmã? — perguntou Emily, meio brincando e meio a sério enquanto aceitava o vestido.

— Ei, você não se lembra de mim sendo tão destemida?

— Eu me lembro de você sendo extremamente parecida com Carolyn. — Emily franziu o nariz.

Beth se inclinou na direção dela.

— Houve algum problema entre vocês?

Emily desviou o olhar para a geladeira. Sua mãe, que era muito organizada, havia planejado o cardápio do jantar da semana seguinte e pendurado suas anotações ali. Segunda-feira seriam tacos. Terça-feira, espaguete com almôndegas. Terça-feira *sempre* havia espaguete com almôndegas.

Beth colocou a mão no queixo, como se fosse uma apresentadora da televisão.

— Vai, conta o que aconteceu.

E era o que Emily mais queria fazer. *Carolyn nunca me deixa esquecer que sou uma filha abominável,* ela queria dizer. *Tudo o que eu queria era que ela me abraçasse e me dissesse que iria ficar tudo bem, mas ela nunca fez isso. Nem mesmo ficou comigo na sala de parto. Ela só descobriu depois, quando tudo tinha terminado, e então fez uma cara de "Ah, tá".*

Mas Emily deu de ombros e se afastou. A dor e o segredo eram grandes demais para suportar.

– Não importa. É tudo bobagem.

Beth olhou para Emily, como se soubesse que a irmã estava escondendo alguma coisa. Suspirando, olhou para o relógio sobre o micro-ondas.

– Tudo bem, srta. Fabulosa. Em dez minutos nós saímos daqui.

A festa era em Old City – por uma ironia do destino, o bairro de Philly onde ficava o consultório da obstetra de Emily. Depois de estacionar em uma garagem do outro lado da rua, Beth, usando a coroa da Estátua da Liberdade, um longo vestido verde estilo grego e sandálias de gladiador, atravessou a rua calçada com pedras irregulares em direção ao elevador de carga em um edifício que mais parecia uma fábrica. Outros jovens, todos usando fantasias bem-feitas, enfiaram-se com elas no elevador, e imediatamente o espaço apertado ficou impregnado com o cheiro de desodorante e álcool. Dois caras fantasiados de mafiosos, usando chapéus de feltro e terno risca de giz, deram uma boa olhada em Emily. Entusiasmada, Beth a cutucou, mas Emily ajeitou a faixa de penas e fixou o olhar na placa de segurança exposta no elevador, perguntando-se qual teria sido a última vez que aquele negócio recebera algum tipo de manutenção. *Se não quebrar enquanto estivermos aqui dentro, fico na festa por uma hora*, prometeu Emily a si mesma.

A música pulsante podia ser ouvida através das paredes enquanto o elevador subia, rangendo, por três andares. As portas se abriram em um loft escuro, tomado por velas acesas, enormes tapeçarias, quadros e uma multidão fantasiada. Cher e Frankenstein se contorciam na pista de dança. A rainha má de Branca de Neve dançava com o dinossauro Barney. Um zumbi balançava em cima de uma mesa e dois extraterrestres acenavam para os carros que passavam abaixo da escada de incêndio.

— De quem é essa festa afinal? — perguntou Emily aos gritos para Beth.

A irmã fez um gesto com as mãos.

— Não tenho a menor ideia. Recebi o convite pelo Twitter. A festa se chama: "Loucura dos Monstros de Março."

O lugar tinha janelas que iam do chão ao teto, com vista para Penn's Landing e o rio Delaware. Emily virou a cabeça e pôde ver Poseidon, o restaurante de frutos do mar onde trabalhara no verão anterior. Era o único emprego que oferecia plano de saúde aos funcionários — Emily podia imaginar a confusão se as palavras EXAME PRÉ-NATAL aparecessem na fatura do plano de saúde dos pais dela. Tinha trabalhado todos os dias da gravidez, até seus tornozelos incharem, rouca de tanto dizer *"Ho ho ho!"* com voz de pirata. Ela passava o tempo todo enjoada e se arrastava de volta ao dormitório de Carolyn na Temple fedendo a camarão frito.

Beth pediu quatro doses no bar.

— Vire tudo de uma vez só! — disse ela, entregando dois copos para Emily.

Emily examinou o líquido escuro. Cheirava como Fisherman's Friends, aquelas pastilhas de mentol nojentas que seu pai queria que chupasse quando estava com dor de garganta, mas Emily bebeu assim mesmo. Em seguida, alguém deu um tapinha no ombro de Emily. Uma menina usando uma peruca verde e um longo vestido de sereia, com cauda de peixe e tudo, praticamente caiu sobre ela.

— Desculpe! — gritou a menina. Então encarou Emily, para depois olhar para baixo e sorrir. — De matar!

Emily deu um passo para trás, ficando tensa de repente.

— Desculpe, *o quê*?

— Sua roupa! — A menina passou os dedos no vestido de Emily. — Está de matar!

— Ah... Obrigada. — O coração de Emily começou a bater mais devagar. É claro que ela não estava insinuando que Emily era uma criminosa.

— O vestido é meu — disse Beth, intrometendo-se entre elas e passando o braço pelos ombros de Emily. — Mas não ficou sensacional nela? Estou tentando fazer essa garota sair da toca e se divertir na festa! Pular em cima da mesa, ficar com um estranho, dançar em plena Avenida Market...

Os olhos da sereiazinha brilhavam. Ela lembrava a Emily uma versão de Ariel, a personagem de *A pequena sereia*, só que mais sexy e com os cabelos esverdeados.

— Ai, adorei. Uma lista de tarefas a cumprir para ser uma garota malvada.

Beth aprovou com um *high five*.

— E aí, Em? Por onde quer começar?

— Que tal beijando um estranho? — sugeriu a sereiazinha.

— Ou você pode roubar as roupas de baixo de alguém — brincou Beth.

— Que nojo! — Emily fez uma careta.

Beth colocou as mãos na cintura.

— Tudo bem. Escolha alguma coisa, então.

Afastando-se da irmã, Emily observou a multidão, detestando a ideia de ter uma lista de menina malvada a cumprir. A música pulsava, eletrizante, nada parecida com o que os DJs tocavam nas festas de Rosewood Day.

Duas meninas fantasiadas de hippies estavam em um dos cantos de mãos dadas. Um casal fantasiado como soldados imperiais de *Guerra nas estrelas* colocava comida um na boca do outro em um sofá perto da janela.

Então, a sereia tomou a mão de Emily, inclinou-se e beijou-a na boca. Emily congelou. Não beijava ninguém desde a Verdadeira Ali no ano passado, e a boca da sereia era quente e macia.

A sereia sorriu e se afastou.

— Risque um item da sua lista. Você já beijou uma estranha.

— Ah, esperem aí, não valeu! — brincou Beth. — Foi ela que beijou você! *Você* precisa beijar alguém agora!

— Isso mesmo, escolha alguém! — A sereia aplaudiu. — Ou simplesmente feche os olhos e aponte para alguém!

Emily estava ofegante, os lábios dela ainda pinicavam. Aquele tinha sido um beijo *fantástico* e havia mexido com ela. Subitamente, Emily quis provar para a nova garota que era corajosa e temerária – digna de outro beijo. De olhos fechados, virou-se e apontou. Quando abriu os olhos, viu que estava mirando para uma menina alta e linda que usava óculos de armação escura e fantasia de Super-homem.

— É a Supergirl! — gritou Beth, empurrando a irmã. — Vai lá!

Cheia de adrenalina, Emily bebeu de um gole só o segundo copo de bebida e seguiu na direção da desconhecida, torcendo para que a sereia estivesse olhando para ela. Supergirl conversava com alguns rapazes. Emily tomou a mão dela e disse:

– Olá...?

Quando a Supergirl se virou para ver o que estava acontecendo, Emily ficou na ponta dos pés e a beijou na boca. Em um primeiro momento, a menina parecia chocada, e seus lábios não se moveram, mas depois de um instante cedeu e beijou Emily de volta. A garota tinha gosto de gloss de amora.

Emily interrompeu o beijo, acenou em despedida e correu para a irmã.

– E aí? – perguntou Beth. – Como foi?

– Foi divertido! – admitiu Emily, sentindo-se alegre e animada. Ela olhou em volta procurando pela sereia, mas a garota desaparecera. Emily tentou não se sentir decepcionada.

– Ótimo! – disse Beth. Pegou as mãos de Emily e balançou-as. – E, agora, o que você quer fazer?

Emily olhou para a festa e depois apontou para o sofá.

– Pular no sofá?

– Isso! Ótimo!

Beth lhe deu um empurrão, e Emily, hesitante, subiu no sofá e pulou um pouco. Estava prestes a descer dali, mas um sujeito usando um *sombrero* e um colete mexicano bordado sorriu para ela.

– Vai nessa! – disse ele, fazendo sinal de positivo. Emily riu e pulou mais e mais, sentindo-se como se estivesse na sala de visitas de sua casa, pulando no sofá escondida da mãe. A cada pulo, Emily se sentia um pouco mais livre e mais leve. Quando Beth a ajudou a descer, até a irmã dava risadas.

Os próximos movimentos ousados foram rápidos e cheios de energia. Emily roubou um cigarro de um asiático grandão que usava uma bandana de pirata. Circulou pela pista de dança beliscando os traseiros das meninas. Beth disse a ela que fosse até uma das enormes janelas e mostrasse o traseiro para a Avenida Market, e Emily *quase* fez isso, mas se lembrou de que Beth veria a cicatriz de sua cesariana se levantasse o vestido. Dançou, descontrolada, na frente da janela em vez disso, dando um show para quem passava na avenida abaixo. Depois de se permitir tudo o que desejava, Emily sentiu-se mais leve, abandonando o medo que a acompanhava todo o tempo como se fosse uma roupa suja.

Depois de pedir ao DJ que a ensinasse como girar os discos, Emily deu um abraço desajeitado na irmã.

— Essa festa está maravilhosa. Muito obrigada por me trazer.

— Eu disse que você precisava passear — provocou-a Beth. — E quanto à Sexy Deusa do Mar? — Beth apontou para a sereia que dançava na pista de dança. — Ela está totalmente a fim de você, Emily. Você precisa ir até lá.

— Ela não está *a fim* de mim — protestou Emily. Mas deu uma olhada para a sereia. O vestido verde cintilante revelava cada curva da garota. Quando percebeu que Emily a observava, soprou um beijinho.

Emily e Beth foram para a fila do bar, e a sereia veio dançando até elas.

Emily se inclinou na direção dela.

— Então, você conhece o dono da festa?

A menina arrumou a peruca verde.

— Acho que *ninguém* sabe. Há rumores de que este *loft* pertence ao executivo de uma gravadora. Descobri sobre a festa na internet.

Duas meninas passaram por ela dançando envoltas em uma nuvem de fumaça de maconha. Emily abriu caminho.

— Você é daqui?

— Do subúrbio. — A menina franziu o nariz. — *Um tédio!*

— Eu também. Rosewood. — Assim que Emily pronunciou a palavra, encolheu-se, certa de que a menina a olharia com mais atenção e perceberia que ela era uma das garotas do filme *Pretty Little Killer*.

Mas a garota deu de ombros.

— Eu vou para uma escola particular perto de lá. Mas, graças a Deus, falta pouco para a faculdade.

— Você já sabe para que faculdade vai? — Emily percebeu que havia um chaveiro da Universidade da Pensilvânia balançando na bolsa dourada da garota, que parecia ser bem cara.

— Penn?

Uma expressão estranha passou pelo rosto da sereia.

— Não acho que qualquer faculdade queira me receber — afirmou a garota. Então ela tomou o braço de Emily, o rosto iluminado novamente. — Tenho um desafio para você, garota malvada. — Ela apontou para uma menina do outro lado do salão que usava uma roupa de Pocahontas com franjinhas e um enorme cocar indígena. — Roube o cocar dela. Coloque na sua cabeça. Aposto que em você vai ficar mais sexy.

O coração de Emily deu um pulo. Talvez Beth estivesse certa sobre a sereia ter uma quedinha por ela.

— Certo.

Rindo, Emily atravessou o salão e se aproximou de Pocahontas. Então, com um gesto rápido, destemido e sutil, ela tirou o cocar da cabeça da outra menina. De repente, os braços de Emily ficaram cobertos de penas. Pocahontas ergueu os braços, virando-se a tempo de ver Emily colocando o cocar na própria cabeça e sair correndo como uma louca pelo *loft*.

— *Você é incrível!* — gritou a sereia quando Emily se aproximou. — Quando poderei vê-la de novo? Acho que vou morrer se não puder ficar sua amiga.

Emily quase disse que esperava que elas se tornassem *mais* do que amigas.

— Me dê seu telefone — pediu Emily, apanhando o celular. — Nossa, acabo de perceber que nem sei seu *nome*.

— Ora, onde está minha boa educação? — A sereia tocou com delicadeza a etiqueta de sua bolsa. — Eu me chamo Kay.

— Eu me chamo Emily.

Sorrindo para a menina, Emily lhe deu o número de seu celular quase secreto, um número que ela jurara não dar a ninguém além da família e de amigos muito próximos, porque, de repente, aquilo parecia uma precaução que só a Antiga Emily medrosa tomaria.

E esta noite ela deixara a Antiga Emily para trás.

# 6

## A ESTRELA DECADENTE

No dia seguinte pela manhã, Spencer esperava, sentada em uma cadeira de veludo verde do auditório de Rosewood Day. Em suas mãos, uma cópia surrada de *Macbeth*, de William Shakespeare, que tinha todas as falas de Lady Macbeth — a personagem que ela interpretaria na produção do grupo de teatro da escola — sublinhadas com marcador rosa. Enquanto ela, nervosa, dava uma lida na primeira cena, Pierre Castle, o novo professor de teatro de Rosewood Day e diretor da peça, bateu palmas para chamar a atenção do pessoal.

— Certo, vamos lá! Lady M., suba nesse palco, por favor! — Pierre, que insistia em ser chamado pelo primeiro nome, recusava-se a pronunciar o nome Macbeth com medo da maldição ancestral. Segundo a lenda, todos os que ousassem dizer o nome da peça em voz alta eram vitimados por febres mortais, sofriam queimaduras muito graves, eram esfaqueados ou, ainda, estrangulados. Aquele era o primeiro ensaio de Pierre como diretor, e ele, além de chamar a produção de *A peça escocesa,* dirigia-se a Macbeth e a Lady Macbeth por suas iniciais, o que deixava a maior parte dos calouros confusa. Pierre tinha sido contratado como substituto quando Christophe, o antigo professor de teatro e diretor das peças da escola, mudara-se para a Itália com o namorado. Mas a opinião geral era de que Pierre estava se saindo bem. Ele adaptara *Cimbelino* para uma produção em Philly e para várias produções do festival *Shakespeare in the Park*, em Nova York.

Com seu texto sublinhado debaixo do braço, Spencer subiu as escadas. Os joelhos dela tremiam. Na noite anterior, havia rolado na cama sem conseguir dormir até as primeiras horas da manhã, tentando descobrir como toda aquela confusão com sua admissão em Princeton tinha sido possível. Às duas da manhã, já havia jogado os lençóis longe e estava lendo a carta mais uma vez, torcendo para que fosse um enorme engano. Mas verificou a existência de Bettina Bloom no site do comitê de admissões de Princeton e confirmou que ela era quem afirmava ser, a presidente do comitê. E ela parecia bem esnobe.

Era uma loucura pensar que existisse outro aluno tão bem preparado quanto ela e também chamado Spencer Hastings. Spencer jogara o nome de Spencer F. no Google – ela só o chamava assim. Até onde pôde ver, Spencer Francis Hastings tinha se candidatado a prefeito em Darien, Connecticut, aos 16 anos e quase vencera. Em seu perfil do Facebook, ele se gabava de ter velejado pelo mundo com o pai no verão anterior e ter acabado em segundo lugar no concurso de ciência de Westinghouse no primeiro ano do ensino médio. As fotos da página dele mostravam um cara certinho e bonitão, do tipo que parecia incrivelmente educado com velhinhas, mas que poderia ter uma porção de namoradas quando bem entendesse. Ao receber a mesma carta de Princeton que ela, Spencer F. provavelmente tinha dado de ombros, entrando em seguida em contato com algum figurão estrangeiro ou diretor de Hollywood, pedindo que dessem um telefonema decisivo para o comitê de admissões.

Aquilo era de uma incrível injustiça. Spencer tinha se esforçado muito, *muito* mesmo para ser aceita em Princeton. Ela também fizera coisas horríveis para garantir sua vaga na universidade, arruinando inclusive o futuro de Kelsey no verão anterior. Ela *precisava* ser o Spencer que conseguiria a vaga.

Já que candidatura a um cargo público estava fora de cogitação, Spencer precisava de outra estratégia. Tinha sido a protagonista em todas as peças da escola, começando por seu pequeno papel em *A pequena galinha ruiva* no primeiro ano. Depois, ela vencera Ali – na verdade, Courtney – para o papel de Laura na produção do sétimo ano de *À margem da vida*. Até os veteranos tinham ficado impressionados com sua atuação madura e cheia de fragilidade. No oitavo ano, depois que Ali já tinha desaparecido – ou melhor, depois de Ali ser morta pela Verdadeira Ali –, Spencer interpretara Maria em *Longa jornada noite adentro*, ovacionada de pé. A montagem de *Hamlet* do ano anterior tinha sido a única produção que ela não protagonizara, porque fora proibida de participar de todas as atividades extracurriculares por plagiar o trabalho da irmã para inscrevê-lo no prêmio Orquídea Dourada como se fosse dela. A montagem deste ano de Macbeth em Rosewood Day era uma benção, e o fato de Spencer ter sido escalada como Lady Macbeth, um papel incrivelmente desafiador e que deixaria o comitê de admissões de Princeton muito impressionado, era um milagre. Talvez aquilo fosse exatamente do que ela precisava para ter alguma vantagem sobre Spencer F.

As tábuas do palco rangeram sob suas sapatilhas cinzentas J. Crew. Pierre, que usava preto dos pés à cabeça e o que talvez fosse mesmo lápis de olho, bateu de leve uma caneta Mont Blanc prateada contra os lábios.

— Vamos repassar sua cena de sonambulismo, Lady M. Chegou a ensaiá-la com Christophe?

— Claro — mentiu Spencer. Na verdade, Christophe estava tão envolvido com seus planos de mudança que preferiu acreditar que Spencer sabia suas falas e que não precisava de ensaio.

Pierre notou que Spencer estava com o texto nas mãos.

— Você ainda precisa disso? A apresentação é em menos de duas semanas!

— Já decorei quase todas as minhas falas — protestou Spencer, ainda que não fosse exatamente verdade.

Spencer ouviu uma risadinha à sua esquerda.

— Essa garota *jamais* seria aceita no curso de Teatro de Yale — disse alguém em voz baixa.

Spencer olhou ao redor. Beau Braswell, tão novo em Rosewood Day quanto o diretor da peça e colega de elenco de Spencer em *Macbeth*, fora quem dissera aquela maldade.

— O que você disse? — perguntou Spencer.

Beau franziu os lábios.

— Nada.

*Droga*. Spencer deu as costas para ele e arregaçou as mangas de seu blazer de Rosewood Day. Beau, com as maçãs do rosto salientes, o longo cabelo escuro, o jeitão fabricado de garoto malvado e uma motocicleta Indian *vintage*, viera de Los

Angeles e logo se tornou "o cara" do grupo de teatro para todas as garotas, menos para Spencer. No mês anterior, quando as admissões antecipadas para as faculdades foram anunciadas, ele mencionou quase sem querer que havia sido aceito no programa de Teatro de Yale. Se "quase sem querer" significar falar sobre isso cheio de orgulho. Todo. Santo. Dia. A referência a Yale fazia Spencer sofrer, especialmente naquele dia, e principalmente agora que o futuro dela parecia tão nebuloso.

– Certo! Vamos em frente! – Pierre bateu a caneta no seu texto, e o barulho fez Spencer pular. – Vamos do começo da cena. Doutor? Senhora? – Ele olhou para Mike Montgomery e Lowry Colleen, que também estavam na cena. – Lembrem-se, vocês estão assistindo de fora aos apuros de Lady M. E... vai!

Mike, interpretando o médico de Lady Macbeth, virou-se para Colleen, a criada de Lady Macbeth, e perguntou há quanto tempo Lady Macbeth era sonâmbula. Colleen respondeu que, aparentemente, Lady Macbeth levantara-se no meio da noite, escrevera algo em um pedaço de papel e, em seguida, selara o segredo.

Pierre fez um gesto na direção de Spencer, e ela entrou em cena esfregando as mãos com desespero.

– Sim, *aqui está a mancha!* – exclamou ela, arrebatada, tentando soar como uma mulher enlouquecida e arrasada pela culpa de ter matado o rei.

– *Atenção! Está falando* – disse Mike.

– *Saia, mancha maldita! Saia!* – gritou Spencer.

Ela espiou o roteiro e disse mais algumas falas. Quando alcançaram a parte em que Lady Macbeth ainda podia sentir o cheiro do sangue do rei em sua pele, Pierre suspirou.

— Podem parar! — ordenou ele. — Preciso sentir mais emoção, Spencer. Mais culpa. Todas as coisas ruins que fez voltaram-se contra você, e agora você tem pesadelos e vê sangue em suas mãos. Tente imaginar como é a sensação de tirar a vida de alguém.

*Ah, se você soubesse*, pensou Spencer, sentindo calafrios, lembrando-se de Tabitha no mesmo instante. E se o comitê de admissões de Princeton de alguma forma ficasse sabendo do que acontecera na Jamaica? E se A contasse a eles? Ela estremeceu e fechou os olhos enquanto a cena continuava.

— Spencer? — chamou Pierre.

Spencer piscou. A cena estava em andamento, e Spencer não tinha escutado nada. Quando deu por si, o diretor a encarava.

— Hum, perdão, onde estamos?

Pierre parecia irritado.

— Mike, repita sua última fala, sim?

— *Esta doença ultrapassa minha arte; no entanto, conheci sonâmbulos que morreram santamente em suas camas* — disse Mike.

Spencer deu uma olhada para seu texto.

— *Lavai as mãos, vesti vosso roupão de dormir...*

Mas, enquanto Spencer dizia sua fala, seus pensamentos se dispersaram mais uma vez. E se a Universidade de Princeton de alguma maneira tivesse descoberto o que acontecera com Kelsey no verão passado? A polícia disse que o incidente não ficaria no registro permanente de Spencer, mas talvez Princeton tivesse descoberto de outra forma.

Aquela noite de verão em junho em que conhecera Kelsey não saía da cabeça de Spencer. Havia sido em um bar chamado McGillicuddy's, no *campus* da Universidade da Pensilvânia. O chão do lugar era pegajoso por causa da cerveja derramada, na televisão de tela plana passava um jogo de Phillies e os *barmen* alinhavam copos com bebidas de cores em neon no balcão. O salão estava cheio de alunos dos cursos de verão, a maioria menor de idade. Spencer estava sentada ao lado de um sujeito chamado Phineas O'Connell, que ficava atrás dela no curso avançado de Química III.

– Você vai cumprir quatro cursos avançados em seis semanas? – perguntou Phineas, seu copo de Guinness na mão. Ele era um cara bonito, de cabelo repicado e camiseta *vintage*. Fazia o gênero "Justin Bieber meio emo". – Você é o quê, maluca?

Spencer deu de ombros, fazendo de conta que não estava enlouquecendo com a carga horária brutal que escolhera. Em suas notas finais no último ano letivo em Rosewood Day, havia três notas nove, *e* ela tinha caído para o vigésimo sétimo lugar na classificação da turma. Spencer precisava dar um jeito nisso. Cursar quatro cursos avançados era a única coisa que poderia salvar sua média de notas e fazê-la ser aceita em uma grande universidade.

– Estou fazendo quatro cursos avançados também – disse alguém.

Bem atrás deles estava uma garota do tipo *mignon*, com cabelo cor de canela e olhos brilhantes verdes. Spencer a conhecia de vista, dos dormitórios da Penn. Ela usava uma camiseta desbotada de St. Agnes – um colégio particular exclusivo, que ficava próximo de Rosewood – e um par de sandálias espadrilha Marc Jacobs beges da coleção mais recente. Spencer usava sandálias idênticas, mas as dela eram azuis.

Spencer sorriu, resignada.

— É reconfortante saber que existe alguém tão maluca quanto eu.

— Às vezes penso que vou ter que me clonar para dar conta de tudo. — A garota deu uma risada. — E matar minha colega de quarto, que ouve as músicas de *Glee* o tempo... Cantando junto. — Ela colocou o dedo na têmpora e fez um barulho, *bang!*, como se desse um tiro na cabeça.

— Você não precisa clonar a si mesma e nem mudar de quarto. — Phineas brincou com o anel de pedra verde de formatura em seu dedo. — Se vocês, garotas, estiverem falando sério sobre os quatro cursos avançados, conheço algo que pode ajudá-las.

Spencer colocou as mãos na cintura.

— Eu *estou* falando sério. E faço o que for preciso.

Phineas olhou para a outra menina.

— Eu também estou falando sério — afirmou ela após hesitar um instante.

— Bem, então tudo bem. Vamos lá.

Phineas tomou Spencer e a outra menina pelo braço, levando-as para os fundos do bar. Enquanto caminhavam, a garota virou-se para Spencer.

— Será que conheço você? Você me parece muito familiar.

Spencer trincou os dentes. Sabia que a menina a reconhecia, provavelmente, porque estava em todos os noticiários e revistas *People*, apontada como uma das garotas que tinha sido atormentada por sua antiga e supostamente falecida melhor amiga.

— Spencer Hastings — disse Spencer depois de hesitar um segundo.

A garota fez uma pausa e assentiu.

— Meu nome é Kelsey. E, a propósito, adorei seus sapatos. Você também está na lista de clientes especiais da Saks?

— Claro! — disse Spencer.

Kelsey bateu o quadril no de Spencer. E esse foi o único comentário dela. Spencer poderia beijá-la por não mencionar Alison DiLaurentis, a troca de identidade de gêmeas ou certo redator de mensagens chamado A.

— Lady M.? — chamou uma voz firme. Parecia que a cabeça de Pierre estava prestes a explodir.

— Ah... — Spencer olhou ao redor. Mike e Colleen haviam deixado o palco. A cena terminara?

Pierre mandou Spencer sentar-se na plateia.

— Bruxas? Vocês são as próximas!

As bruxas, interpretadas pela irmã postiça de Hanna, Kate Randall, e também por Naomi Zeigler e Riley Wolfe, interromperam sua sessão de manicure na última fileira do auditório.

— Oi, Beau — saudou Riley enquanto subiam ao palco, batendo seus cílios pálidos e espessos na direção dele.

— Oi — respondeu Beau, dando um sorriso cheio de si para as garotas. — Prontas para gargalhar e fazer profecias, bruxinhas?

— Claro! — Naomi deu um risinho, afastando o cabelo louro do rosto.

— Eu queria poder lançar um feitiço *de verdade* — disse Riley. — Faria Pierre *me* dar o papel de sua mulher e jogar Spencer para escanteio.

As três lançaram olhares mortais na direção de Spencer, que não tinha muito contato com Naomi ou Riley, mas tomava cuidado com elas. As duas já tinham sido muito amigas da Verdadeira Ali. Então a troca de identidade aconteceu, e a Ali Delas – Courtney – desfez abruptamente os laços, e Naomi e Riley deixaram de ser populares. E elas passaram a ser más com Spencer e suas antigas amigas desde então.

Spencer virou-se para Pierre, que escrevia sem parar em seu roteiro, provavelmente notas frenéticas sobre como a atuação dela fora medíocre.

– Sinto muito pela minha atuação – desculpou-se Spencer. – Eu não estava muito atenta. Vou compensar amanhã.

Pierre apertou os lábios.

– Espero que minhas atrizes deem tudo de si mesmas em todos os ensaios, Spencer. Quero cento e dez por cento a cada dia. *Isso* foi mesmo o melhor que você pôde fazer?

– Claro que não! – garantiu Spencer. – Pierre, eu vou fazer melhor! Eu prometo!

Pierre não pareceu convencido.

– Se você não começar a levar a produção realmente mais a sério, serei obrigado a dar o papel de Lady M. para Phi.

Ele gesticulou na direção de Phi Templeton, a substituta de Spencer, sentada bem no meio do corredor, com o nariz enterrado no texto da peça. Meias listradas de preto e branco cobriam suas pernas, que, estendidas como estavam, lembravam as perninhas da Bruxa Má do Oeste, a única parte de seu corpo que não é atingida quando a casa de Dorothy, transportada por um tornado, cai em cima dela em *O Mágico de Oz*. Havia um pedaço de papel higiênico preso na sola de seus sapatos Doc Marten.

– Não faça isso comigo! Por favor! – implorou Spencer com um gemido. – Preciso tirar uma boa nota nessa matéria.

— Então se concentre na peça, Spencer. *Foco.* — Pierre fechou seu roteiro com um gesto determinado. Um marcador de veludo vermelho coberto com desenhos de beijinhos ficou pendurado para o lado de fora, mas ele não se preocupou em guardá-lo. — Se você for uma Lady M. memorável, receberá um A. Caso contrário, bem... — Pierre fez uma pausa dramática e ergueu as sobrancelhas em uma ameaça velada.

Alguém tossiu à esquerda. Naomi, Riley e Kate deram risadinhas junto ao caldeirão das bruxas. No auditório, todas as pessoas a encaravam.

— Tenho tudo sob controle, Pierre — afirmou Spencer enquanto deixava o palco e percorria o corredor com o máximo de confiança que pôde demonstrar, aproveitando para pisar como quem não quer nada a tira da mochila de Phi.

Abrindo as portas duplas do auditório com um empurrão, Spencer entrou no saguão cheio de janelas do teatro da escola, repleto de cartazes anunciando Macbeth e com cheiro de chiclete de hortelã. De repente, um sussurro fraco a alcançou.

*Assassina.*

Spencer deu um pulo e olhou em volta. Não havia ninguém no saguão. Ela examinou a escada, mas lá também não havia ninguém.

Ouviu-se um rangido, e Spencer deu outro pulo. Quando se virou, Beau estava bem atrás dela.

— Posso ajudá-la a ensaiar, Spencer. Se quiser — disse ele.

Spencer ficou tensa.

— Não preciso da sua ajuda, muito obrigada.

Beau afastou uma mecha do sedoso cabelo castanho que caía em seu rosto.

— Para ser franco, acho que você precisa. Se você for mal, vou parecer péssimo. E minha atuação será gravada para o pessoal da Yale. Meu desempenho nessa produção vai influenciar para qual turma vou entrar no outono.

Spencer resmungou, indignada. Ela já ia se afastar, mas então se lembrou da carta de Princeton. Beau fora aceito no curso de Teatro da Yale. Esnobe ou não, era provável que ele soubesse alguma coisa sobre atuação. E Spencer precisava de toda a ajuda que pudesse conseguir.

— Tudo bem — consentiu ela, tentando parecer distante. — Se quiser, podemos ensaiar juntos.

— Ei, isso será ótimo! — Beau empurrou a porta do auditório com o ombro. — Domingo, então. Na minha casa.

— Espere aí! — chamou Spencer. — Como vou descobrir onde você mora?

Beau olhou-a como se Spencer fosse uma tola.

— Meu endereço está na lista do elenco da turma de teatro, como o de todo mundo. Dê uma olhada.

Com um arzinho arrogante, ele deu as costas para Spencer e entrou no auditório, caminhando em direção às fileiras de assentos. Naomi, Riley, Kate e suas outras fanzocas se cutucaram e o devoraram com os olhos. Spencer preferiria morrer a confessar, mas ela também não pôde deixar de cobiçar o traseiro bonito de Beau enquanto ele descia pelo corredor.

# 7

## DÊ GRAÇAS PELAS AGENDAS
## DE CELULAR

Sexta-feira, antes da última aula na tarde, Aria saiu da sala de história da arte com o celular aberto para xeretar no site do Memorial de Tabitha Clark. Quase nenhuma postagem nova, a não ser de amigos e familiares oferecendo condolências. Ela também viu que na semana seguinte haveria um especial na CNN sobre o abuso de álcool no recesso escolar da primavera. Pelo jeito, a história de Tabitha ilustraria a matéria. Aria engoliu em seco. Era tão esquisito e desagradável deixar que o mundo pensasse que Tabitha morrera por beber demais.

Ela ergueu os olhos a tempo de ver Mike parar ao lado do armário dele. Ele conversava com Colleen Lowry, uma líder de torcida muito bonita que era da sua turma. Pelo que diziam, eles estavam juntos numa peça teatral da escola. Depois de guardar suas coisas, Mike se afastou e, enquanto caminhava pelo corredor com Colleen, colocou a mão no traseiro dela. Mike passara as últimas semanas parecendo bem triste por ter terminado o namoro com Hanna, mas, ao que tudo indicava, estava recuperado.

Aria foi varrida por uma onda de desespero. Será que algum dia ela também seria capaz de superar Noel? Será que, em algum momento, conseguiria olhar para coisas bobas em seu quarto – um copo de plástico vazio de um show ao ar livre em Camden a que eles tinham ido juntos no verão anterior; uma tatuagem temporária de Robert Pattinson, por quem Noel, de implicância, dizia que ela tinha uma queda; a programação do curso de culinária que faziam juntos em Hollis – e não cair no choro? Aria não conseguia parar de pensar sobre o que tinha feito de errado no relacionamento deles. Ele o arrastara para muitos saraus de poesia, ela sabia. Ficava entediada nas Típicas Festas de Rosewood que ele organizava com frequência. E também houve a história na Islândia. Mas a única que sabia do ocorrido era Hanna, que jurara guardar segredo.

– Aria.

Aria se virou e viu que Hanna vinha em sua direção, aparentando ter algo importante a dizer. Ainda que o cabelo castanho-avermelhado de Hanna estivesse puxado para trás em um elegante rabo de cavalo, que a maquiagem impecável parecesse ter sido aplicada por um profissional, que a blusa listrada sob seu blazer marinho de Rosewood Day tivesse um caimento perfeito, Hanna parecia um trapo.

– Oi! – disse Hanna sem fôlego.

– O que aconteceu? – perguntou Aria.

Hanna ajeitou a bolsa de couro verde-folha modelo satchel em seu ombro. Ela olhou em volta com cuidado.

– Aria, você recebeu alguma nova mensagem de... *você sabe quem*?

Aria brincou com uma pulseira de cânhamo que comprara em uma loja especializada em Philly.

— Nenhuma nas últimas duas semanas. — Aria se lembrou das notícias sobre os restos mortais de Tabitha aparecendo na praia. — Por quê? Você recebeu alguma?

A música clássica que ecoava pelos corredores nos intervalos entre as aulas, considerada pela direção de Rosewood Day algo mentalmente estimulante, foi de repente interrompida, sinalizando que a próxima aula estava prestes a começar. Hanna fez uma careta e desviou o olhar para o outro lado do corredor, reparando na vitrine de troféus.

Aria segurou Hanna pelo pulso.

— Você ia me contar que...?

Um grupo de calouros passou correndo por elas.

— Be-em, e-eu preciso ir — gaguejou Hanna. Em seguida, saiu correndo pelo corredor e entrou na sala de aula de francês.

— Hanna! — gritou Aria.

A porta da sala foi fechada. Depois de um momento, Aria deu de ombros, suspirou e entrou em sua própria sala de aula antes que o último sinal tocasse.

Vinte minutos mais tarde, a professora de história da arte, a sra. Kittinger, apagou as luzes e ligou o barulhento projetor de slides de Rosewood Day, que era velho e sempre deixava o ambiente cheirando a cabelo queimado. Um feixe amarelado e poeirento de luz atravessou a sala de aula, projetando uma imagem do quadro *Salon de la Rue des Moulins*, de Henri de Toulouse-Lautrec, sobre a tela branca que cobria a lousa. Prostitutas francesas sentadas em um bordel parisiense matavam o tempo à espera de clientes.

— Todos guardamos segredos, principalmente os artistas — afirmou com sua voz macia e rouca a sra. Kittinger. A voz dela combinava com seu cabelo liso e penteado para trás, parecido com o de um garoto, e também com a elegante versão adaptada de um terno masculino que ela usava. A fofoca em Rosewood Day era que a sra. Kittinger era lésbica, mas a mãe de Aria a conhecia da galeria de arte onde havia trabalhado e contou que a sra. Kittinger tinha um casamento feliz com um escultor chamado Dave.

"E, avaliando as pinturas do sr. Toulouse-Lautrec", continuou a sra. Kittinger, "vocês poderiam imaginar que o segredo dele estava relacionado a assuntos carnais. Mas não era nada disso. O problema dele era exatamente o oposto. Palpites?"

A turma ficou no mais absoluto silêncio. História da arte era a matéria favorita de Aria, mas o restante da classe não levava o assunto a sério. O mais provável era que a maioria tivesse escolhido aquela matéria porque qualquer coisa relacionada com *arte* soava como algo boêmio, descompromissado e que não exigia estudo. No primeiro dia de aula, depois que a sra. Kittinger entregou os espessos livros-texto, a turma tinha examinado as páginas como se estivessem escritas em código Morse.

Por fim, James Freed ergueu a mão.

— Ele nasceu mulher?

Mason Byers deu uma risada, e Aria revirou os olhos.

— Na verdade, é algo relacionado a isso — explicou a sra. Kittinger. — Toulouse-Lautrec nasceu com enfermidades congênitas, e é quase certo que isso se deveu ao fato de seus pais serem primos em primeiro grau.

— Sexy — sussurrou James Freed.

— Ele nasceu com uma doença relacionada ao crescimento. Tinha pernas de criança e o tronco de um adulto — acrescentou a sra. Kittinger. — E dizia-se também que sua genitália era deformada.

— *Que nojo* — disse uma menina. Aria ficou com a impressão de que havia sido Naomi Zeigler. Alguém riu ao lado de Naomi, e Aria teve certeza de que sabia quem era também. Klaudia, que, infelizmente, entrara para a turma no final da semana passada.

A sra. Kittinger projetou o slide seguinte. Um autorretrato de um artista de cabelos vermelhos, executado com pinceladas furiosas.

— Quem é este?

— Vincent Van Gogh — respondeu Aria.

— Certo — confirmou a sra. Kittinger. — E o sr. Van Gogh parece ser um sujeito tão feliz, não é? Ele estava sempre pintando girassóis ou noites estreladas bonitas, não estava?

— Mas não é verdade — respondeu Kirsten Cullen. — Ele era muitíssimo deprimido, sentia dores o tempo todo... Van Gogh tomava uma porção de analgésicos, o que pode ter alterado a percepção visual dele. Pode ser isso que tornou os quadros dele tão vibrantes e hipnóticos.

— Muito bem! — elogiou a sra. Kittinger.

Aria sorriu para Kirsten, a única pessoa ali, além dela, que gostava daquela matéria.

A sra. Kittinger desligou o projetor, acendeu as luzes e se dirigiu à lousa. Os seus sapatos oxford faziam barulho nas tábuas de madeira.

— Nosso próximo projeto vai envolver psicologia. Vou designar um artista para cada um e vocês vão pesquisar muito e discorrer sobre o estado mental dele ou dela, explicando como isso se manifesta no trabalho artístico dessa pessoa. O trabalho deve ser entregue não nesta segunda-feira, mas na próxima.

Mason deu um gemido desconsolado.

— Mas eu participo do campeonato de futebol de salão durante toda a próxima semana.

Irritada, a sra. Kittinger olhou para ele.

— Felizmente para você, iremos trabalhar em duplas.

Aria buscou imediatamente o olhar de Kirsten, querendo fazer o trabalho com ela. Em silêncio, os outros também começaram a formar duplas.

— Ei, ei, nada disso! — A sra. Kittinger ergueu um pedaço de giz, preparando-se para escrever na lousa. — Sou *eu* quem vai escolher as duplas, não vocês.

Ela apontou para Mason Byers e mandou que ele trabalhasse com Delia Hopkins, que não tinha aberto a boca durante todo o semestre. Em seguida, a sra. Kittinger apontou para Naomi Zeigler e Imogen Smith, uma garota alta e com peitos grandes que nunca se incomodara com sua reputação como a vagabunda da turma.

Em seguida, a sra. Kittinger apontou para Aria.

— E Aria, você vai fazer um trabalho sobre Caravaggio. E sua parceira será... — Ela apontou para alguém lá no fundo da sala. — Minha querida, como você disse que era seu nome?

— Klaudia Huusko, professora — respondeu a voz lá do fundo.

O sangue de Aria pareceu congelar. *Não. Por favor, por favor, não, não.*

— Ótimo — A sra. Kittinger anotou os nomes de Aria e Klaudia na lousa. — Temos outra dupla.

Mason se virou para encarar Aria. Naomi imitou o ronronado de um gato. Até Chassey Bledsoe riu. Ficou claro que todos sabiam que Noel tinha terminado com Aria e que agora estava com Klaudia.

Aria se virou e encarou Klaudia. A saia do uniforme mal cobria as coxas dela. Cada curva de suas pernas finlandesas absolutamente perfeitas estava à mostra. Seu tornozelo machucado estava apoiado contra o encosto da cadeira de Delia, que era covarde demais para dizer a Klaudia para dar o fora dali. Uma jaqueta de couro surrada cobria os ombros da garota. Aria apertou os olhos, reconhecendo a águia no brasão militar bordado no braço da jaqueta. Ora, aquela era a jaqueta de Noel, uma adorada jaqueta de segunda mão que tinha sido de seu bisavô, o qual havia lutado na Segunda Guerra Mundial. Aria pedira a Noel, uma vez, para experimentá-la, mas ele não tinha deixado — não permitia que ninguém a usasse, explicou. Era muito especial.

Pelo jeito a regra não se aplicava à sua nova namorada finlandesa.

Klaudia encarou Aria e deu um sorriso triunfante. Então se virou para Naomi.

— Adivinha o que planejei para este fim de semana? Um jantar romântico com Noel! Vamos beber vinho, colocar comida um na boca do outro... Ah, vai ser tão sexy!

— Isso parece mesmo uma ótima ideia. — Naomi sorriu para Aria.

Aria virou-se para a frente novamente, o rosto pegando fogo. Ela *odiava* Klaudia. Como Noel se deixara levar por uma história tão ridícula? Tudo naquela garota era falso, até mesmo o seu sotaque "oh eu não sei falar inglês", que desapareceu por completo quando ameaçara Aria no teleférico. Parecia que as vagabundas deste mundo sempre conseguiam os caras que desejavam. O que, então, sobrava para Aria?

Ela olhou em torno da sala de aula. Tanto as aulas de história da arte quanto as de inglês eram ali, por isso as paredes estavam repletas de uma mistura alucinante de reproduções de Cézanne e Picasso impressas e fotos em preto e branco de Walt Whitman, F. Scott Fitzgerald e Virginia Woolf. No canto da sala havia um cartaz que dizia *Excelentes provérbios shakespearianos*. Esse cartaz estava pendurado ali também quando Aria teve aula de inglês no ano passado. Durante um curto período, as aulas foram dadas pelo professor Ezra Fitz, com quem Aria tivera um caso até A fazê-lo ser demitido.

Ezra. Ora, ali estava um cara que teria adorado visitar uma galeria de arte com Aria e que respeitaria as opiniões dela sobre a Típica Garota de Rosewood. Aria e Ezra sentiram-se ligados desde seu primeiro encontro. Ezra conhecia a sensação de fazer parte de uma família que estava se despedaçando. Ele conhecia a sensação de se sentir diferente.

Aria disfarçou e apanhou o celular. Em seguida, percorreu sua lista de contatos. O nome de Ezra ainda estava lá. *Só queria saber como você está*, digitou ela. *As coisas andam meio difíceis por aqui. Eu me sinto solitária e queria conversar com alguém sobre poesia e sobre a mediocridade dos subúrbios. Ciao, Aria.*

E então, antes de perder a coragem, Aria pressionou ENVIAR.

# 8

## O ALINHAMENTO DAS ESTRELAS

Na sexta-feira, um pouco mais tarde, Hanna e Kate estacionaram em uma vaga próxima ao carro do sr. Marin no *campus* da Hyde, uma antiga universidade jesuíta que ficava nos subúrbios arborizados a alguns quilômetros de Filadélfia. Era um dia incrivelmente quente, e os jovens andavam sem casaco. Meninos jogavam Frisbee no gramado que, de tão seco, estava verde-amarelado, e garotas bem-vestidas bebiam café com leite debaixo da torre do relógio, que alardeava cada nova hora com seis *bongs* ensurdecedores. Seria uma noite perfeita para o *flash mob*.

– E aí, a banda confirmou? – perguntou Hanna, avaliando o estacionamento. Depois que o sr. Marin tinha falado sobre os planos para o *flash mob*, Kate se oferecera para contratar uma banda da Universidade de Hollis chamada *Eggplant Supercar*. Até onde se sabia, eles dirigiam uma van Astro com desenho de chamas nas laterais, mas Hanna não a via em lugar algum.

Kate revirou os olhos.

— SI-*IM*! Essa é, tipo, a vigésima vez que você pergunta.

— Tem alguém nervoso por aqui? — Naomi riu do banco traseiro.

— Talvez alguém tenha percebido que um *flash mob* é uma ideia bem patética — disse Riley, intrometendo-se na conversa.

— Ai, sério — resmungou Kate. — Quando eu soube o que eles estavam tramando, pensei que fosse brincadeira de Tom.

Riley e Naomi riram de novo. Klaudia, sentada no banco de trás entre as duas, soltou uma risada equina e depravada.

Hanna olhou para o carro de seu pai à esquerda, desejando que ele tivesse ouvido aquilo, mas o sr. Marin estava ocupado com uma conversa animada ao celular. Quando Kate anunciou que levaria as amigas para ajudar com o *flash mob*, Hanna não deveria ter deixado. Agora que a antiga melhor amiga de Hanna, Mona Vanderwaal, estava morta e que Hanna não saía mais com Emily, Aria ou Spencer, ela era mais afetada pelos insultos de Kate, Naomi e Riley. Era como se tivesse voltado a ser o que era no início do sexto ano: uma perdedora. Só que magra. E bem mais bonita.

— Olha! Eles estão ali! — gritou Kate, apontando na outra direção. Uma van estacionou do outro lado delas, e um bando esquisito saiu de lá, carregando seus instrumentos. Um deles tinha barba mal aparada e pele oleosa. Outro, uma cabeça alongada e era queixudo. Os outros poderiam fazer parte de qualquer fila de identificação de suspeitos da polícia. Hanna fungou. Será que Kate não poderia ter contratado uma banda com meninos mais bonitos?

Por fim, o sr. Marin saiu do carro e foi até a banda.

— Obrigado por ajudar no evento de hoje à noite — agradeceu ele, apertando as mãos de cada um dos rapazes.

— Muito bem, senhoritas, vamos ajudá-los a se organizar — disse Kate para as amigas, apanhando do banco traseiro uma pilha de panfletos verde-neon que diziam TOM MARIN PARA SENADOR. — Você cuida do Twitter, Hanna.

Naomi riu.

— Como se isso fosse um trabalho de verdade — murmurou ela. As quatro meninas saíram do carro e levaram os rapazes até a concha acústica, que ficava à esquerda da torre do relógio. Educadamente, as pessoas abriram caminho para eles.

Quando Hanna saiu do carro, o sr. Marin colocou a mão sobre o ombro dela.

— Está tudo bem com você?

— Sim, claro — respondeu Hanna. Ela pegou o celular, abriu seu e-mail e enviou uma mensagem para Gregory, um técnico de computação de Hyde que dizia ser capaz de enviar mensagens a todas as contas de Twitter e endereços de e-mail do *campus*. *Estamos prontos para você*. Segundos depois, Gregory respondeu avisando que o *tweet* sobre o *flash mob* havia sido postado. Hanna o escrevera na noite anterior: *Algo incrível vai acontecer na concha acústica. Esteja lá se quiser ser alguém*. Direto ao ponto. Vago e, ainda assim, intrigante.

— Acabo de enviar o *tweet* — informou Hanna ao pai. — Talvez fosse melhor você ir para o palco e esperar. Vou assistir da plateia.

O sr. Marin beijou o topo da cabeça de Hanna.

— Muito obrigado, minha filha.

*Não me agradeça ainda*, pensou Hanna, aflita. Ela atravessou o gramado, olhando ao redor. Ainda havia garotos jogando Frisbee. Meninas folheavam revistas e riam, sem dar uma olhada sequer para seus celulares. E se Kate estivesse certa? E se *nada* acontecesse? Hanna conseguia ver a cena: Kate, suas amigas malvadas e a banda de pé no palco, olhando para o gramado vazio. O sr. Marin olharia para Hanna desapontado, perdendo toda a fé que tinha nela. E, no dia seguinte, Hanna seria motivo de risada em Rosewood Day – assim como a campanha de seu pai.

Quando Hanna estava chegando à concha acústica, três garotas apareceram no gramado com seus celulares nas mãos, olhando em volta. Uns sujeitos fecharam os livros e se aproximaram com olhares curiosos. Dois adolescentes na calçada, carregando skates, também se aproximavam para ver o que ia acontecer. Hanna capturou trechos das conversas deles: *Está acontecendo alguma coisa? Você viu o que era no Twitter? Quem foi que postou? Alguém deveria procurar Sebastian. Ele deve saber o que é.*

De repente, foi como se as comportas da represa tivessem sido abertas. Garotos e garotas brotavam do refeitório, emergiam dos dormitórios e jorravam para fora das salas de aula. Um grupo de meninas usando moletons de uma fraternidade acomodou-se em volta de uma mesa de piquenique de carvalho. Caras bebendo cervejas escondidas em sacos de papel aglomeravam-se ao lado de um quadro de avisos coberto com anúncios de vagas para companheiros de quarto, aulas de ioga e aulas particulares grátis. Parecia que todo mundo estava entretido com seus celulares, os dedos voando pelos teclados. Retweetando. Tentando adivinhar o que estava para acontecer ali. Chamando mais amigos.

*Isso!*

Do palco, Kate espiou o gramado. Quando se deu conta da quantidade de gente reunida, pareceu bem irritada. Hanna acenou para ela, triunfante, e, em seguida, enviou uma mensagem aos assessores do pai, dizendo que eles já podiam circular por ali com os registros eleitorais e os panfletos de propaganda. A banda começou a tocar alguns minutos depois. E, apesar da esquisitice, eles eram muito bons, graças a Deus. O público se deixou levar pela música. Um banner verde da campanha do sr. Marin foi exibido. Ao fim de uma música, o vocalista da *Eggplant Supercar* — eles *realmente* precisavam de um novo nome — berrou no microfone:

— Vamos ouvir umas palavras do nosso amigo Tom Marin! — E o sr. Marin subiu no palco, acenou e foi saudado pela multidão, que o aplaudiu de verdade.

Hanna se sentia flutuando em uma nuvem de excitação. Talvez o evento fizesse seu pai vencer a eleição. Talvez Hanna pudesse trabalhar com uma estratégia de campanha. Ela se imaginou na capa da *Vanity Fair* usando um terno Armani de arrasar. Visitando a Casa Branca. Pegando carona no Força Aérea Um, usando grandes óculos Jackie O e...

— Essa banda é bem boa — disse uma voz.

Hanna deu um pulo. Ao lado dela, estava um sujeito alto e magro, de cabelo castanho ondulado, sobrancelhas escuras bem desenhadas, olhos castanhos brilhantes e um queixo quadrado de super-herói. Ele usava uma camiseta azul-marinho desbotada com HYDE estampado no peito, calça jeans justa e sapatos surrados Sperry Top-Siders. Ele estava perto o suficiente de Hanna para que ela conseguisse identificar a colônia Tom Ford Azure Lime que ele usava e que era a favorita dela. Ele parecia vagamente familiar, por alguma razão, mas ela não sabia o motivo. Talvez tivesse sonhado com ele ou alguma coisa assim. Ele era mesmo muito lindo.

— Você sabe o nome da banda? — perguntou o sujeito com os olhos ainda fixos em Hanna.

— Ah... *Eggplant Supercar* — respondeu Hanna, brincando com uma mecha de seu cabelo castanho-avermelhado e parecendo distraída. Graças a Deus ela recentemente fizera luzes no Henri Flaubert do Shopping King James.

— Gosto deles. — O sujeito enfiou as mãos nos bolsos. — A Universidade de Hyde não costuma ter atividades tão legais. Para falar a verdade, acho até que foi eleito o *Campus* Mais Chato por uma porção de revistas.

Hanna respirou fundo, prestes a dizer ao cara que devia aquilo tudo a ela, quando, de repente, três sujeitos corpulentos com latas de cerveja nas mãos passaram por eles. Depois que se afastaram, o cara se espremeu entre a multidão para ficar ao lado de Hanna de novo.

— O cantor parece o Beto da *Vila Sésamo, não é?* — perguntou o estranho, apontando para o vocalista de cabeça alongada, que acariciava o microfone de um jeito muito esquisito.

— Parece mesmo — respondeu Hanna, rindo. — Eu estava pensando a mesma coisa.

— Claro que eu não sou ninguém para falar dele — completou o garoto com alguma timidez. — Quando eu era criança, os amigos me chamavam de Harry Potter.

— É mesmo? — Hanna inclinou a cabeça e deu uma boa olhada no estranho. Ele era alto, mas não muito, e seus braços e pernas eram longos e magros, mas não de maneira exagerada. — Realmente não vejo semelhança.

— Eu costumava usar uns óculos ridículos iguais aos dele quando era mais novo. Eu mesmo escolhi na ótica, o que é ainda mais humilhante. Era de esperar que minha mãe me impedisse de fazer essa bobagem, mas ela me incentivou, tipo, *pode comprar*!

Hanna riu.

— Meus óculos tinham armação de plástico rosa-choque e lentes cor-de-rosa. Parecia que eu tinha uma doença. Minha foto escolar do terceiro ano é horrorosa.

— Nem me faça *começar* a falar das fotos de escola. — O estranho fez uma careta. — Eu saí com elásticos pretos no aparelho na foto do meu quinto ano. Parecia que tinha piche escorrendo da minha boca.

— Eu usava elásticos rosa e verde no meu aparelho. Um horror. — As palavras escaparam da boca de Hanna antes que ela pudesse se impedir, e a confissão surpreendeu até mesmo ela. Hanna jamais confessava por conta própria o tipo de menina que tinha sido, especialmente para um cara tão bonito. Mas havia algo gentil e aberto nele, algo que tornava quase divertidas as coisas pelas quais, antes, ela se lamentava.

O estranho se aprumou e encarou Hanna como se aquilo fosse um desafio.

— Bem, eu era um menino magricela. Peito para dentro, joelhos para fora, sempre o último a ser escolhido para jogar em qualquer time. Supere isso se for capaz.

— *Eu* era gorducha. — Envergonhada, Hanna deu uma risada. — Bem, gorda, na verdade. Ao lado das minhas amigas, eu parecia um elefante. Meu pai até me chamou de porquinha uma vez, como se isso fosse uma piada. — Ela fechou os olhos.

— Já fui chamado de espantalho. Garoto-anorexia. Aberração.

— E daí? Fui chamada de Hanninha-Bolinha. GordHanna.

— Aquilo era bem doloroso. Na verdade, a Ali Delas inventara esses apelidos no tempo em que eram todas amigas.

O rapaz tocou a mão de Hanna. O contato com a pele dele a fez estremecer.

— Posso apostar que ninguém ousa chamá-la de perdedora agora, não é?

Hanna respirou fundo e o encarou.

— Nem a você.

Uma nova agitação na multidão empurrou-os um para o outro. Hanna se apoiou nele, e o rapaz passou o braço na cintura dela. Mas, quando as pessoas ao redor se acomodaram, eles não se separam. Hanna sentia o coração acelerado e o cheiro do sabonete dele. O estranho apoiou o queixo no cabelo dela. O osso do quadril do garoto foi pressionado contra a cintura dela. Hanna podia sentir o peito dele, amplo e firme, sob sua camiseta fina. Foi como se alguma coisa dentro dela se partisse e a enchesse de calor. Quando o rapaz se inclinou para beijá-la, Hanna se surpreendeu. Mas foi um beijo tão bom e pareceu tão *correto* que ela não pôde deixar de beijá-lo de volta.

Eles se afastaram sem tirar os olhos um do outro. O estranho parecia tão surpreso quanto Hanna. Ele procurou as palavras certas.

— Você gostaria de...

— Eu acho mesmo que deveríamos... — disse Hanna ao mesmo tempo.

Os dois pararam de falar, rindo. Ele tomou a mão dela e a guiou para fora da multidão. Entre um dos prédios da sala de aula e um cybercafé chamado Networks, havia um beco, para onde eles correram, desajeitados, de mãos dadas, tropeçando nas caixas de papelão vazias e latas de Coca-Cola e cerveja largadas pelo chão. O estranho estancou, empurrou Hanna contra a parede e começou a beijá-la com paixão. Hanna retribuiu o beijo, provando da pele do rapaz, que era levemente salgada, acariciando os músculos fortes dos seus braços, enfiando as mãos sob a camiseta dele. Ela nunca tinha sido arrebatada dessa forma por um cara.

Quando finalmente se afastaram, sem fôlego, o rapaz sussurrou:

– Uau... Isso é... demais. – Ele estava ofegante.

– Eu sei – disse Hanna.

Ele envolveu as mãos de Hanna nas dele.

– Qual é seu nome?

– Hanna.

– O meu é Liam – devolveu ele.

– Você tem o nome mais bonito que já ouvi – murmurou Hanna como se estivesse em um sonho, quase sem consciência do que dizia. Ela não era mais dona de si. O sr. Marin estava em cima do palco agora, fazendo seu discurso recheado de frases sobre a importância do resultado das eleições para que a situação mudasse para melhor e de uma porção de promessas políticas com grande dose de otimismo. Hanna sabia que deveria estar lá junto dele, bancando a interessada estrategista de campanha, mas não conseguia se soltar do abraço de Liam. Ela queria apenas ficar ali naquele beco escuro pelo resto da vida. Com Liam.

# 9

## O TIPO DE EMILY

— *Xiiiissss!* — Kay abraçou Emily e apontou a câmera do celular na direção delas. As meninas estavam sob a marquise da Electric Factory, uma casa noturna no centro de Filadélfia. *The Chambermaids*, a banda favorita de Kay, subiria ao palco em uma hora. Emily sorriu para o flash, e então Kay analisou a foto.

— Você está uma graça! Sua irmã vai adorar essa.

Kay pressionou alguns botões e enviou a foto para Beth, que também tinha saído com uma amiga naquela noite. Ela insistira para que Emily fosse sozinha ao encontro.

— É com você que Kay quer sair, Emily — insistiu Beth. — Garanto que até o fim da noite vocês vão ficar juntas.

A verdade era que Emily ficara extasiada com o telefonema de Kay naquela manhã convidando-a para sair. Tudo em que Emily conseguia pensar era no breve mas delicioso beijo que haviam trocado na festa, em Kay dançando, tão desprendida, e no que ela dissera a Emily no final da noite:

"Acho que vou morrer se não puder ficar sua amiga." Havia algo de arriscado e inusitado em Kay. Estar com ela dava a Emily a mesma sensação deliciosa e proibida que sentia ao ver filmes impróprios para menores com Ali, quando eram mais novas. Esses filmes eram banidos da casa da família Fields, o que deixava Emily ainda mais curiosa para assistir, claro.

Ao se encontrar com Kay no saguão mais cedo, Emily tivera uma surpresa. Sem o vestido de sereia e a peruca, Kay era ainda mais sexy do que Emily imaginara. Seu cabelo era longo e avermelhado e caía pelas costas. A camiseta cinzenta que ela vestia era justa no torso, insinuando peitos empinados e uma barriga chapada. Os olhos de Kay se iluminaram quando viu Emily se materializar no meio da multidão, como se ela também gostasse muito do que via.

O porteiro rasgou os ingressos delas, e as meninas se enfiaram pela porta da frente.

— Vamos beber — disse Kay, decidida, enquanto se desviava de um bando de garotos zanzando em torno do palco. Entraram na fila atrás de duas meninas com camisetas estampadas da banda *The Chambermaids*. Era engraçado ver que os membros da banda eram todos homens, e todos muito sexy. Por causa do nome da banda, algo como *As Camareiras*, Emily imaginou que seriam meninas em uniformes de faxineira.

— De onde você conhece essa banda? — perguntou Emily.

— Eu os ouvi no Pandora, no verão passado. — Kay brincou com seu cabelo. — Eu estava numa fase difícil.

Emily tocou os brincos de penas que pendiam das orelhas dela.

— Que tipo de fase?

Kay desviou o olhar para a pilha de amplificadores que se alinhava na parede.

— Passei algum tempo fora de casa. História chata, eu acho.

— Já enfrentei fases difíceis — admitiu Emily, olhando para seus pés. — Minha família também me mandou para longe. Fui para Iowa, para a casa dos meus tios. Mas deu tudo errado e eu fugi.

Kay a encarou.

— Você está bem agora?

Emily deu de ombros.

— Sim. Mas passei por outras coisas também. Se os meus pais descobrissem, tomariam atitudes mais drásticas do que me mandar embora de casa. — Fechando os olhos por um momento, tentou imaginar o que sua mãe faria se soubesse que tinha engravidado, mas simplesmente não conseguia pensar em nada além da cabeça da mãe explodindo. Literalmente. E, sobre Tabitha, Emily nem se atrevia a pensar no que sua mãe faria se descobrisse.

— Também escondi um punhado de coisas dos meus pais — disse Kay, com algo na voz que pareceu alívio. — Eu costumava ser muito mais rebelde do que sou. Meus pais não confiam em mim de jeito nenhum. Preciso fugir na maioria das vezes que quero ir a algum lugar. — Ela deu um sorrisinho malicioso e um encontrão no quadril de Emily. — É bem improvável que eles me deixassem sair com você esta noite, Senhorita Lista de Tarefas para Ser Uma Garota Má.

Emily faz uma pose, incorporando a nova e diabólica Emily.

— Não pense que eu terminei de cumprir os itens da lista de Garota Má. Algumas coisas podem aparecer antes que a noite acabe.

— Esperava muito que você dissesse isso — provocou Kay, seus olhos verdes fixos nela. Um arrepio percorreu a espinha de Emily.

Era a vez de Kay fazer o pedido de bebidas, e ela pediu ao garçom dois Captain Morgan e duas cocas. Quando ele deslizou os copos sobre o balcão do bar, ela ergueu o dela.

— A um passado duvidoso e um futuro luminoso!

Emily riu.

— Isso soa como um discurso de formatura.

Uma expressão constrangida cruzou o rosto de Kay, e ela desviou o olhar para as luzes do teto. Depois de um instante, ela se virou para Emily, e a expressão tinha desaparecido.

— Você sempre beija garotas que não conhece em festas? Pareceu que você sabia o que estava fazendo.

Emily corou.

— Não, beijar uma desconhecida... Bem, *duas* desconhecidas, na verdade, foi a primeira vez. — Mas então ela fez uma pausa, sentindo necessidade de ser honesta. — Tive uma namorada no ano passado.

Kay olhou-a, curiosa.

— E como foi?

Emily sentiu o rosto arder ainda mais. Ela baixou a cabeça.

— Na verdade, foi incrível.

Kay usou o canudinho vermelho para misturar sua bebida.

— Garotos são uns sacanas. E garotas são bem mais bonitas.

— Sim, são — concordou Emily, quase sussurrando. Ela olhou para Kay, hipnotizada com a pele lisinha e coberta de sardas de seus ombros nus e de seu pescoço. Kay a encarou também.

Então, Kay ergueu o copo novamente.

— Mais um brinde! Desta vez em homenagem às garotas que ficam com garotas!

— Um brinde! — exclamou Emily, deixando que seu copo tocasse no de Kay mais uma vez.

Kay deu um gole longo e ávido.

— Olha só, acho que se esgueirar pelo camarim e conhecer a banda deve constar na sua lista de Tarefas de Garota Má.

Emily ergueu uma sobrancelha.

— Concordo. Mas como vamos conseguir entrar?

Kay apontou para o segurança que guardava a entrada para os bastidores.

— Diz para aquele cara que você é namorada de Rob Martin e quer vê-lo por um instante antes de o show começar. E dê isso para ele. — Kay colocou algo na mão de Emily, que olhou para baixo e viu que era uma nota de vinte dólares.

— Mas ele vai saber que é mentira! — sussurrou Emily.

Kay bateu com o quadril no de Emily.

— Eu confirmo tudo o que você disser. Vamos lá. Vai ser fácil.

A multidão se abriu, e o caminho até o segurança estava livre. Todo o rum que Emily tomara agora queimava em seu peito. A adrenalina corria por seu corpo, o que fazia com que se sentisse energizada e *viva*.

Aprumando-se, Emily atravessou a multidão e parou na frente da porta encardida e pintada de preto onde havia uma pilha de amplificadores Marshall. O segurança folheava uma revista de motos e parecia bem aborrecido. Ele poderia ser dublê de corpo de Vin Diesel. Emily olhou para trás, e Kay fez um gesto encorajador.

– Com licença – disse Emily com a voz mais doce que conseguiu, tocando o braço dele de leve. – Você se importaria se nós entrássemos nos bastidores por um segundo? Sou a namorada de Rob Martin e preciso falar com ele antes de o show começar.

O segurança baixou a revista e encarou Emily. Seus olhos percorreram os cabelos castanho-avermelhados de Emily, seus ombros musculosos de nadadora e sua cintura estreita. Emily estava feliz por ter escolhido um jeans skinny da mala de Beth e vestido um dos poucos tops justinhos que seus pais não tinham proibido. A nota de vinte dólares de Kay estava bem presa na mão de Emily, e, depois de um momento, ela disfarçadamente a fez escorregar para a mão do segurança.

Então correu os dedos pelo braço dele, pressionando seu bíceps.

– Forte... – disse Emily com uma voz que não podia acreditar que tivesse. – Aposto que você consegue levantar uma tonelada.

Como que por milagre, o segurança sorriu, afastou-se e abriu a porta para elas. Emily esgueirou-se pela porta, e Kay foi atrás dela. A porta foi novamente fechada, abafando o som da multidão. O corredor escuro cheirava a cerveja rançosa e suor.

– Oh, meu Deus! – Emily cobriu boca. – Não acredito que fiz isso.

– Você é sensacional. – Kay a agarrou pelos ombros e a sacudiu com entusiasmo. – Eu não poderia ter feito melhor.

E aquela história de apertar o bíceps do cara? *Foi demais!* – Ela pegou o pulso de Emily. – Vamos lá. Vamos invadir essa festa.

Os passos delas ecoaram no piso de concreto. Elas chegaram a uma porta pesada cheia de adesivos, com um sinal luminoso que indicava SAÍDA ao lado.

– Deve ser aqui – sussurrou Kay. Ela empurrou a porta com gentileza. – Olá?

– Sim? – respondeu um cara.

Kay terminou de empurrar a porta entreaberta com o pé. Quatro sujeitos altos e jovens sentados em cadeiras dobráveis rasgadas e sofás em péssimo estado olharam para elas. Um deles usava um terno bem ajustado, e os outros, camisetas surradas e jeans. Todos tinham latas de cerveja nas mãos e estavam assistindo a *Flight of the Conchords* na tela de um computador bem pequeno que fora apoiado em um engradado de leite. As paredes da sala estavam forradas de cartazes de bandas que já haviam tocado ali – *John Mayer, Iron & Wine* –, e o lugar abrigava uma bizarra coleção de itens de Benjamin Franklin, como bonecos, manequins e uma figura de papelão em tamanho natural.

– Quem são vocês? – Terno Ajustado as encarou.

– Meu nome é Kay. – Kay se adiantou. – E esta é Emily. E pensamos que vocês, rapazes, poderiam gostar de um pouco de diversão.

Terno Ajustado deu uma cotovelada nos outros membros da banda. Eles examinaram Kay, parecendo gostar do que viam.

– Meu nome é Rob – disse Terno Ajustado, estendendo a mão.

— Eu sei quem você é — afirmou ela. E fez um gesto na direção dos outros. — E vocês são Yuri, Steve e Jamie.

— Então vocês são nossas fãs, meninas? — perguntou o cara que se chamava Steve.

— *Isso mesmo*. — Kay caminhou na direção de uma mesa pequena no canto da sala, sobre a qual havia várias garrafas de bebidas e alguns misturadores. Ela se serviu sem pedir permissão.

— Por que não tem música tocando? Dançar não é um bom jeito de relaxar antes de um show?

Os integrantes da banda trocaram um olhar, e, em seguida, Rob correu até o estéreo e colocou uma música de Adele para tocar. Assim que a ouviu, Kay começou a se movimentar, convidando os rapazes para dançar. Por um instante eles ficaram parados sorrindo para Kay, mas logo depois Rob se levantou e a fez girar em seus braços. O sujeito chamado Jamie se sentou no sofá ao lado de Emily.

— Vocês duas costumam invadir os camarins das bandas?

Emily se sentiu envergonhada de repente, exatamente como as vezes que a Ali Delas a obrigava a falar com os meninos nas festas de Rosewood Day para as quais a arrastava.

— Na verdade, não costumamos fazer isso. Mas espero que não se importem.

Jamie fez um gesto vago.

— Nosso empresário nos obriga a ficar aqui antes dos shows. E isso é um porre. A sua amiga é... bem... *contagiante*!

Emily observou Kay girando pela sala. Se Kay era mesmo *contagiante*, Emily desejava ser contaminada também. Kay se movia de forma tão graciosa, tão fluida, que era muito difícil para Emily manter os olhos longe dela.

Emily sempre desejara ser como Kay, uma garota capaz de encantar absolutamente qualquer um, mesmo quem não conhecia. Tentou imaginar como Kay se sairia em Rosewood Day. Era provável, bem provável, que Kay encantasse a todos, como a Ali Delas fazia.

— Em! — chamou Kay da pista de dança improvisada. — Vem para cá! Essa é a minha música favorita!

Emily se levantou e puxou Jamie. Eles foram até o meio da sala e assistiram a Kay dançando ao redor deles. Em pouco tempo todos cantavam junto com Adele. Com o celular na mão, Kay ergueu o braço acima do grupo e tirou uma porção de fotos, parando de vez em quando para digitar alguma coisa ou enviar uma mensagem. Kay capturou a atenção de Emily por cima da confusão e piscou para ela. Emily piscou de volta. E, quando a música atingiu o terceiro refrão, Kay deu a Emily um sorriso discreto.

— Você é sensacional — sussurrou Emily para ela enquanto rodopiavam juntas.

— Você também — respondeu Kay aos sussurros.

Uma risada discreta ecoou nos ouvidos de Emily. Ela olhou em volta, entrando em um repentino estado de alerta. Por um instante, teve certeza de ter visto um vulto espiando pela janelinha da porta que levava para o palco. Talvez uma pessoa loura.

Mas, para seu alívio, não havia ninguém ali.

# 10

## AH, L'AMOUR

Na tarde de sábado, quando o relógio-bolha anos 1950 do quarto passou de 15:59 para 16:00, Aria se ajeitou em sua cama e folheou outro exemplar da revista *Vogue* francesa, fingindo estar em uma suíte de hotel na Rive Gauche, em Paris, e não na casa de seu pai, em Rosewood. Havia bolotas de algodão separando seus dedos dos pés, por causa da pedicure que fizera em si mesma. Mais tarde, iria tomar um longo banho quente de espuma. Tinha mais seis atividades planejadas, tudo para preencher as horas de mais um fim de semana sem Noel.

Dando uma olhada para seu laptop sobre a escrivaninha, ela se sentou na cama, atenta aos sons da casa. Byron e Meredith tinham levado a bebê, Lola, para uma aula de natação infantil, e Mike devia estar na casa de algum amigo. Satisfeita com o fato de não haver ninguém por ali que pudesse invadir o quarto dela e xeretar o que estava fazendo, Aria colocou o laptop sobre a cama, tocou no mouse para acender a tela e digitou o endereço da página do Memorial de Tabitha Clark.

Como sempre, o belo rosto de Tabitha apareceu sorrindo. Fotos novas tinham sido colocadas no site: uma delas mostrava Tabitha na época do sétimo ou oitavo ano. Ela estava na praia, os braços e pernas queimados de sol. Outra a mostrava poucos anos depois, no que parecia ser o saguão impecável de um hotel, de pé ao lado de um cacto gigante que alguém enfeitara com olhos de plástico, nariz e boca. Havia olheiras sob os olhos de Tabitha, mas o sorriso parecia genuíno.

Aria sentiu-se enjoada e desviou o olhar. *Você a matou*, acusou uma voz de dentro do seu cérebro.

O celular dela, que estava sobre a cama ao lado do frasco do esmalte Essie azul-escuro, tocou. NOVA MENSAGEM DE TEXTO. O coração dela deu um pulo. Ao verificar a tela, viu que a mensagem era de um número com código de área 917, não o costumeiro NÚMERO DESCONHECIDO das chamadas A ou letras e números embaralhados. Aria abriu o celular.

Olhe pela janela.

Um arrepio percorreu sua espinha. Subitamente, a casa parecia vazia e silenciosa *demais*. Aria foi até a grande janela de seu quarto, abriu as cortinas e se preparou para encarar seja lá o que fosse no alpendre.

Havia alguém de cabelos escuros com um celular na mão no gramado. Aria piscou e reconheceu a jaqueta amarrotada, o queixo pontiagudo e os lábios rosados. Aquilo tinha que ser um truque cruel de iluminação. Mas, quando o vulto ergueu os olhos e a encarou, deu um largo sorriso ao vê-la na janela. A pessoa segurava um cartaz sobre a cabeça. Escrito de forma apressada, com letras vermelhas, dizia Senti saudades, Aria!

— Ah, meu Deus — sussurrou Aria.

Era Ezra Fitz.

— Brie, rúcula e tomate seco para você. — Ezra tirou um sanduíche embrulhado em papel encerado de uma cesta de piquenique. — E... — ele fez uma pausa, constrangido — *nuggets* do McDonald's para mim. — Encarou Aria. — Velhos hábitos demoram a morrer, acho.

Um calor tomou conta do rosto de Aria. Certa vez, ela tinha visto Ezra comendo *nuggets* na sala dele em Rosewood Day, mas agora se perguntava se ele queria dizer mais alguma coisa com aquilo.

Ezra foi esvaziando a cesta item por item: um pote com uvas verdes suculentas e maduras, um pacote de batatinhas com sal e vinagre — as favoritas de Aria —, e uma garrafa de champanhe com duas taças de plástico. Ele arrumou tudo sobre a grande pedra onde estavam sentados e ergueu o rosto para olhar o luminoso céu azul que aparecia por entre as árvores. — Queria que comêssemos durante o pôr do sol, mas acho que cheguei um pouco adiantado.

— Não, isto tudo está perfeito — disse Aria, escondendo as mãos trêmulas sob as pernas. Ela ainda não conseguia acreditar que aquilo tudo era real. Apenas vinte minutos antes, depois de tirar as bolotas de algodão que separavam seus dedos dos pés e trocar o moletom manchado da Hollis por uma blusa de seda comprada em Amsterdã, correra pelas escadas para abrir a porta da frente. E lá, de braços abertos, encontrara Ezra, o homem que desejara por tanto tempo, que sabia ser sua alma gêmea mesmo depois que ele se tornara seu professor.

— Senti tanto a sua falta — disse ele. — Quando você me escreveu, eu tive que vir no mesmo instante.

— Mas, Ezra, escrevi para você durante meses — falou Aria sem arredar o pé da varanda.

Ezra parecera chocado. Afirmou que nunca tinha recebido as mensagens dela. E acrescentou que sua conta de e-mail fora hackeada havia um ano e que ele tinha demorado um pouco para se reorganizar. Talvez alguns dos e-mails tivessem se perdido. Normalmente, Aria acharia que aquela era a mesma desculpa que todos os homens usavam. Mas Ezra parecia tão arrasado que ela acreditou nele.

Então, Ezra a ergueu nos braços, carregando-a em seguida para o seu velho fusca estacionado junto ao meio-fio. Ele disse que gostaria de levá-la para passear. Para compensar o tempo que haviam perdido. Aria concordou, é claro.

E, assim, eles foram a St. Mary's Creek, um parque lindo e antigo que ficava ao lado de um riacho com água brilhante e cheio de pedrinhas, pequenas quedas-d'água e uma pousada adorável que servia as melhores panquecas da região. Não havia uma única pessoa por perto, ainda que a temperatura estivesse em agradáveis 10°C, perfeita para escaladas ou para uma caminhada.

Ezra estourou a rolha do champanhe e encheu as taças.

— Você está maravilhosa. — Seus olhos azuis estonteantes ergueram-se para encontrar os dela. — Pensei tanto em você. Eu não devia ter sumido daquele jeito, sem planos para vê-la outra vez. Principalmente depois do que aconteceu com a sua amiga. Eu quis muito ligar, mas tive medo de que não quisesse falar comigo.

— Eu teria adorado falar com você — sussurrou Aria de todo o coração. — E você também está maravilhoso.

Ela observou Ezra. O blazer cinzento quadriculado estava puído no cotovelo, a camisa branca, amassada e as bainhas da calça, esfarrapadas. O cabelo dele precisava de um corte, e o rosto estava encovado. Ezra ainda era um homem encantador, mas parecia ter passado horas em seu carro.

— Você não veio dirigindo desde Rhode Island só para me ver, não foi?

— Ah, eu acabei não ficando para valer em Rhode Island, mas eu *viria* de lá só para ver você. — Ezra mergulhou um *nugget* no molho *barbecue* e depois enfiou-o na boca. — Fiquei lá por algum tempo, mas em seguida me mudei para Nova York.

— Ah! — exclamou Aria sem esconder seu entusiasmo. — Está gostando de morar lá? Eu me inscrevi em uma porção de universidades em Nova York!

— Adoro morar lá — disse Ezra com um olhar sonhador. — Tenho um pequeno apartamento em West Village. À noite, fico na janela, sabe, vendo os carros que passam na Sexta Avenida. Adoro a energia que paira naquele lugar. A criatividade. Estar em contato com tantas pessoas diferentes ao mesmo tempo.

— É exatamente como me sinto sobre Nova York — falou Aria, entusiasmada. Ela adorava que eles gostassem das mesmas coisas.

— Consigo imaginar você morando lá, Aria. Consigo mesmo. — Ezra tomou as mãos de Aria nas suas. Tocá-lo era como entrar em uma casa conhecida e aconchegante. – Talvez você possa me visitar algum dia. Visitar as faculdades nas quais se inscreveu.

Aria olhou para as mãos grandes que envolviam as dela, sem saber o que dizer. Ela meio que esperava que a qualquer momento soasse a risada distante que associava a A, mas tudo o que podia ouvir eram pássaros gorjeando e o murmurejar do riacho.

É possível que ela tenha ficado em silêncio tempo demais, porque Ezra afastou as mãos.

– Meu Deus. Mas eu sou um estúpido. Você não está namorando alguém, está?

– Não! – Aria balançou a cabeça de maneira enfática. – Ah, quero dizer, não *mais*. Eu tive um namorado enquanto você estava fora. Não é como se eu soubesse que você voltaria. – Ela riu, um pouco constrangida.

– Deixe-me adivinhar. Noel Kahn?

Aria ficou boquiaberta.

– Como você soube?

Ezra riu.

– Notei que ele tinha uma queda por você nas minhas aulas.

– Nós não tínhamos muito em comum, acho – disse Aria baixinho, observando um peixe prateado que passou nadando ao lado deles. – E... você não está com ninguém, está?

Ezra abriu um sorriso. Ele segurou o rosto de Aria em suas mãos.

– Claro que não. Por que eu viria visitá-la se estivesse?

Aria deu um sorriso tímido.

– Quanto tempo vai ficar aqui?

– Quanto tempo *quer* que eu fique?

*Para sempre*, Aria queria dizer.

– Estou hospedado na casa de um amigo fora da cidade. Ele disse que posso ficar o quanto quiser. – Ezra afastou uma mecha do cabelo de Aria do rosto dela. – Conte-me tudo o que está acontecendo com você. Como está sua família? Seus pais se divorciaram, não foi? Como isso está indo? E o que você quis dizer em seu e-mail quando falou sobre sentir-se só? Está tudo bem?

Aria colocou a mão no peito, comovida pelo interesse e a preocupação dele.

– Eu estou bem – disse ela, sentindo-se assim de repente.

– Na verdade, quero mesmo é saber de você. O que você faz em Nova York? Está ligado a alguma universidade? Tem um emprego? Aposto que é maravilhoso.

Ezra hesitou.

– Bem, trabalhei em uma ONG por um tempo, mas fui demitido. Depois disso, eu... – O rosto dele ficou vermelho. – Eu escrevi uma coisa. E, bem, acho que escrevi um romance.

– Um *romance*? – O queixo de Aria caiu. – Tipo, um *livro* inteiro, começo, meio e fim?

Envergonhado, Ezra riu.

– Isso mesmo. Mas não sei se é bom.

– Tenho certeza de que é incrível! – Aria bateu palmas. – É sobre o quê? Quando vai ser publicado?

– Calma, não vamos nos precipitar. – Ezra deu uma olhadela para sua mochila, atrás deles sobre a pedra. – Mas, se você estiver mesmo interessada, eu tenho comigo o manuscrito...

– Mas é claro que estou interessada! – exclamou Aria. – Eu adoraria ler seu livro!

Ezra comprimiu os lábios, como se estivesse pensando no assunto.

— Eu ainda não tenho um agente para me representar. E talvez meu livro nem seja publicado. É um pouco mais difícil de entrar no mercado literário do que eu imaginava. — Ele deu uma risada amarga que Aria nunca tinha ouvido.

— Será que vou precisar lutar com você para poder ler seu livro? — provocou Aria.

— Certo, tudo bem. — Ezra abriu a mochila e tirou de lá um maço de papéis amarrotados, mantidos juntos por um elástico azul. Na primeira página Aria leu, em negrito: *Encontre-me depois da aula, de Ezra Fitz.*

— Não consigo acreditar que você escreveu isso — sussurrou Aria, reverente. — É sobre um professor?

Ezra deu a ela um sorriso misterioso.

— Talvez. — Ele empurrou o manuscrito na direção dela. — Você gostaria de ler?

— Claro! — Aria folheou as páginas amarrotadas. — Eu sei que vou adorar. E... muito obrigada. — Ela olhou para ele, tomada pela emoção. — Por tudo. Por voltar. Este piquenique...

Aria não conseguia continuar, e eles olharam um para o outro por muito tempo, até que Ezra se inclinou, e seus corpos se tocaram. Quando ele passou os braços em volta da cintura de Aria e encostou seus lábios nos dela, Aria sentiu um arrepio de prazer. O beijo se aprofundou, e Ezra tirou a jaqueta dos ombros, jogando-a sobre uma pedra perto deles. Aria tirou o casaco também.

— Hum, hum — disse alguém.

Ezra e Aria se afastaram, mal conseguindo respirar. Um grupo de senhoras usando roupas de caminhada, pochetes e com bastões de caminhada nas mãos, havia emergido de uma curva e os encarava com ar de desgosto.

— Perdão! — exclamou Ezra, abotoando a camisa em um piscar de olhos.

As mulheres fizeram uma careta e seguiram em direção à pousada, equilibrando-se com habilidade sobre as rochas. Ezra pareceu constrangido e cobriu a boca com a mão.

— Foi como ser pego em flagrante pela minha avó — sussurrou ele.

— Ou pela bibliotecária da escola — riu Aria.

Ezra a tomou nos braços e olhou dentro de seus olhos.

— Vamos torcer para sermos pegos muitas vezes.

Aria foi arrebatada pela mais completa e absoluta felicidade. Ela se inclinou e deu um beijo leve nos lábios de Ezra.

— Eu não poderia concordar mais.

# 11

## REUNIÃO DA TURMA DO VERÃO

Mais tarde no mesmo dia, Spencer embicou seu Mercedes Coupe na entrada da garagem da casa de sua família depois de muitas horas de estudo na Biblioteca Pública de Rosewood.

— *Bastará aparafusardes vossa coragem até o ponto máximo, para que não falhemos* — recitou ela. Aquele trecho fazia parte do discurso no qual Lady Macbeth convence seu marido a matar o rei, Duncan. — *Quando Duncan se puser a dormir, e a rude viagem de hoje...*

E então ela teve um branco. Qual era mesmo a próxima fala?

Spencer estacionou. Isso era exasperante. No primeiro ano do ensino médio, enquanto estudava para os exames de classificação geral, havia decorado todas as falas de *A megera domada*, feito trabalho voluntário no abrigo mantido por Rosewood para a população sem-teto, jogado hóquei *e* recebido seis prêmios por distinção acadêmica. Por mais que

Spencer detestasse dar a Beau a satisfação de ensaiar com ela no dia seguinte, talvez fosse hora de admitir que, bem, precisava daquilo.

Enquanto fazia uma respiração iogue de purificação dos chacras, ela vestiu seu capote Madewell de lona e apanhou sua bolsa dourada Dior do banco do passageiro, um presente que dera a si mesma por ter sido aceita em Princeton. Quando saiu do carro, quase esbarrou em um Range Rover preto estacionado à esquerda. Spencer olhou desgostosa para as rodas cromadas brilhantes, para o GPS ultramoderno e para o adesivo boboca da parte traseira que declarava PAI ORGULHOSO DE UMA ESTUDANTE PREMIADA DE ST. AGNES. O sr. Pennythistle era dono de uma verdadeira frota de veículos, mas um Range Rover não fazia parte dela. Isso significava que eles tinham visitas.

Quando Spencer entrou em casa, um burburinho a alcançou. Depois, ouviu risadinhas femininas. Spencer reprimiu um gemido. Amelia tinha mesmo levado a sério o gentil "sinta-se em casa" da sra. Hastings. Ela convidava amigas quase todos os dias para irem lá, e cada uma delas era mais *geek* do que a anterior.

Spencer entrou no corredor fazendo o maior barulho que conseguia, para que Amelia soubesse que ela estava em casa. Como era de esperar, quando Spencer parou na porta da espaçosa sala íntima, equipada com uma enorme televisão e sofás incrivelmente macios e confortáveis, Amelia ergueu os olhos. Havia uma flauta preta e brilhante em seu colo – o mais *nerd* dos instrumentos. Havia mais ou menos umas dez meninas sentadas em volta da sala, todas com instrumentos também. *Esquisitonas.*

— O que está acontecendo aqui? — perguntou Spencer, irritada.

— Um ensaio da Orquestra da Câmara de Auxílio Social de St. Agnes — respondeu Amelia, também irritada. — Lembra-se do concerto que mencionei? Veronica disse que poderíamos ensaiar aqui.

Spencer odiava como Amelia chamava a mãe dela de Veronica, como se elas fossem amigas e frequentassem festas juntas. Ela estava prestes a dar uma resposta sarcástica, mas seu olhar foi atraído para uma menina de cabelos vermelhos sentada com o grupo. A princípio, ela ficou atônita. Em seguida, duplamente atônita. E, depois, triplamente atônita. Era como ver um fantasma.

— K-Kelsey? — gaguejou Spencer.

— Spencer. — Piscando várias vezes, como se ela também não pudesse acreditar no que via, a menina colocou o violino de volta no estojo. — Uau. Quanto tempo sem vê-la.

A sala rodopiou. Bem ali, na sua frente, estava Kelsey Pierce, sua amiga do programa de verão da Penn. A menina cuja vida Spencer arruinara.

Suas lembranças voltaram para o bar onde conhecera Kelsey. Phineas levara Spencer e Kelsey a um banheiro minúsculo nos fundos do bar. As paredes estavam todas pichadas, o vaso sanitário estava imundo e havia uma pia no canto. O banheiro cheirava a vômito e cerveja velha.

Enfiando a mão no bolso, Phineas ofereceu a cada uma delas uma pílula branca e lisa.

— É assim que vocês conseguem nota máxima nos exames.

— O que é isso? — Spencer desviou o olhar. Ela não gostava de remédios. Nem sequer tomava aspirina para dor de cabeça.

— Chama-se *Easy A* — explicou Phineas. — É um negócio incrível. Pode manter você concentrado por horas. Foi a única forma de eu enfrentar o segundo ano do ensino médio.

— E onde você conseguiu? — perguntou Kelsey, a voz falhando.

— Faz diferença? — Phineas apoiou-se na pia. — Estou inclinado a permitir que vocês experimentem. Compartilhar a sorte, certo?

Ele ofereceu os comprimidos a elas novamente. Spencer lambeu os lábios. Claro que ela ouvira falar do *Easy A*, mas apenas por meio dos anúncios idiotas do governo na televisão e dos panfletos recheados de conselhos assustadores e exemplos cheios de desgraça que eram distribuídos nos banheiros de Rosewood Day. Mas as palavras de Phineas chamaram a sua atenção. *Pode manter você concentrado por horas.* Spencer não fazia ideia de como ia lidar com quatro cursos avançados em seis semanas. Talvez tempos desesperadores exigissem medidas desesperadas.

Spencer respirou fundo e pegou o comprimido da palma da mão de Phineas, colocando-o em seguida debaixo da língua.

— Você não vai se arrepender. — Phineas olhou para Kelsey. — E aí?

Kelsey cutucou a unha do dedão.

— Não sei. Eu fui pega com drogas quando era mais nova. E agora tento ficar limpa.

— Você não vai se meter em encrenca — garantiu Phineas.

— Não vão descobrir — encorajou Spencer.

Balançando-se sobre os calcanhares, Kelsey olhou para eles. Ela parecia um gatinho pego em uma armadilha, a mesma expressão que Hanna, Emily, Aria e Spencer exibiram quando a Ali Delas desafiou-as a nadar no lago Peck, onde a polícia encontrara um corpo.

Finalmente, Kelsey estendeu a mão.

— Acho que posso arriscar, certo? — O comprimido caiu na mão dela. Os músculos da garganta se contraíram quando ela o engoliu. — Um brinde à nossa incrível pontuação no exame!

Spencer obteve pontuação máxima em cada uma das provas, seis semanas depois. E Kelsey, graças a ela, conseguiu uma estadia na cadeia.

— Meninas, uma pausa — disse Amelia.

Levando um susto, Spencer voltou à realidade, erguendo os olhos enquanto as instrumentistas se levantavam. Algumas esticaram os braços acima das cabeças. Outras apanharam seus celulares e começaram a digitar furiosamente.

Kelsey atravessou a sala na direção de Spencer.

— Olhe, parece que combinamos! — disse ela enquanto apanhava uma bolsa dourada perto da porta. Era a mesma bolsa Dior que Spencer estava usando. — Então... faz tempo desde a última vez.

— Ah, pois é — respondeu Spencer, cautelosa, brincando com um dos botões de metal da manga do blazer.

No vestíbulo, um relógio antigo anunciou a hora. Kelsey olhou para Spencer, parecendo não perder nenhum detalhe de sua expressão. O coração de Spencer se apertou. Ela não vira ou soubera nada sobre Kelsey desde aquele dia na delegacia.

Alguém tossiu, e Spencer se virou para ver que Amelia olhava com curiosidade para elas. Spencer seguiu pelo corredor na direção da cozinha, fazendo sinal para que Kelsey viesse com ela – a última coisa de que precisava era que Amelia escutasse a conversa delas. A cozinha recendia a alecrim recém-cortado, que a mãe de Spencer tinha começado a colher e espalhar pela casa em potinhos com água, desde que descobrira que esse era o cheiro favorito do sr. Pennythistle.

– Eu não sabia que você tocava. – Spencer fez um gesto para o estojo do instrumento que Kelsey trazia consigo, apontado para Spencer quase como uma arma.

– Toco desde pequena. A Orquestra de Câmara de Amelia faz concertos em eventos de caridade, e meu oficial de condicional considera isso serviço comunitário.

– Oficial de condicional? – deixou escapar Spencer, incapaz de se conter.

Kelsey pareceu ficar na defensiva.

– Você sabe. Por causa de tudo o que aconteceu na Penn.

Spencer desviou o olhar.

– Quero dizer, você soube, não soube? – Kelsey estava tensa, e seu punho esquerdo, o que não estava segurando o estojo do violino, estava fechado em forma de soco. – Passei dois meses no reformatório. Mas a policia deixou você ir embora com uma advertência. – Ela ergueu uma sobrancelha. – Como foi que conseguiu?

De repente, a temperatura da cozinha subiu vários graus. Spencer temia encontrar o olhar de Kelsey. E também estava confusa – sempre supôs que Kelsey lá no fundo soubesse que ela havia plantado aquelas drogas no quarto dela e contado aos policiais sobre seu passado complicado. Mas e se ela...?

Quando Spencer ergueu os olhos de novo, Kelsey ainda a encarava.

— Bem, de qualquer forma, eu ouvi dizer que você foi aceita em Princeton. Parabéns!

Spencer olhou para ela achando aquilo estranho.

— Como sabe que fui aceita em Princeton?

— Um passarinho me contou — disse Kelsey, despreocupada.

Spencer queria muito perguntar, mas não conseguiu fazer sua boca lhe obedecer. Kelsey também tinha se inscrito em Princeton, mas seria estranho se a faculdade enviasse uma carta de congratulações pela admissão antecipada para o bloco D no reformatório. Por outro lado, Spencer só recebera a dela por engano.

— Kelsey? — chamou a voz nasalada de Amelia, vinda da sala de estar. — Precisamos de você! Vamos repassar o trecho de Schubert!

— Tudo bem, já vou! — gritou Kelsey. Virou-se para Spencer. Abriu a boca como se fosse dizer alguma coisa, mas então pareceu mudar de ideia. — Boa sorte em Princeton, Spencer. Espero que as coisas saiam como você quer. — Depois ela se afastou com o estojo do violino junto do corpo.

Spencer despencou em uma cadeira da cozinha, o coração batendo tão forte que abafava o som da música.

Em seguida Spencer pulou. Era o celular dela, que estava no compartimento da frente de sua bolsa Dior, apoiada em uma das cadeiras da ilha da cozinha. Engolindo em seco, ela foi até ele e o apanhou. Na tela, uma nova mensagem de número desconhecido. Mas antes de ler o que dizia, algo chamou a atenção de Spencer no corredor. Kelsey estava próxima da porta da sala de estar. Ela desviou o olhar assim que Spencer a encarou, mas Spencer soube que ela a estivera observando. E percebeu também que Kelsey tinha um celular fino na mesma mão que segurava o estojo do violino.

Com o estômago contraído, Spencer olhou para o próprio celular e pressionou LER.

Você acredita que sua amiguinha do verão a perdoou pelos comprimidos? Não sei, não. Eu duvido... Mwah! – A

# 12

## ALGUÉM ESTÁ DE OLHO

Mais tarde naquela noite, Emily parou o Volvo da família no estacionamento dos professores de Rosewood Day e desligou o motor. Eram oito da noite do sábado, o colégio estava vazio, e todas as elegantes janelas arqueadas de estilo gótico do prédio estavam às escuras. Olhando para a fachada de pedra da escola, Emily foi tomada pelas lembranças: viu a si mesma no quinto ano, caminhando com outras crianças em fila única para entrar na escola, observando com inveja a Verdadeira Ali, Naomi Zeigler e Riley Wolfe ocuparem os lugares da frente; depois se viu correndo de uma aula para a outra e esbarrando sem querer no ombro de Ali.

— Cuidado, Gugu! — provocou Ali. As pessoas costumavam chamar Emily assim porque o cloro da piscina deixava seu cabelo esverdeado como o do boneco da Vila Sésamo. Doía mais quando era Ali quem a chamava assim.

E então houve o dia em que Ali estava em uma das alamedas da escola se gabando sobre como seu irmão, Jason, lhe contara onde havia escondido um pedaço da bandeira da Cápsula do Tempo. A confiança dela era tão irritante que fazia Emily sentir desejo e frustração ao mesmo tempo. *Eu poderia roubar esse pedaço da bandeira,* pensara Emily, insolente. O que aconteceu em seguida acabou levando Emily aos anos mais incríveis, bizarros e assustadores da sua vida.

Normalmente, Emily nutria sentimentos confusos sobre a Verdadeira Ali. Como poderia adorar uma pessoa e ter tanto medo dela ao mesmo tempo? Como podia ter deixado uma psicopata se safar? E por que continuava buscando Ali em todos os lugares aonde ia, desesperada para provar que ela ainda estava viva, ainda que isso significasse que a própria Emily e as amigas certamente seriam mortas?

Mas naquele dia Emily estava atordoada e cansada demais para continuar insistindo. Não conseguia evitar pensar em Kay. Na noite anterior, quando o show terminara, elas estavam um pouco mais do que embriagadas e combinaram um encontro para a semana seguinte. Pela manhã, Kay enviara algumas mensagens excitantes. *"Mal posso esperar para ver você de novo, gostosona."* E: *"Espero que o seu traseiro bonito já esteja fora da cama!"* Emily não recebia mensagens provocativas desde que tinha namorado Maya. Mas talvez Kay fosse do tipo que flerta sempre.

Ela olhou de novo para seu celular. Spencer tinha enviado uma mensagem em grupo para Emily, Aria e Hanna cerca de uma hora antes. *Temos que conversar. Me encontrem nos balanços. Às oito da noite.* Emily respondera pedindo detalhes, mas Spencer não se dera o trabalho de escrever de volta. Emily se perguntou se a reunião seria sobre A.

Tremendo, deixou o carro e seguiu na direção dos balanços da escola primária, onde ela e as amigas se encontraram por muitos anos para conversar. Recentemente, usavam o lugar para falar sobre as mensagens cruéis de A. A sombra do trepa-trepa podia ser vista a distância e parecia uma aranha gigantesca e com muitas patas. No campo à frente delas, uma enorme escultura de tubarão estilo *avant-garde*, criada por um artista da cidade, refletia o luar de um jeito quase sobrenatural. Sentada no balanço do meio, Spencer estava enrolada em um casaco azul de lona e usava botas Ugg. Hanna estava apoiada no escorregador com os braços cruzados sobre o peito esguio. E Aria, com uma expressão distante e sonhadora no rosto, estava encastelada naquele brinquedo vagabundo que não passa de um disco e que as crianças costumam chamar de gira-gira. Ao ver Emily se aproximando, Spencer limpou a garganta.

– Recebi outra mensagem de A. – O coração de Emily se apertou. Aria engoliu em seco. Hanna deu um chute no escorregador, fazendo um barulho oco.

– Alguém mais recebeu? – perguntou Spencer.

– Eu – disse Hanna com a voz hesitante. – Na quarta-feira. Mais já cuidei disso.

Spencer arregalou os olhos.

– O que quer dizer com "já cuidei disso"?

Hanna apertou os braços em torno do corpo.

– Isso é problema meu.

– A mensagem que você recebeu foi sobre Kelsey? – quis saber Spencer.

– Quem é Kelsey? – Hanna estreitou os olhos.

Spencer afundou no balanço.

– *Kelsey*, Hanna. A garota que você... *Você* sabe... Lembra-se do verão? Na Penn. A que você...

Hanna se encolheu.

— Minha mensagem não era sobre ela. Era sobre... hum, outra coisa.

— Certo, mas a minha mensagem *era* sobre Kelsey — disse Spencer.

Aria franziu a testa.

— Kelsey, a sua amiga do curso de verão?

— Sim, ela — disse Spencer. — A sabe o que eu fiz com Kelsey.

Emily se mexeu, desconfortável, lembrando-se vagamente de Spencer ter mencionado Kelsey. Spencer ligara algumas vezes para Emily no verão passado porque elas estavam na mesma cidade, mas Emily não saiu com ela nenhuma vez. E, quando junho se transformou em julho, havia alguma coisa... *estranha* no tom de voz de Spencer ao celular. Ela falava tão rápido que era como se quisesse bater o recorde mundial de mais palavras ditas por minuto. Em uma das ligações, Emily estava em seu intervalo, sentada do lado de fora do Poseidon em Penn's Landing com seu amigo Derrick, que era cozinheiro. Derrick era a única pessoa que sabia dos segredos de Emily. Bem... *alguns* de seus segredos, em todo o caso. Ela estava desabafando que teria o bebê sem que os pais soubessem quando o nome de Spencer aparecera na tela de seu celular. Emily atendeu, e Spencer começou a falar sem parar sobre como a nova amiga dela, Kelsey, fez uma imitação engraçadíssima de Snooki, do reality show *Jersey Shore*. Ela estava falando tão rápido que não dava para distinguir as palavras.

— Spence, você está bem? — perguntou Emily.

— Claro que sim — respondeu Spencer de um jeito ofegante. — Eu estou melhor do que nunca. Por que eu não estaria bem?

— Você parece estranha, só isso. Como se tivesse tomado alguma coisa.

Spencer riu.

— Bem, se você quer mesmo saber, eu tomei alguma coisa, Em. Mas não é nada sério.

— Você está usando *drogas*? — perguntou Emily em um sussurro, depois se ergueu, constragida. Algumas das pessoas que passavam na calçada não conseguiam desviar os olhos de sua *enorme barriga de grávida de 16 anos*.

— Relaxe — respondeu Spencer. — Só tomei alguns desses comprimidos... *Easy A*.

— *Só?* Eles são seguros?

— Deus, Emily, não pire, certo? É uma droga feita para a gente estudar. Tem esse sujeito, o Phineas, que tomou desse negócio durante um ano e não aconteceu nada. E agora, ele está na Universidade da Pensilvânia, tirando notas melhores do que as minhas.

Emily ficou muda. Ela observou um grupo embarcando no Moshulu, o navio-restaurante do porto. Aquelas pessoas pareciam felizes, sem problema algum.

Spencer suspirou.

— Eu estou bem, Em. Juro. Você não precisa se preocupar comigo, *Delegada*. — Aquele era o apelido que Ali tinha dado para Emily anos antes, porque achava Emily protetora demais. Spencer, em seguida, desligou sem se despedir.

Emily encarou Derrick, que parecia tranquilo, sentado no banco ao lado dela.

— Está tudo bem? — perguntou ele com uma voz tão doce que partia o coração. De repente, Emily achou que fosse começar a chorar a qualquer instante. Qual era o problema com suas amigas? Spencer não era o tipo de garota que usava drogas. Emily não era o tipo de garota que engravidava.

— Você conhece uma droga chamada *Easy A*? — perguntou Emily para Derrick.

Ele fez uma careta.

— Bem, sei que não é algo que *eu* experimentaria.

Aria se apoiou na barra de ferro que sustentava os balanços, e Emily voltou para o presente.

— O que você fez a Kelsey? — perguntou Aria.

Hanna ergueu a cabeça.

— Você não sabe?

— Eu também não sei — disse Emily, olhando para elas.

Spencer desviou o olhar para as árvores.

— Foi naquela noite em que liguei para você da delegacia, Aria. Como você sabe, fomos pegas com drogas, Kelsey e eu. Eles nos separaram e nos interrogaram, e eu tinha *certeza* de que Kelsey estava armando para mim. Bem, pelo menos foi o que o policial me disse. Por isso, eu liguei para vocês. Emily não atendeu, e você... — Spencer fez uma pausa e olhou para o chão.

— Eu não achei correto ajudá-la — completou Aria na defensiva.

— Tudo bem. — Spencer estava tensa. — Em seguida, liguei para Hanna. Pedi que ela plantasse alguns comprimidos no quarto de Kelsey e que ligasse para a polícia para dizer que Kelsey era uma traficante de drogas conhecida no *campus*.

Emily deu um passo para trás, sentindo que seus sapatos afundavam na grama.

— *Sério?*

— Mas eu estava desesperada! Não sabia o que fazer! — Spencer gesticulou, querendo se explicar. — Eu estava em pânico.

— Não se esqueça da parte em que você descobre que Kelsey *não tinha* entregado você, Spence — lembrou Hanna, nervosa, olhando em volta pelo lugar vazio.

— Era tarde demais quando descobri — falou Spencer.

— Então vocês arruinaram a vida dela por nada? — comentou Aria, um pouco dramática.

— Meninas, eu não estou orgulhosa do que fiz — admitiu Spencer com o rosto vermelho. — Mas Kelsey *apareceu* na minha casa hoje, porque pelo jeito ela é amiga da minha irmã postiça. Ela estava cautelosa e com um jeito bem estranho. A princípio, não tive certeza se ela sabia que sua temporada no reformatório era culpa minha, mas esta mensagem deixa as coisas muito claras. — Ela exibiu a tela do celular. *Você acha que sua amiguinha do verão a perdoou pelos comprimidos?*

Aflita, Hanna mordeu o lábio.

— Como Kelsey poderia saber que você a mandou para um reformatório? Você disse que não há como a polícia chegar na gente.

— Eu não sei como, Hanna. — Spencer parecia frustrada. — Talvez Kelsey tenha descoberto. Talvez ela seja A. Quando recebi a mensagem, ela estava usando o celular!

Aria empurrou o gira-gira.

— Mas Kelsey não estava na Jamaica, estava?

— Eu não consigo imaginar por que Kelsey estaria atrás de *todas* nós — acrescentou Emily. — Aria e eu não fizemos nada para ela.

— Talvez ela ache que vocês sabem o que eu fiz — respondeu Spencer.

— Faz todo o sentido. — Hanna deu um empurrão de leve no balanço. — Lembram o artigo da revista *People*? Dizia que nós éramos melhores amigas. Que dividíamos tudo. Kelsey pode ter concluído que todas ajudamos Spencer a prejudicá-la e a se livrar.

Emily sentiu o estômago revirar.

— Isso é possível?

— Não tenho muita certeza — disse Aria. — É possível que A seja um dos amigos de Tabitha. Ou alguém que conhecia Mona Vanderwaal ou Jenna Cavanaugh.

— Mas... os amigos de Jenna iriam atrás de Ali, não de nós — argumentou Spencer.

— Bem, talvez A *seja* Ali — sugeriu Emily, hesitante.

As três meninas se viraram na direção de Emily.

— Como é?

Emily ergueu as mãos em sinal de rendição.

— Há duas semanas, acreditávamos que Ali tinha sobrevivido ao incêndio. Quem pode saber se ela não estava na Jamaica contando a Tabitha essas loucuras sobre nós? Ainda não sabemos como Tabitha descobriu nossos segredos ou como conseguiu colocar as mãos na pulseira de Ali. Talvez Ali tenha nos seguido depois da morte de Tabitha e tenha nos observado durante todo o verão.

Spencer agitou os braços.

— Em, Ali morreu em Poconos! Não havia forma de ela conseguir sair daquela casa!

— Por que a perícia nunca encontrou o corpo dela?

— Já não falamos disso várias e várias vezes? — perguntou Spencer, trincando os dentes.

Hanna se recostou no escorregador.

— Eu realmente acredito que ela se foi, Em.

Aria assentiu.

— Quando saímos correndo da casa, a porta se fechou. Mesmo que Ali chegasse à porta, não é muito provável que ela conseguisse empurrar a porta e sair depois de inalar toda aquela fumaça. Lembra como era pesada, Em? E, momentos depois, a casa foi pelos ares. Até mesmo o cofre à prova de fogo dos DiLaurentis queimou.

Pensando no instante em Poconos em que deixara a porta entreaberta para que Ali pudesse escapar, Emily se balançou para a frente e para trás sobre os calcanhares.

— E se a porta não estivesse fechada? Talvez tivesse sido aberta pelo vento, alguma coisa assim.

Hanna colocou as mãos na cintura.

— Por que você tem tanta certeza de que Ali está viva? Você sabe alguma coisa que nós não sabemos?

A distância, as árvores oscilavam. Um carro passou devagar pela frente da escola com os faróis altos. O segredo fazia o peito de Emily vibrar. Se contasse aquilo para as amigas, elas nunca mais confiariam nela.

— Não, nada — murmurou ela.

De repente, um estalido soou, vindo do bosque. As meninas se viraram e olharam a distância. Estava tão escuro que Emily mal conseguia ver o contorno das árvores.

— Talvez devêssemos contar para a polícia — murmurou Emily.

Hanna suspirou.

— E vamos dizer o quê? Que somos assassinas?

— Não podemos passar por isso mais uma vez. — Uma fumacinha branca saía da boca de Emily. — Talvez a polícia nos entenda se explicarmos o que aconteceu com Tabitha. Talvez eles...

De repente ela se sentia muito exausta. Claro que os policiais não entenderiam o que acontecera com Tabitha. Eles jogariam Emily e suas amigas na cadeia pelo resto de suas vidas.

— Olha — disse Spencer depois de um momento. — Não vamos nos precipitar, pode ser? Temos muito em jogo aqui. Temos que descobrir quem é A e qual será o próximo passo dela antes que as coisas comecem a acontecer. E sem meter a policia na história. Eu ainda acho que foi Kelsey. — Ela pressionou uma tecla em seu celular. — Ela é a única pessoa com uma motivação de verdade. Vou tentar descobrir quem ela é, até a próxima vez que ela aparecer lá em casa. Nunca se sabe se ela também não está vigiando vocês. Lembram-se de como ela é?

Aria deu de ombros.

— Vagamente.

— Ela estava naquela festa dos Kahn — murmurou Hanna.

— Eu nunca a vi — disse Emily.

Spencer parou de digitar em seu celular e, em seguida, exibiu a tela para as outras.

— Esta foto é do verão passado, mas ela está igual.

As meninas se inclinaram para olhar a foto na tela. Uma garota do tipo *mignon* e ruiva, vestindo uma camiseta justa do Colégio St. Agnes, sorria de volta para elas. Emily piscou ao reconhecer o nariz arrebitado, as sobrancelhas arqueadas e o sorriso enigmático, do tipo *Eu tenho um segredo, tente tirá-lo de mim*. Seus pensamentos dispararam em milhares de direções. Ora, ela conhecia Kelsey.

Era Kay.

# 13

## BEIJOS EM TRÂNSITO

Naquela mesma noite, mais tarde, Hanna entrou em uma casa noturna classuda fora do *campus* de Hyde, chamada Rue Noir. Havia um balcão longo curvo nos fundos do salão principal, uma pista de dança pequena à esquerda e uma porção de sofás confortáveis dispostos de forma discreta em cantos escuros nos quais um casal poderia ficar junto por horas. Hanna imaginou que não haveria um lugar melhor para seu primeiro encontro oficial com Liam.

Ele ainda não tinha chegado, então Hanna se acomodou em um sofá vazio, tentando manter-se afastada de um grupo de rapazes de alguma fraternidade e suas acompanhantes, que mais pareciam umas vagabundas. Disfarçadamente, ela verificou como estava sua aparência no espelho de mão que trazia na bolsa. Estava ainda mais bonita que no dia do *flash mob*. Nada em sua aparência indicava que tivera um encontro estressante com Spencer e as outras meninas duas horas mais cedo, para que pensassem juntas sobre quem poderia ser o novo A.

Hanna fechou os olhos. A teoria de Spencer sobre Kelsey a enchia de preocupação. Não era apenas Spencer que havia arruinado a vida de Kelsey – Hanna era culpada daquilo também. Ela tivera participação no falso flagrante contra Kelsey para livrar Spencer da cadeia.

Hanna tinha conhecido Kelsey no verão anterior, em uma das famosas festas de verão da família Kahn. Eles convidaram todos os vizinhos, espalharam uma porção de barris de cerveja pela propriedade e instalaram um castelinho pula-pula inflável e uma velha cabine de fotos automática no quintal dos fundos. Spencer e Kelsey tinham aparecido no pátio dos Kahn, falando alto demais e de forma agressiva, andando como duas malucas por ali. Spencer costumava ser discreta e se comportava de forma impecável nas festas, mas naquela noite estava odiosamente bêbada. Tinha flertado com Eric Kahn bem na frente de sua namorada da faculdade. E tinha chamado de vaca uma velha amiga de Ali dos tempos do time de hóquei, Cassie Buckley, que na ocasião estava vestida no estilo gótico-chique. Spencer parecia instável e assustadoramente imprevisível.

Não demorou muito para que os convidados começassem a fofocar sobre ela. *"Nunca pensei que ela fosse desse tipo"*, disse Naomi Zeigler. *"Isso não é nada sexy"*, reclamou Mason Byers, que em certa ocasião ficara tão bêbado em uma festa dos Kahn que correra nu pelo bosque dos fundos da propriedade. E Mike, o acompanhante de Hanna na festa, veio cutucá-la e dizer:

— Essas duas estão voando alto, não estão?

As nuvens se dispersaram, e a mente de Hanna ficou mais clara. *Mas é claro!* Spencer e Kelsey não estavam bêbadas, estavam drogadas! Tendo desvendado o mistério, Hanna foi até Spencer, que contava uma história estranha para Kirsten Cullen. Quando Spencer viu a amiga, ficou toda animada.

– Oi! – saudou ela, socando o braço de Hanna com força. – Onde você estava, sua vaca? Procurei você por aí!

Hanna pegou Spencer pelo braço e a puxou para longe de Kirsten.

– Spence, o que você tomou?

Spencer ficou tensa. E seu sorriso amplo indicava perigo. Ela não se parecia em nada, naquele momento, com a menina equilibrada e perfeitinha que participava de praticamente todas as atividades extracurriculares de Rosewood Day.

– Por quê? Você também quer? – Spencer mexeu em sua bolsa e enfiou alguma coisa na mão de Hanna. – Tome, leve tudo. Tem muito mais de onde esse veio. Eu tenho um ótimo fornecedor.

Hanna examinou o que Spencer lhe entregara. Era um frasco grande de remédio controlado com tampa laranja. Ela o colocou no bolso, com a esperança de que, se as pílulas ficassem com ela, Spencer ficaria limpa e pararia com aquilo.

– Você tomou muitas, Spence?

Spencer embalou a si mesma levemente.

– Ah... eu tomo para estudar. E para me divertir em festas.

– Você não tem medo de ser pega?

– Está tudo sob controle, Hanna. Juro. – Spencer revirou os olhos.

Hanna ia dar um sermão em Spencer quando, de repente, teve a irritante impressão de que alguém a observava. Kelsey estava a poucos passos dali, com os olhos fixos em Hanna.

— Ah, olá — disse Hanna, sem graça, fazendo um gesto na direção de Kelsey.

Kelsey não a cumprimentou de volta, seus olhos passaram por Hanna como se ela não estivesse ali.

Hanna recuou devagar, nervosa com a companhia delas. Assim que se afastou, Kelsey foi até Spencer, e elas começaram a sussurrar. Spencer riu, olhando para Hanna. Aquela nem mesmo era a risada normal de Spencer, mas algo que soava cruel, desagradável e mau.

Talvez tenha sido por isso que, um mês depois, Hanna não se sentira tão mal por armar contra Kelsey. Certamente, Kelsey é que tinha levado Spencer às drogas, ou seja, Hanna estava salvando a próxima garota que Kelsey tentaria viciar. Tinha sido assim também que Hanna raciocinara quando ela e as amigas pensaram ter matado Ali na Jamaica: se elas não tivessem feito isso, Ali iria matar de novo.

Mas Tabitha *não era* Ali. E agora talvez alguém também soubesse o que elas tinham feito com Kelsey.

Um vulto se aproximou, e Hanna ergueu os olhos. Lá estava Liam, como ela, parecendo ainda mais lindo do que no *flash mob*. Ele usava uma camisa listrada e jeans perfeitamente ajustados. Seu cabelo ondulado tinha sido penteado para trás, deixando à mostra sua estrutura óssea impressionante. Só olhar para ele fazia cada centímetro da pele de Hanna se arrepiar de prazer.

— Oi! — cumprimentou ele, sorrindo de forma radiante e parecendo animado. — Você está tão linda!

— Obrigada — agradeceu Hanna, subitamente sem jeito. — Você também.

Ela deslizou para o lado, para que Liam pudesse se ajeitar junto a ela no sofá. Ele a envolveu nos braços, puxando-a para perto a fim de abraçá-la, e eles começaram a se beijar. Dos alto-falantes chegava a música eletrônica sincopada. Os sujeitos da fraternidade, sentados em um dos cantos, riam, barulhentos, e viravam suas bebidas de uma vez só.

Finalmente, Liam se afastou de Hanna e riu, sem graça, passando a mão pelos cabelos.

— Só para constar, normalmente não sou o tipo de sujeito que atrai garotas para os becos para beijá-las.

— Estou *tão* feliz que você tenha dito isso — confessou Hanna. — Eu também não sou esse tipo de garota.

— É só que quando a vi e, depois, quando conversamos... — Liam tomou as mãos de Hanna. — Eu não sei. Alguma coisa mágica aconteceu entre nós.

Se outro cara tivesse dito aquilo, Hanna teria revirado os olhos, achando que era uma cantada de quinta categoria. Mas Liam parecia tão franco, tão vulnerável.

— Eu nem sei o que me levou à concha acústica ontem — continuou Liam, olhando de modo franco para Hanna, ainda que três garotas lindas e bem magras, usando vestidos minúsculos, tivessem acabado de passar pela porta giratória, indo na direção do bar. — Eu precisava sair um pouco do meu dormitório. Estava enfiado lá havia dias, superando o rompimento com uma namorada.

— Eu também acabo de terminar com alguém — disse Hanna baixinho, pensando em Mike, só que agora, quando tentava se lembrar do rosto dele, tudo o que conseguia ver era desenho sem forma feito com giz de cera.

— Bem, vamos superá-los juntos — disse Liam.

— Você já teve muitas namoradas? — perguntou Hanna.

Liam deu de ombros.

— Algumas. E você? Aposto que os caras são loucos por você.

Hanna queria rir. Ela não contaria a ele sobre seu desastroso relacionamento com Sean Ackard ou de como seu relacionamento com Mike se acidentou, com perda total.

— Até que eu consigo me virar — admitiu ela.

— Mas ninguém especial como eu, não é mesmo? — Liam riu.

Hanna tocou a ponta do nariz dele com carinho.

— Eu acho que preciso conhecê-lo melhor antes de poder concordar com isso.

— O que quer saber? Sou um livro aberto. — Liam pensou por um momento. — Sou comilão como uma garota com TPM na frente de um pote de Dairy Queen brownie blizzards. Choro assistindo a comédias românticas e também chorei quando o Phillies venceu a World Series. A coisa mais triste do mundo foi quando eu tive que sacrificar meu mastiff de doze anos. Ah, e eu tenho muito, muito medo de aranha.

— Aranha? — Hanna riu. — Ah, pobrezinho de você.

Liam acariciou o interior do pulso de Hanna.

— Do que *você* tem medo de verdade?

De repente, todas as luzes do barzinho pareceram diminuir. Hanna sentiu-se observada por alguém do outro lado do bar, mas, quando ergueu a cabeça, ninguém olhava para ela. *A*, ela queria contar para Liam. *Tive medo de verdade quando Tabitha quase me empurrou do deque. Tenho medo porque eu matei uma pessoa... E alguém sabe.* Mas, em vez de dizer isso, ela deu os ombros.

— Hum, não sou fã de lugares fechados.

— E se alguém que você realmente adora estiver nesse lugar fechado com você? — Liam chegou mais perto, olhando nos olhos dela.

— Eu acho que aí eu ficaria bem — sussurrou Hanna.

Eles se beijaram de novo. Hanna não sabia ao certo quantos minutos tinham se passado e quase não ouviu o celular de Liam tocando no bolso dele, até que ele finalmente interrompeu o beijo, afastando-se dela e, dando uma olhada na tela, estremeceu.

— É minha mãe.

— Você precisa atender?

Liam parecia inseguro, mas deixou a chamada cair na caixa postal.

— Ela está passando por uma fase complicada. É tudo muito intenso.

Hanna se aproximou dele outra vez.

— Quer me contar a respeito?

Ela imaginou que Liam negaria, mas ele respirou fundo e a encarou.

— Promete que não vai contar a ninguém?

Hanna concordou.

— Ano passado, minha mãe flagrou meu pai tendo um caso. A namorada dele engravidou, e ele deu dinheiro a ela para que abortasse e desaparecesse da vida dele.

Hanna sentiu um gosto amargo.

Liam fechou os olhos.

— Me desculpe por jogar meus problemas em cima de você. Eu não tenho com quem falar sobre essas coisas.

— Está tudo bem. — Hanna acariciou a perna dele. — Estou feliz por você confiar em mim.

— Meus pais se odeiam agora. É uma coisa horrível de ver. Eu me lembro do tempo em que eles só tinham olhos um para o outro. Aprendi sobre o amor vendo os dois juntos... E agora sinto como se aquilo não passasse de uma grande mentira.

— As pessoas se desapaixonam — comentou Hanna com uma pontada de tristeza.

Liam olhou para o celular e em seguida jogou-o dentro do bolso, tomando as mãos de Hanna.

— Tive uma ideia. Vamos dar um tempo disso tudo. Que tal South Beach? Aposto que você fica linda de biquíni.

Hanna ficou surpresa com a mudança brusca de assunto, mas fez o melhor para acompanhar. Acariciou os ombros de Liam. Ele tinha o corpo forte e firme de um nadador ou um jogador de tênis.

— Ótima ideia. Adoro o mar.

— Eu poderia reservar uma casinha para nós, bem pertinho da água. Poderíamos conseguir um camareiro particular que servisse todas as nossas refeições na cama.

Hanna corou e riu sem graça ao ouvir a palavra. Mas, mesmo que fosse uma ideia maluca, ela estava meio tentada a aceitar a proposta de Liam. Não só porque ele era um homem lindo, mas porque Miami ficava a um zilhão de quilômetros de distância de A.

De repente, como se tivesse sido ensaiado, o celular dela tocou alto. Irritada, Hanna enfiou a mão na bolsa para silenciá-lo, mas depois leu a tela. UMA NOVA MENSAGEM DE TEXTO. Seu coração começou a bater com força. Ela olhou ao redor, para ver se alguém os observava. Um grupo de garotas gargalhava junto às banquetas do bar. O barman entregou a um homem uma bebida e o troco. E então Hanna notou um vulto passando por trás das cortinas no fundo do salão. Não era uma pessoa muito alta. E Hanna soube que ele ou ela os espionava.

– Só um segundo – desculpou-se Hanna, inclinando-se para se afastar um pouco de Liam e abrindo a mensagem. Ela se sentiu zonza ao ver que vinha da pessoa que ela mais temia.

> Hannakins: Antes que a coisa entre vocês esquente, é melhor pedir para ver a carteira de motorista do bonitão. – A

Hanna ficou espantada. O que diabos aquilo diria a ela? Que Liam usava lentes de grau para dirigir? Que ele morava em Nova Jersey e não na Pensilvânia?

Ela enfiou o celular de volta na bolsa e se virou para Liam.

– E aí, você não estava falando sobre South Beach?

Liam concordou, chegando mais perto dela.

– Quero você toda para mim.

Ele se inclinou para beijá-la. Hanna o beijou de volta, mas a mensagem de A ainda a perturbava. Apesar de A ser uma peste e assustador, Hanna era testemunha de que suas informações costumavam ser verdadeiras. E se na foto Liam tivesse herpes na boca? E se ele tivesse um nariz diferente? Ou se – ah, meu Deus – ele tivesse aquela aparência linda, mas na verdade fosse um cara de quarenta anos?

Hanna se afastou um pouquinho.

– Sabe, eu tenho essa regra – disse ela com a voz trêmula. – Antes de sair com um rapaz, sempre olho a carteira de motorista dele.

Liam sorriu, confuso.

— Felizmente a minha foto da carteira é uma beleza. — Ele apanhou sua carteira de motorista. — Eu vou mostrar a minha, mas você tem que me mostrar a sua também.

— Combinado. — Hanna pegou a carteira Louis Vuitton de sua bolsa e deu a ele o documento novinho, que estava com ela havia apenas alguns meses. Em troca, Liam entregou a dele para Hanna. Quando Hanna analisou a foto dele, foi tomada por alívio. Ele estava mesmo lindo. Sem feridas na boca. Sem um novo nariz. E era apenas dois anos mais velho do que ela, não tinha quarenta anos. Ela prestou atenção ao restante do documento. Seus olhos passaram direto pelo nome dele. Mas então ela parou e leu de novo.

O coração de Hanna parou por um segundo. *Não.* Aquilo não era possível.

Mas quando ela olhou para Liam, estava tudo lá. Ele tinha os mesmos olhos castanhos de Tucker Wilkinson. O mesmo sorriso indolente, estilo "todos me amam". Até mesmo as sobrancelhas bem desenhadas eram as mesmas.

Liam levantou os olhos, chocado, a carteira de Hanna em suas mãos. Ele estava pálido. Hanna pôde ver que ele também estava ligando os pontos.

— Você é parente de Tom Marin... — disse ele devagar. — É por isso que estava em Hyde noite passada.

Hanna baixou os olhos, sentindo que poderia passar mal naquele sofá de veludo a qualquer momento.

— Ele é... meu pai — admitiu ela, cada palavra infligindo uma dor absurda em seu coração assim que saía de sua boca. — E seu pai é...

— Tucker Wilkinson — completou Liam com pesar.

Eles olharam um para o outro, horrorizados. E então, acima dos sons guturais dos meninos da fraternidade que gritavam, da música eletrônica e do gelo se chocando na coqueteleira de Martini, Hanna pôde ouvir, ao longe, uma risada. Ela se virou para olhar a enorme janela que dava para a rua. Colado no vidro havia um pedaço de papel verde-neon rasgado. Hanna logo percebeu que era um pedacinho de um dos panfletos de Tom Marin que os assessores do pai dela haviam distribuído entre o pessoal do *flash mob* da noite passada. As bordas tinham sido rasgadas de forma que só o rosto do pai dela e uma única letra do nome dele ficassem visíveis.

Apenas um *A* em negrito.

# 14

## SPENCER AMPLIA SEUS HORIZONTES

Na tarde seguinte, cinzenta e fria, Spencer ajeitou a *pashmina* xadrez ao redor do pescoço, plantou os pés no meio-fio de uma travessa em Old Hollis e olhou para a casa vitoriana à sua frente. Franzindo a testa, checou mais uma vez o endereço que copiara da lista do elenco da turma de teatro. Ela estava parada na frente da Casa Roxa, que merecia esse nome por causa da tinta roxa e brilhante que cobria cada centímetro da construção. A casa era uma instituição em Rosewood. Quando Spencer estava no sexto ano, ela, Ali e as outras meninas costumavam percorrer essa rua de bicicleta para cima e para baixo, sussurrando os boatos que tinham ouvido sobre os donos dessa casa.

— Alguém me disse que eles nunca tomam banho — contara Ali. — O lugar está cheio de insetos.

— Bem, *eu* ouvi dizer que eles organizam orgias aqui — acrescentou Hanna. Todas elas disseram "Credo!" juntas, e foi então que um rosto apareceu na janela da Casa Roxa, e elas pedalaram furiosamente para longe dali.

*Assassina.*

Spencer estacou nos degraus da frente da casa com o coração na garganta. Ela observou as casas silenciosas e aparentemente vazias da rua. Uma sombra passou por trás de duas latas de lixo de metal em um dos becos.

Ela estremeceu e pensou na mais recente mensagem de A. Suas amigas ainda não pareciam convencidas de que Kelsey poderia ser o novo A, mas ela achava que sua teoria fazia sentido. Spencer arruinara a vida de Kelsey. Agora Spencer tinha que impedir Kelsey antes que arruinasse a vida dela – e as de suas amigas também.

Durante o verão, Spencer e Kelsey tinham se tornado amigas em um piscar de olhos. Kelsey confessara que, após o divórcio dos pais, ela começara a agir de forma irresponsável e a se envolver com um grupo de garotas perigosas. Tinha experimentado maconha e depois começara a vendê-la. Durante uma revista de rotina a seu armário na escola, um segurança encontrara seu estoque. A única razão de ela não ter sido expulsa de St. Agnes foi porque seu pai havia doado uma nova ala de ciências à instituição. Ainda assim, os pais estavam inclinados a mandá-la para o Canadá, para uma escola católica bastante rigorosa, se ela escorregasse novamente.

– Eu decidi tomar jeito – contara Kelsey em uma noite quando ela e Spencer estavam deitadas juntas na cama dela depois de um serão de estudo. – Meus pais se recusaram a pagar minha vinda para cá, dizendo que seria um desperdício investir em minha educação depois de todos os problemas que eu tinha causado, mas, por incrível que pareça, uma organização sem fins lucrativos da qual eu nunca tinha ouvido falar apareceu no último minuto e me deu uma bolsa para fazer o programa de verão da Penn. Eu queria provar aos meus pais que merecia uma segunda chance.

Spencer, por sua vez, havia contado a Kelsey sobre seus problemas – bem, *alguns* deles. Contara sobre como tinha sido torturada por A. E também que roubara o trabalho da irmã e que o enviara como se fosse dela para vencer o prêmio Orquídea Dourada. Contou também que sentia como se precisasse ser a melhor em tudo o tempo todo.

Elas eram excelentes candidatas para o *Easy A*. No início, o efeito das pílulas só fez as duas se sentirem muito dispostas, mesmo depois de passarem a noite inteira estudando. Mas depois de algum tempo as duas se sentiram diferentes ao *não* tomarem as pílulas.

– Não consigo mais manter os olhos abertos – dissera Spencer durante uma aula.

– E eu acho que virei um zumbi – reclamara Kelsey com um gemido. Elas viram que Phineas, do outro lado da sala, discretamente deslizava outro comprimido para baixo da língua. Se ele estava bem consumindo mais comprimidos, talvez elas também ficassem.

Um carro passou fazendo barulho e interrompendo as lembranças de Spencer. Endireitando-se, ela terminou de subir os degraus até a varanda de Beau, examinando seu reflexo no vidro lateral da porta – usava jeans skinny, um suéter macio de *cashmere* e botas altas, o que ela considerou que parecia adequado e bonito, mas *não* como se estivesse tentando impressionar Beau –, e tocou a campainha.

Nenhuma resposta. Tocou mais uma vez. Ainda ninguém.

— Oooi? — disse Spencer, impaciente, batendo com força na porta.

Uma luz finalmente se acendeu, e Beau colocou o rosto na janela. E abriu a porta. Os olhos dele estavam sonolentos, seu cabelo escuro, despenteado, e ele estava sem camisa. Spencer quase engoliu o pedaço de Trident que mastigava. Onde ele tinha escondido aquele tanquinho?

— Desculpe — disse Beau, sonolento. — É que eu estava meditando.

— Claro que estava — murmurou Spencer, tentando não olhar para aquela barriga que deveria exigir milhares de abdominais por dia. Lembrou-se da vez que ela e Aria tinham feito um curso de desenho em Hollis no qual havia modelos masculinos nus. Os modelos pareciam indiferentes, mas Spencer queria gargalhar o tempo todo.

Ela entrou no vestíbulo, sem deixar de notar que o interior da Casa Roxa era tão exótico quanto o exterior. As paredes do corredor estavam abarrotadas de uma mistura eclética de tapeçarias feitas à mão, pinturas a óleo e placas de metal que propagandeavam cigarros e cafés fechados havia muito tempo. Uma mobília bastante usada de meados do século XX adornava a ampla sala de estar à esquerda, e uma mesa rústica de carvalho coberta de livros de capa dura de todos os tipos e tamanhos ocupava quase por completo a sala de jantar. No final do corredor havia um tapete azul de ioga estendido. Uma melodia suave de harpa vinha de um aparelho de som, e um suporte de incenso no qual havia um palito aceso espalhava fumaça pelo ar, numa mesa de canto.

— Sua família está alugando esta casa? — perguntou Spencer.

Beau foi até o tapete de ioga, pegou sua camisa branca do chão e a vestiu. Spencer sentia-se aliviada e, ao mesmo tempo, estranhamente desapontada por ele ter se vestido.

— Não, somos donos dela há quase vinte anos. Meus pais a alugavam para professores, mas então meu pai voltou a trabalhar em Philly e decidimos voltar para cá.

— Foram seus pais que a pintaram de roxo?

Beau sorriu.

— Isso, nos anos 1970. Era assim que as pessoas sabiam onde aconteciam as orgias.

— Oh, eu ouvi alguma coisa sobre isso — disse Spencer, tentando soar indiferente.

Beau riu.

— Estou brincando. Eles eram professores de literatura da Hollis. Uma noite emocionante para eles envolve ler *Os contos da Cantuária* em inglês arcaico. Mas eu conheço os boatos. — Ele a encarou. — As pessoas de Rosewood adoram uma boa fofoca, não é? Eu também ouvi coisas sobre você, *Pretty Little Liar*.

Spencer se virou, fingindo estar fascinada com a escultura de um galo preto e grande. Mesmo que todos da cidade — e do *país* — tivessem ouvido falar sobre o seu suplício com a Verdadeira Ali, era estranho pensar que alguém como Beau soubesse daquilo também.

— A maioria dos rumores não é verdadeira — respondeu Spencer serena.

— Claro que não. — Beau caminhou na direção dela. — Mas é uma coisa horrível, não é? Todo mundo fofocando. Todo mundo encarando você.

— É, é um horror — disse ela, surpresa por Beau ter resumido seus problemas de forma tão perfeita.

Quando Spencer ergueu os olhos, Beau a encarava com um olhar enigmático no rosto. Era quase como se ele estivesse tentando memorizar cada centímetro de suas feições. Spencer o encarou de volta. Ela não tinha notado que os olhos dele eram verdes. Ou a covinha pequena e engraçadinha do lado esquerdo do rosto dele.

— Ah... E aí, não deveríamos começar? — perguntou ela depois de uma pausa constrangedora.

Beau parou de olhar para ela, atravessou a sala e se acomodou em uma poltrona de couro.

— Claro. Se é o que quer.

Spencer sentiu-se levemente irritada.

— Você me convidou para me ensinar. Então... ensine.

Beau se recostou na poltrona e colocou a mão no queixo.

— Bem, eu acho que seu problema é não compreender realmente a essência de Lady Macbeth. Você se comporta como uma colegial recitando falas.

Spencer se aprumou.

— Claro que eu a entendo. Ela é determinada. Ambiciosa. E está com problemas. Então a culpa de tudo o que fez a perturba.

— Isso veio de onde, do SparkNotes? — caçoou Beau. — Conhecer os fatos não é o mesmo que capturar a alma da personagem. Você precisa experimentar o que ela experimentou e realmente *sentir* o que ela sentiu. Esse é o *Método* de atuação.

Spencer resistiu ao impulso de rir.

— Isso é papo furado.

Os olhos de Beau soltaram faíscas.

— Talvez isso seja medo. O *Método* realmente traz alguns demônios bem feios à tona.

— Eu não tenho medo — disse Spencer e cruzou os braços sobre o peito.

Beau se levantou e se aproximou dela.

— Ah, certo, você não está com medo. Mas *está* participando da peça para conseguir pontos extras, não é? Não é porque ama atuar. Não é porque se importa com a integridade da peça.

Spencer achou que seu rosto estivesse pegando fogo.

— Quer saber de uma coisa? Não preciso ouvir isso. — Ela deu as costas para ele e fez menção de deixar a sala. *Babaca arrogante.*

— Espere. — Beau segurou-a pela mão e a virou. — Só estou provocando você. Eu acho que você é muito boa atriz, bem melhor do que se dá conta. Mas também acho que você deveria querer subir para o próximo nível.

Uma repentina lufada de incenso de sândalo fez cócegas no nariz de Spencer. Ela olhou para os dedos fortes e quentes de Beau entrelaçados aos dela.

— Você me acha boa? — perguntou Spencer em um quase sussurro.

— Eu acho que você é muito boa — afirmou Beau com uma voz suave de repente. — Mas primeiro precisa aprender a abrir mão de algumas coisas e dar espaço para a personagem.

— Como assim abrir mão?

— Você precisa *se tornar* Lady Macbeth. Encontre um lugar especial dentro de você onde possa se recolher e entender o que motiva Lady Macbeth e sentir o que ela sente. Pense sobre o que *você* faria se estivesse no mesmo dilema que ela.

— E que importa o que eu faria na mesma situação? — protestou Spencer. — *Ela* é uma personagem criada por

Shakespeare. As reações dela estão registradas no texto. Ela ajuda a assassinar o rei e fica em silêncio enquanto o marido dela mata todo mundo que aparece pela frente. Aí ela fica louca.

— Bem, *você* ficaria louca se matasse uma pessoa e guardasse segredos terríveis?

Spencer desviou o olhar, sentindo um nó na garganta. Aquilo estava ficando pessoal demais.

— Claro que ficaria. Mas eu nunca *faria* isso.

Beau suspirou.

— Você está encarando a coisa toda de forma literal demais. Você não é Spencer Hastings, a boa menina, a estudante que só tira notas máximas, a favorita dos professores. Você é Lady Macbeth. Sinistra. Calculista. Ambiciosa. Você convenceu seu marido a matar um homem inocente. Se não fosse por você, talvez ele jamais tivesse saído da cadeira de balanço. *Qual é a sensação* de ser responsável por tanto estrago, Spencer?

Spencer catou um fiozinho solto de seu suéter de *cashmere*, sentindo-se desconfortável sob o olhar observador de Beau.

— Como você se liga a Macbeth? Onde fica o lugar especial para onde você vai?

Beau desviou o olhar.

— Não importa.

Spencer colocou as mãos na cintura.

Beau comprimiu os lábios.

— Tudo bem. Se você precisa saber... fui vítima de *bullying* quando era mais novo. — Ele parecia tenso. — Penso em me vingar o tempo todo. Esse é o meu lugar especial. Eu penso... neles.

As mãos de Spencer penderam ao seu lado. Aquelas palavras pesavam entre eles.

— Você quer falar sobre isso?

Beau deu de ombros.

— Eram uns idiotas do oitavo ano. Eu queria mesmo machucá-los. Não é exatamente o que motiva Macbeth, mas me mantém conectado a ele.

Beau atravessou a sala e fez um velho globo terrestre girar e girar. Encurvado e triste, ele parecia quase vulnerável. Spencer se endireitou.

— Eu realmente sinto muito que você tenha passado por isso.

Beau deu um sorriso irônico.

— Pelo jeito temos algo em comum, não é? Você também sofreu *bullying*.

Spencer franziu o nariz. Nunca pensara em A como um *bullying*, mas era quase isso. E, agora que pensava a respeito, todas as quatro também tinham sofrido *bullying* feito pela Ali Delas... mesmo que ela fosse a melhor amiga de todas.

Spencer ergueu os olhos e se surpreendeu ao notar que Beau a observava novamente. Eles apenas se olharam por alguns instantes. Então, com um movimento rápido, ele atravessou a sala e puxou Spencer contra seu peito. Sua respiração contra o rosto dela era mentolada. Spencer estava certa de que eles iam se beijar. E, o que era estranho, ela *queria* que aquilo acontecesse.

Próximo dela, Beau a provocava. Ele passou os braços pelas costas de Spencer e deslizou os dedos pelos cabelos dela, deixando-a arrepiada. Então se afastou.

— Esta é *uma* das formas de se entregar — disse ele com gentileza. — E agora, vamos lá. Temos muito o que fazer.

Beau se virou e foi para o outro lado da sala. Spencer olhou para ele, a pele dela ligeiramente molhada de suor e suas emoções embaralhadas. Ela podia ter se entregado por um momento, mas será que poderia realmente se entregar da forma necessária para se conectar a Lady Macbeth? Fazer aquilo significaria enfrentar o que fizera com Tabitha. Confrontar a culpa.

De repente, Spencer se preocupou com o tamanho da encrenca em que estava se metendo.

# 15

## O QUE VOCÊ VÊ NÃO É O QUE GANHA

No domingo pela manhã, Emily lavou toda a sua roupa, limpou o banheiro, leu um capítulo de sua lição de casa de história e até se ofereceu para ir à igreja com a mãe. Tudo para evitar um telefonema. Mas, lá pelas catorze horas, depois de ter levado Beth até o aeroporto a fim de pegar o avião para Tucson e de voltar para casa, ela sabia que havia adiado por tempo demais.

Assim, digitou o número do celular de Spencer com os nervos à flor da pele. Ela precisava conversar seriamente com a amiga. Repassara o assunto um milhão de vezes e não via como uma menina tão incrível quanto Kay, com quem Emily tivera uma ligação instantânea e que parecia tão pura, delicada e vulnerável, podia ser A.

– Emily – saudou Spencer na terceira chamada, parecendo a mesma Spencer estressada de sempre.

– Oi. – Emily roeu furiosamente a unha do mindinho, o coração disparado. – Hã... há algo que preciso contar. É sobre Kelsey.

Spencer fez uma pausa.

— O que foi?

— Bem, isso vai parecer estranho, mas eu a conheci outro dia. Em uma festa. Por acaso. Ela disse que se chamava Kay, mas, quando vi a garota na foto que você mostrou ontem, eu soube. É ela.

Spencer engasgou.

— Ela faz isso às vezes, usa apenas a letra *K*, de Kelsey. Por que você não me disse isso na noite passada? Isso prova que ela está nos perseguindo!

Emily olhou para seu rosto no espelho. Havia grandes sulcos em sua testa, e seu rosto estava avermelhado como sempre ficava quando nervosa. Ela sentia como se Spencer a acusasse de esconder alguma coisa importante — ou talvez Emily estivesse apenas interpretando assim porque se sentia muito culpada.

— Eu não sei por que não contei — respondeu ela. — Acho que é porque ela foi realmente muito legal, e nosso encontro não me pareceu planejado. E eu não acho que ela saiba quem eu sou ou que somos amigas. Não há chance de ela ser A.

— *É claro* que ela é A! — gritou Spencer, obrigando Emily a afastar o celular da orelha. — Emily, ela sabe muito bem quem você é. Está atrás de cada uma de nós. Não consegue entender isso?

— Eu acho que você está um pouco paranoica — protestou Emily, deixando-se ficar ao lado da janela para observar enquanto uma aranha construía sua teia. — E honestamente ainda não consigo acreditar que você armou para ela. Eu não teria ficado do seu lado. — Ela pensou no olhar cheio de arrependimento de Kay, Kelsey, quando mencionou que nenhuma faculdade iria aceitá-la e do constrangimento em sua voz quando afirmou que os pais não confiavam nela.

Spencer deixou escapar um suspiro.

— Já disse, não tenho *orgulho* do que fiz. Quer dizer, *você* se orgulha do que fez no verão passado?

Emily fez uma careta. *Aquilo* tinha sido cruel.

— Você não está raciocinando direito — afirmou ela depois de um instante, tentando mandar seus problemas do verão passado para longe. — Eu sei que A é outra pessoa. Alguém que também estava na Jamaica.

— Quem? Ali? — Spencer riu sem vontade. — Ela está morta, Em. Está mesmo, de verdade. Olha, imagino que Kelsey pareceu ser muito divertida, eu também já gostei dela. Mas ela é perigosa. Fique longe dela. Não quero que você saia ferida disso tudo.

— Mas...

— Faça isso por mim, Em, pode ser? Kelsey significa problema. Ela quer se vingar.

Alguém falou alguma coisa ao fundo, e Spencer disse:

— Preciso ir. — E desligou.

Emily encarou a tela de seu celular, os pensamentos dando voltas e mais voltas em sua cabeça.

Quase no mesmo instante, o celular tocou novamente. Ela suspirou, imaginando que era Spencer enviando uma mensagem. Talvez tivesse posto a cabeça no lugar. Mas era uma mensagem de Kay — Kelsey. *Nosso encontro desta tarde está de pé, certo?*

Jogando-se na cama, Emily pensou em cada momento que tivera com Kay até agora. Nem por um segundo Kay parecera qualquer coisa além de uma menina divertida, meiga e incrível. Ela *não era* A. Isso era impossível. Desta vez, A era a Verdadeira Ali. Emily podia sentir isso em seus ossos.

Emily digitou uma resposta. *Mas é claro que sim!*, escreveu ela. *Até mais.*


Algumas horas depois, Emily caminhava em direção a Rosewood Lanes, o velho bar e boliche, cuja fachada em neon mostrava uma bola de boliche atingindo dez pinos. Lá estava Kelsey – Emily sentia-se uma tola por pensar que o nome dela era *Kay* quando na verdade aquela era apenas a inicial, e não conseguia pensar nela com outro nome que não fosse seu nome completo. Ela esperava por Emily junto à entrada de jeans, um suéter amarelo comprido e uma parca verde com capuz de pele. Estava bebendo uma garrafa de água Poland Spring. Quando Kelsey viu Emily, deu um pulo, enfiou alguma coisa em sua bolsa dourada em um piscar de olhos e deu a Emily um sorriso largo, mas um pouco estranho.

– Pronta para arrasar no boliche?

Emily deu uma risada.

– Não vamos jogar *de verdade*, não é?

– Se os garotos do *The Chambermaids* querem, eu topo. – Os membros da banda *The Chambermaids* tinham desafiado Kelsey e Emily para uma amigável disputa de boliche.

Elas entraram no bar precariamente iluminado. O lugar cheirava a sapatos usados e palitos fritos de muçarela, e estava tomado pelos sons de bolas pesadas derrubando pinos. Ambas examinaram a multidão, que era uma mistura de sujeitos mais velhos usando jaquetas de cetim de diferentes equipes de boliche, estudantes da Hollis enchendo a cara e garotos do ensino médio fazendo desenhos sacanas nos grandes cartões de pontuação que eram refletidos no teto. Elas tinham chegado adiantado, e os meninos da banda ainda não estavam ali.

— Vamos comer alguma coisa — disse Kelsey, dirigindo-se ao bar. Elas se acomodaram em duas banquetas vermelhas recobertas de pelúcia. O barman, um sujeito forte com barba cerrada e várias tatuagens grandes nos braços, se aproximou olhando com cara feia para as meninas. Ele não parecia ser do tipo que tolerava menores de idade consumindo álcool. Emily pediu água. Kelsey pediu uma Coca Zero e uma porção de fritas.

Quando ele se afastou, elas ficaram em silêncio. Emily não conseguia tirar da cabeça a conversa que tivera com Spencer. Por um lado, sentia-se uma traidora por não dar ouvidos à amiga. Por outro, tinha certeza de que Spencer estava errada sobre Kelsey ser A.

— Acho que temos uma amiga em comum — comentou Emily, incapaz de esconder aquilo por mais tempo. — Spencer Hastings. Nós costumávamos ser melhores amigas, para falar a verdade. Spencer disse que conheceu você no programa de cursos de verão na Penn.

Kelsey se encolheu.

— Ah... — murmurou ela, baixando os olhos para inspecionar as pontas duplas cor de morango de seu cabelo. — Sim, é verdade. Conheço Spencer.

Emily brincou com um descanso de copo da cerveja Pabst Blue Ribbon que tinha os cantos lascados.

— Para ser franca, estou surpresa que você não tenha me reconhecido. Eu era uma das melhores amigas de Alison DiLaurentis, também. Uma das *Pretty Little Liars*.

Kelsey abriu a boca, surpresa. Depois de um segundo, deu um tapinha na própria cabeça.

— Meu Deus, é *isso*. Spencer me contou tudo sobre essa história. Você deve achar que eu sou uma idiota completa. Eu sabia que você parecia familiar... Só não sabia de onde a conhecia.

— Sinto muito por não ter contado antes, Kay — disse Emily depressa, notando que Kelsey pareceu genuinamente surpresa sobre quem ela era. — Nunca sei como abordar o assunto. Odeio que tirem conclusões sobre mim com base no que aconteceu.

— Claro, eu entendo. — Kelsey assentiu como se estivesse mesmo interessada na conversa, mas seus olhos percorriam distraidamente todo o salão. Suas mãos tremiam de leve, como se ela tivesse bebido cem copos de café expresso.

O barman voltou com as bebidas e um prato grande de batatas fritas que Kelsey começou imediatamente a encher de ketchup e sal. Depois de um gole de sua Coca Zero e de comer algumas batatinhas, ela olhou de novo para Emily.

— Spencer e eu perdemos o contato depois do último verão. Foi porque eu... — Um músculo na testa dela se contraiu. — Eu fui mandada para o reformatório.

Emily piscou várias vezes.

— Ah, meu Deus. Eu sinto muito. — Ela esperou ter parecido surpresa o bastante.

Kelsey deu de ombros.

— Não contei para muita gente. Meus colegas de escola pensam que eu participei de um programa de intercâmbio. Mas, bem, a polícia encontrou drogas em meu dormitório na Universidade da Pensilvânia. E aquela foi a segunda vez. Não sei se Spencer soube do que aconteceu, embora ela estivesse comigo na noite da prisão. Eu a vi na casa dela outro dia e contei. Mas ela reagiu de um jeito muito estranho. Talvez seja porque ela... – Kelsey estava falando rápido demais, e essa pausa repentina soou muito dramática. – Desculpe, sei que ela é sua amiga. Eu não deveria falar sobre Spencer.

– Não somos mais tão próximas quanto costumávamos ser. – Emily soprou em seu canudinho, produzindo um redemoinho em miniatura com os cubos de gelo.

O tremor nas mãos de Kelsey estava mais acentuado. Quando ela esticou o braço para pegar mais batata frita, mal conseguia segurar uma sem que a deixasse cair sobre a mesa.

– Ei, o que foi? Você está bem? – perguntou Emily, preocupada.

– Sim, estou. – Kelsey sorriu para acalmar Emily e colocou as mãos no colo. – Acho que tem coisas demais acontecendo comigo no momento, só isso.

Emily colocou a mão no ombro de Kelsey.

– Quero que saiba que eu não me importo. Todos nós cometemos erros. Estou orgulhosa de ter merecido que você me contasse sobre o reformatório. Deve ter sido muito difícil.

– Foi, sim.

A emoção na voz de Kelsey fez o coração de Emily doer. Ela estava se sentindo muito mal.

Kelsey fora enviada para um reformatório por uma coisa da qual não era inteiramente sua culpa. Como Spencer teve coragem? E, pelo que Emily percebeu, Kelsey não sabia de nada... O que aconteceria se *Emily* contasse a ela?

Kelsey se inclinou na direção de Emily.

– Ser mandada para o reformatório foi horrível, mas provavelmente não tão ruim quanto perder a melhor amiga.

E você também foi perseguida, não foi? Pela irmã gêmea da sua amiga? – perguntou ela com os olhos arregalados.

O som de bolas de boliche atingindo pinos preencheu o silêncio, e, em seguida, uma das equipes comemorou aos gritos.

– Não gosto de pensar sobre o que aconteceu – sussurrou Emily. – Principalmente porque... – Agora era sua vez de fazer uma pausa dramática. Ela estava prestes a dizer *Principalmente porque acredito que a Verdadeira Ali ainda está viva.*

De repente, uma senhora magricela vestindo uma camiseta regata larga e uma calça jeans desbotada de tamanho infantil passou por elas, os sapatos de boliche alugados fazendo barulho a cada passo.

– Ai, meu Deus – disse Kelsey. – Velma!

Emily se virou para olhar e depois começou a rir.

– Você também a conhece? – Velma era frequentadora habitual do boliche, e Emily ficava de olho nela desde que começara a frequentar o lugar. Ela jogava sempre sozinha, fazia uma porção de *strikes* e depois se acomodava no bar e fumava um zilhão de cigarros. Todo mundo tinha medo de falar com ela. Quando Velma passou, um sujeito com cabelos oleosos e uma enorme barriga de cerveja saiu do caminho dela.

– Claro que sim! – disse Kelsey. – Velma vem *sempre* aqui. – Kelsey tocou no braço de Emily. – Eu tenho um desafio para você, garota malvada. Roube um cigarro de Velma. – Kelsey apontou para um maço de Marlboro Light no bolso de trás do jeans de Velma.

Emily vacilou por um instante e então se levantou.

– Deixa comigo.

Velma parou na ponta do balcão para conferir um cartão de pontuação. Emily aproximou-se por trás, rindo sem parar a cada passo. Quando estava bem perto de Velma e os cigarros ao alcance de sua mão, a senhora se virou para Emily e a encarou com seus congestionados olhos azuis.

– Posso fazer alguma coisa por você, meu bem?

Emily abriu a boca, surpresa. Ela nunca tinha ouvido Velma falar e ficou atônita ao constatar que a voz da velha senhora era gentil como um trinado de pássaro e que o sotaque sulista dela era muito doce. Aquela revelação fez Emily perder o rebolado. Deu alguns passos grandes para trás, fez um gesto de rendição e disse:

– Não, não. Desculpe-me por incomodá-la.

Emily voltou para junto do balcão, e Kelsey ria sem parar.

– Você ficou passada!

– Eu sei – confessou Emily, rindo também. – Eu não esperava que ela fosse tão gentil!

– Às vezes as pessoas não são o que parecem – comentou Kelsey, parando imediatamente de rir. – Como você. Você parece boazinha e comportada, mas no fundo é uma quebradora de regras. – E então, antes que Emily se desse conta do que estava acontecendo, Kelsey se inclinou e lhe deu um beijinho no rosto. – E eu a *adoro* por ser assim – sussurrou ela no ouvido de Emily.

– Obrigada – disse Emily.

Kelsey estava certa, claro, as pessoas não *eram* mesmo o que pareciam. Kelsey não era uma maluca e nem uma perseguidora como Spencer afirmava. Ela era apenas uma garota normal, como Emily.

Também era a amiga mais legal que Emily tinha feito em um longo tempo. Uma amiga que ela não tinha a menor intenção de perder tão cedo.

# 16

## O LIVRO PREFERIDO DE ARIA

Na segunda-feira pela manhã, Aria sentou na frente de uma longa mesa de estudo na Biblioteca Rosewood. A sala estava cheia de garotos e garotas folheando livros, usando os computadores e jogando disfarçadamente em seus celulares. Depois de se certificar de que não era observada por ninguém, Aria puxou o manuscrito espesso que Ezra lhe entregara e abriu na página onde interrompera a leitura. No mesmo instante, ficou vermelha de vergonha. O romance de Ezra era muito romântico, muito tocante e sobre *ela*.

Ezra lhe dera um nome diferente – Anita –, e eles viviam em uma cidade diferente – um lugar no norte da Califórnia –, mas a heroína do livro tinha cabelos pretos e longos, era magrinha como uma bailarina e tinha olhos de um azul incrível. Exatamente o que Aria via quando se olhava no espelho. O romance começava com a descrição de um encontro entre Anita e Jack – que era ninguém menos do que Ezra – no Snookers, um bar que servia de ponto de encontro de universitários. Na segunda página, os personagens principais reclamavam da cerveja americana. Na página quatro, falavam sobre a saudade que sentiam da Islândia. Na página sete, escapuliam para se agarrar no banheiro. Enquanto lia, Aria tentou ver a situação do ponto de vista de Ezra. Ele escreveu que Anita era "nova" e "atraente" e "feita da mesma matéria que os sonhos". O cabelo dela era "macio como seda", e seus lábios tinham "gosto de pétalas". Não que Aria tivesse alguma vez imaginado como *seria* o gosto de uma pétala, mas ainda assim achou aquilo incrível.

As semelhanças não paravam por aí. Quando Jack e Anita descobriram que seriam professor e aluna, sentiram-se estranhos e desconfortáveis, exatamente como na vida real. Só que, no romance, eles continuavam saindo juntos. Encontravam-se em segredo no apartamento de Jack depois das aulas. Viajavam juntos para ver exposições. Falavam de amor à noite e agiam com cordialidade como conhecidos durante o dia. Havia coisas que estranhamente não batiam, como o fato de Anita ser extremamente carente, o que Aria nunca tinha sido na vida real. Jack, às vezes, soava maçante e presunçoso, cansando Anita com seus discursos críticos sobre filosofia e literatura, coisa que Ezra não fazia. Mas isso tudo seria fácil de alterar.

Enquanto lia, Aria esqueceu todas as suas preocupações sobre Ezra ter se esquecido dela durante o ano em que passaram separados. Trabalhar naquele romance tinha certamente tomado longos, árduos e introspectivos meses – Ezra devia ter pensado nela *o tempo todo.*

– Oi, podemos conversar?

Aria ergueu os olhos e viu Hanna se acomodando em uma cadeira ao seu lado. Ela colocou as mãos sobre o manuscrito.

— Claro. O que foi?

Hanna mordeu o lábio cheio de *gloss*.

— Você acha mesmo que... — Cautelosa, Hanna olhou em volta antes de continuar: — Kelsey é *aquela pessoa*?

Aria franziu os lábios, o coração disparado.

— Não tenho certeza. Talvez seja.

*Hanna parecia bem preocupada, talvez por uma boa razão.* Tinha sido uma surpresa saber que Hanna ajudara Spencer a se livrar da cadeia. Lembrou-se do telefonema frenético de Spencer, contando que tinha sido apanhada com drogas. Aria sempre se sentira péssima por não ter ajudado Spencer, mas também teria se sentido mal por ajudá-la. E, de qualquer forma, quando Spencer ligara, Aria ainda estava zangada com ela pelo que acontecera na última vez que se encontraram em uma das festas de Noel, algumas semanas antes daquele telefonema maluco.

Spencer chegou à festa com Kelsey, e logo ficou claro que ambas tinham usado alguma espécie de droga. A certa altura da festa, quando os garotos começaram a brincar de virar copos de bebida, Aria tinha arrastado Spencer do meio da confusão para um lugar mais tranquilo.

— Sei que todo mundo precisa de uma válvula de escape às vezes — sussurrou Aria —, mas drogas, Spence? Sério?

Spencer revirou os olhos.

— Você e Hanna são mais chatas do que meus pais. É seguro, juro. E, Aria, se você terminar com Noel, devia procurar o meu fornecedor. Ele é lindo e é seu tipo.

— Isso é coisa da sua amiga? — Aria viu Kelsey do outro lado do vasto gramado da propriedade dos Kahn. Sentada no colo de James Freed, ela deixara a blusa escorregar por um de seus ombros, o que revelava parte do sutiã rendado. — Foi ela que levou você a fazer isso?

— Ei? Por que acha que isso é da sua conta? — falou Spencer de forma fria, parecendo bem zangada.

Aria a encarou. *Porque somos amigas? Porque compartilhamos todo tipo de segredo terrível? Porque você me viu empurrar Alison DiLaurentis para a morte e eu confio que você nunca vai contar a ninguém?*

— Não quero que você se machuque — disse Aria em voz alta. — Vamos encontrar um programa de reabilitação. Eu fico com você durante a desintoxicação. O tempo que for. Você não *precisa* de drogas, Spence. Você é maravilhosa sem elas.

— Ei, quem você pensa que é para falar assim comigo? — Spencer deu um empurrão em Aria, meio de brincadeira e meio para machucar. — Como se você não usasse as drogas mais loucas na Islândia... Você *agia* como se estivesse drogada quando voltou, Aria. Mesmo. E você *tinha* que estar doidona para ir atrás do professor de inglês. Quero dizer, tudo bem, ele é uma delícia, mas, Aria, sério? Um *professor*?

Aria estava alarmada com a reação de Spencer.

— Eu estou tentando ajudá-la! — falou ela com firmeza.

Spencer cruzou os braços.

— Sabe, Aria, você age como se fosse descolada e moderna, mas bem no fundo tem medo de tudo — disse Spencer, para depois se virar e cruzar o gramado na direção de Kelsey, que deixou James sozinho e se juntou à amiga. Elas olharam na direção de Aria e começaram a sussurrar.

Típicas garotas de Rosewood, carregando cópias amarrotadas de números antigos da revista *Teen Vogue,* passaram por ela, trazendo Aria de volta ao presente. Hanna brincava com um fecho em sua bolsa.

— Recebi outra mensagem – admitiu Hanna enquanto olhava ao redor. — Seja lá quem ele ou ela for, Kelsey ou qualquer outra pessoa, está observando cada um de nossos movimentos.

Dito isso, sem nenhum aviso, Hanna colocou a bolsa no ombro, levantou-se e desapareceu pelas portas duplas da biblioteca. Aria assistiu às portas se fecharem com ruído, tomada por arrepios. Talvez A *fosse mesmo* Kelsey – ela certamente parecia uma menina cheia de problemas. Mas como Kelsey poderia saber tanto sobre elas? Será que sabia sobre a viagem para a Jamaica e também que Aria era uma assassina?

Ouvindo uma tosse fraca, Aria teve a nítida sensação de que alguém a observava. Quando se virou para olhar ao redor, quase colidiu com Klaudia.

— Meu Deus!

— *Shhhh!* – fez a sra. Norton, a bibliotecária, de sua mesa na frente da sala, olhando feio para Aria.

Aria olhou atônita para Klaudia, cujo blazer de Rosewood Day parecia ser, no mínimo, dois números menores do que o necessário, e estava bem esticado por cima do busto insinuante. Klaudia encarou Aria, depois olhou para o manuscrito sobre a mesa e ergueu a sobrancelha, intrigada.

Aria baixou os olhos e notou que a primeira página, com o título do manuscrito de Ezra, estava claramente visível e que a página com a dedicatória também. Aria colocou sua bolsa de pelo de iaque sobre o manuscrito.

— O que quer comigo, Klaudia?

— Precisamos falar sobre o nosso trabalho de história da arte – sussurrou Klaudia.

— Vamos nos encontrar na livraria Wordsmith na quarta-feira às seis — respondeu Aria, querendo que Klaudia sumisse dali. — Conversamos sobre isso lá.

— Certo — respondeu Klaudia em voz alta. Depois disso, virou-se e caminhou ostensivamente de volta para o canto onde Naomi, Riley e Kate a esperavam. Assim que Klaudia se juntou a elas, as quatro começaram a dar risadinhas. Naomi pegou seu celular e mostrou algo na tela para as meninas. Elas encararam Aria e riram de novo.

Aria apanhou o manuscrito de Ezra e o colocou de volta na bolsa, sentindo-se exposta. Quando seu celular tocou e três toques estridentes perturbaram o sagrado silêncio da biblioteca, ela pensou que a cabeça da sra. Norton fosse explodir.

— Srta. Montgomery, desligue imediatamente o seu celular!

— Desculpe-me por isso — murmurou Aria enquanto vasculhava a bolsa atrás do celular, que caíra lá dentro. Quando o encontrou, viu a mensagem na tela e sentiu seu sangue congelar. UMA NOVA MENSAGEM DE TEXTO DE ANÔNIMO. Respirando fundo, Aria pressionou LER.

Que romance Ezra teria escrito se soubesse da verdade sobre o que você fez? – A

Aria deixou o celular cair de volta em sua bolsa e olhou ao redor. Kirsten Cullen, que estava perto do catálogo computadorizado, olhou para ela. Kate, Naomi, Riley, Klaudia ainda davam risadinhas no canto delas. Alguém se ocultou atrás de uma estante antes que Aria pudesse ver quem era.

Hanna estava certa. Fosse quem fosse A, ele ou ela estava à espreita, seguindo-as de perto, acompanhando cada movimento das meninas.

# 17

## LUXÚRIA NA IGREJA

Naquela mesma noite, Hanna subiu a ladeira íngreme que a levaria às janelas escuras da velha Paróquia Huntley, um edifício imponente feito em pedra, que ocupava um terreno de quase cinco hectares ao sul de Rosewood. Muito tempo antes, a igreja fora a mansão de um senhor que devia sua fortuna às estradas de ferro e a sua equipe olímpica de rapazes esgrimistas em treinamento. O velho senhor havia enlouquecido, assassinando vários de seus esgrimistas para depois fugir para a América do Sul. O casarão foi convertido em monastério pouco depois, mas havia relatos de residentes afirmando ouvir sons de luta de espadas e atormentados gemidos fantasmagóricos vindos das torres mais altas.

Os saltos das botas de Hanna afundavam no chão lamacento. Um galho bateu no rosto dela. Grandes pingos de chuva escorriam por sua testa, o que fazia sua pele formigar. Além disso, Hanna tinha certeza de ter visto dois enormes olhos observando-a das árvores. O que a tinha possuído para que concordasse em se encontrar com Liam em um lugar como este? O que a tinha possuído para que concordasse em se encontrar com Liam *em qualquer lugar*?

Ela era uma garota idiota, sem dúvida. Como pôde se apaixonar tão furiosa e perdidamente por um rapaz que mal conhecia, só porque ele a elogiava e beijava incrivelmente bem? Aquela paixonite era tão enlouquecedora quanto a que sentira por Patrick, e olhe aonde aquilo tudo a levara na ocasião. Ao deixar o bar Rue Noir na noite anterior, Hanna jurara a si mesma que esqueceria aquilo tudo. De jeito nenhum ela iria ficar de namorico com o filho do inimigo número um de seu pai. Ao se encontrar com o sr. Marin naquela manhã, para um café no Starbucks, durante o qual iriam discutir os resultados e impressões sobre o *flash mob*, Hanna viu que o pai estava irritado com uma matéria do jornal. Ela esticou os olhos para o jornal dele. Era um artigo sobre quanto dinheiro Tucker Wilkinson doara para a caridade.

— Como se ele desse a mínima para a esclerose múltipla – murmurou o sr. Marin. – A família toda tem veneno no lugar do sangue.

— Ora, os filhos dele, não – resmungou Hanna antes que pudesse se controlar.

O pai olhou feio para ela.

— São todos iguais.

Mas depois do último encontro deles uma saudade dolorida brotara no peito de Hanna. Não parava de pensar na forma como Liam a olhava, como se ela fosse a única garota no universo. Em como ele confessara o vergonhoso segredo sobre o pai, parecendo tão magoado e infeliz. Em como falara sobre levá-la para Miami, porque assim poderia ter Hanna só para si. Ou em como a intolerável solidão que Hanna sentira depois de terminar com Mike desaparecia quando ela estava com Liam ou em como esquecia tudo sobre A, Tabitha e Kelsey quando estavam juntos. E assim, no começo da tarde, quando Liam enviara uma mensagem perguntando se ela gostaria de se encontrar com ele naquele lugar – isolado o suficiente, pensou ela, para que ninguém os visse –, Hanna não teve alternativa a não ser responder que sim, gostaria. Muito.

O antigo casarão transformado em igreja elevava-se diante de Hanna. Uma enorme estrutura feita de pedra, torres e antigos vitrais. Os santos dos vitrais pareciam encará-la e julgá-la. Um vulto apareceu na frente dela, e Hanna ficou paralisada.

– *Ei!*

Hanna deu um pulo e se virou. Liam estava parado nas sombras sob um velho poste cuja lâmpada estava apagada. Hanna notou um sorriso tímido no rosto dele. Uma grande parte dela queria correr até Liam, mas ela estacou, encarando-o sem saber o que pensar.

– Você veio! – disse Liam, surpreso.

– Não posso ficar muito tempo – respondeu Hanna.

Os passos de Liam fizeram barulho na lama quando ele se aproximou dela. Ele tomou as mãos de Hanna nas suas, mas ela as afastou.

– Isso não está certo – disse ela.

– Bem, mas então por que *parece* certo?

Hanna cruzou os braços.

– Meu pai me mataria se soubesse que eu estive com você. Seu pai não o mataria também? Isso aqui não é algum tipo de armação, é?

— Claro que não. — Liam tocou o queixo dela. — Meu pai não tem a menor ideia de que estou aqui. Sério, eu é que deveria perguntar a *você* se isso é algum tipo de armação. Deixei um segredo enorme escapar antes de saber quem você era.

— Não vou contar a ninguém — murmurou Hanna. — Isso é problema da sua família, não meu. E meu pai não joga sujo.

— *Como faz o seu*, ela queria acrescentar, mas não disse mais nada.

Liam parecia aliviado.

— *Obrigado*. E, Hanna, quem dá a mínima para uma campanha política?

Hanna ficou boquiaberta. De repente, não sabia mais explicar como se sentia em relação a *coisa alguma*.

— Eu não podia passar mais um dia sem ver você, Hanna. — Liam acariciou o cabelo dela. — Nunca me senti tão ligado a alguém. Não dou a mínima para quem é seu pai. Eu não trocaria o que temos por nada.

O coração de Hanna abrandou, e, quando Liam começou a beijá-la, ela não sentia mais os pingos de chuva em seu rosto. Aos poucos, seu corpo se aconchegou ao dele, e ela cheirou o pescoço de Liam, sentindo o cheiro de xampu em seu cabelo macio.

— Vamos fugir juntos? — sussurrou Liam no ouvido de Hanna. — Não para Miami. Para algum lugar mais distante. Que lugar você sempre desejou conhecer?

— Ah... Paris? — sussurrou Hanna.

— Paris é uma ótima escolha. — Liam deslizou as mãos por baixo da blusa de Hanna. Ela deu um pequeno salto quando sentiu a palma fria dele contra suas costas. — Eu poderia alugar um apartamento na Rive Gauche. Nós não teríamos de lidar com essa bobagem de eleição. Poderíamos desaparecer.

— Vamos fazer isso, então — decidiu Hanna, deixando-se levar pelo momento.

Liam se afastou e, enfiando a mão no bolso do casaco, apanhou seu celular. Pressionou um botão e depois colocou o celular contra a orelha.

Hanna franziu a testa.

— Para quem você está ligando?

— Para meu agente de viagens. — A tela do celular piscou em verde. — Aposto que consigo passagens para amanhã.

Hanna riu, sentindo-se lisonjeada.

— Eu não estava falando *sério*!

Liam pressionou FIM.

— Bem, é só dizer, Hanna, e nós iremos.

— Quero saber tudo o que há para saber sobre você antes — disse Hanna. — Por exemplo... Você vai se formar no quê?

— Literatura inglesa — respondeu Liam.

— É mesmo? Não em ciência política?

Liam fez uma careta parecendo contrariado.

— Não tenho o menor interesse em política.

— E por que você tem um agente de viagens na discagem rápida?

— Ele é um velho amigo da família — explicou Liam.

Hanna se perguntou se a família Wilkinson tinha muitos *velhos amigos da família* e se eles estariam na folha de pagamento.

— E você já foi mesmo a Paris?

— Uma vez, aos nove anos, com meus pais e irmãos. Ficamos andando para lá e para cá, seguindo o roteiro turístico, e foi uma droga. Tudo o que eu queria era me sentar em um café e observar as pessoas.

Hanna encostou-se em uma parede úmida de pedra, sem se incomodar se aquilo deixaria marcas em seu traseiro.

— Eu já fui para a Espanha com meus pais. Tudo o que eles fizeram, a viagem toda, foi brigar. Eu me enchia de comida e me sentia a última das criaturas. — Liam riu ao ouvir aquilo, e Hanna baixou a cabeça, envergonhada. Por que contar algo assim para ele? — Eu não deveria ter contado isso para você.

— Olha, tudo bem. — Liam acariciou o braço dela. — Meus pais também brigavam como loucos. Agora eles apenas... Bem, não se falam mais. — Ele tinha um olhar distante no rosto, e Hanna sabia que ele estava pensando sobre o problema que os pais dele enfrentavam. Ela tocou o braço dele gentilmente, sem saber o que fazer para confortá-lo.

De repente, as portas da igreja foram abertas. Agarrando a mão de Hanna, Liam a puxou para um lugar mais afastado. Um grupo de adolescentes saiu de dentro do prédio, seguido por uma mulher de cabelo louro-acinzentado que usava uma jaqueta falsa da Burberry. Hanna conhecia aquela mulher, mas não sabia de onde.

— Desculpe — sussurrou Liam ao ouvido de Hanna. — Pedi para encontrá-la aqui porque achei que o lugar estaria vazio hoje à noite.

Mais pessoas deixavam o prédio. E então Hanna viu alguém de cabelo castanho e se encolheu. Kate, claro, de braços dados com Sean Ackard. Sean caminhava parecendo tenso, como se quisesse evitar o toque de Kate. Em sua mão, ele tinha um panfleto onde se podia ler CLUBE V em caixa-alta e letras grandes.

Era por *isso* que a mulher vestindo a lamentável imitação da Burberry parecia familiar – aquela era Candace, a conselheira do Clube da Virgindade, do qual Hanna participara havia algum tempo, na esperança de reatar seu namoro com Sean. Pelo jeito, o grupo que até o ano anterior se reunia na Associação Cristã de Moços de Rosewood agora realizava encontros ali na igreja. Portanto, Sean ainda era um virgem convicto! Hanna estava louca para perguntar a Kate se ela gostara de sua primeira reunião do Clube V. Eles tinham jurado não se agarrar? Será que Sean comprara para ela um anel de promessa de castidade? Ela deu uma risada.

Kate ficou paralisada por um instante, e Sean também parou. Kate olhou em volta.

– Tem alguém aí?

Hanna fechou a boca. Liam estava imóvel ao seu lado.

– Deve ter sido um guaxinim – disse Sean por fim, e então eles foram para o estacionamento.

– Você conhece aquela garota? – sussurrou Liam quando o casal se afastou.

– Ela é minha *irmã postiça* – explicou Hanna. – E, se ela me pegasse com você, eu estaria acabada.

Liam enrijeceu.

– Eu também estaria perdido. Meu pai provavelmente pararia de pagar minha faculdade. Tomaria meu carro. E me expulsaria de casa.

– Seria a mesma coisa comigo. – Ela deitou a cabeça no ombro de Liam. – Seríamos sem-teto juntos.

– Posso pensar em castigos piores – disse Liam.

Hanna inclinou a cabeça.

– Você deve dizer isso para todas.

— Não, não digo. — Ele parecia tão sincero que Hanna se inclinou e beijou-o com paixão. Ele a beijou de volta e depois cobriu de beijinhos as bochechas, os olhos e a testa dela. As mãos dele estavam firmes na cintura dela. Quem se importava se tinham se conhecido havia alguns dias apenas? Quem se importava se aquilo era errado? Quem se importava com o ódio entre as famílias deles? Liam tinha razão. Era impossível ignorar o que havia entre os dois. Era como um daqueles cometas raros: só aparecia a cada mil anos.

Duas horas e um milhão de beijos depois, Hanna voltou para seu carro e se afundou no assento. Ela se sentia em êxtase e completamente exausta. Só então notou que a luzinha verde de seu celular piscava. Ela tirou-o do compartimento da frente da bolsa e tocou na tela. UMA NOVA MENSAGEM, dizia.

Hanna ergueu a cabeça, olhou em torno do estacionamento. Dos postes, perfeitos círculos de luz dourados alcançavam a calçada. O vento sacudia as placas de vagas de estacionamento para deficientes e fazia dançar uma embalagem de chiclete jogada na grama. O lugar estava deserto. Com as mãos trêmulas, Hanna tocou a tela para ler a mensagem.

**Hannakins: Sei que vocês estão vivendo uma comovente e romântica versão de Romeu e Julieta, mas lembre: os dois morrem no Ato V. – A**

# 18

## GRANDES ATRIZES SÃO DELIRANTES!

— *Mais dores para a barrela* — guincharam Naomi, Riley e Kate enquanto circulavam o caldeirão no centro do palco de Rosewood Day, na segunda-feira à tarde. — *Mais fogo para a panela.*

As garotas acenaram para Beau-Macbeth, exibindo seus seios e fazendo biquinho, o que não fazia mesmo parte do texto original. Elas haviam tirado seus uniformes de Rosewood Day e vestido jeans skinny, túnicas decotadas e chapéus pontudos de bruxa de Halloween.

Em uma poltrona na frente de Spencer, Lady Macduff, mais conhecida como Jasmine Bryer, uma garota de cabelos escuros do segundo ano, cutucou Scott Chin, que interpretava seu marido na peça.

— Elas parecem vagabundas em vez de bruxas.

— Você só está irritada porque elas não deixaram você almoçar na mesa delas no Steam — disse Scott sem parar de mascar o chiclete, dando pouco importância ao caso.

Spencer afundou na poltrona e cutucou, distraída, um pequeno buraco no joelho de uma de suas meias-calças. O auditório cheirava a sapatos velhos, sanduíches de salame, que o supervisor de elenco trazia para o lanche depois do ensaio, e óleo de *patchouli*. Houve uma comoção no palco, e Spencer ergueu os olhos para ver Kate, Naomi e Riley descendo os degraus e fazendo pose com os chapéus de bruxa nas mãos.

— Ei, turma! — disse Naomi. — Lembrem-se de que teremos a festa do elenco no Otto depois da apresentação da sexta-feira. Esperamos que *todos* possam comparecer. — Ela encarou Beau ao fazer o convite.

Spencer revirou os olhos. Era a cara de Naomi, Riley e Kate marcar uma festa da equipe no Otto, um restaurante italiano caríssimo e metido a besta no fim da rua. As festas do elenco costumavam ser no auditório ou no ginásio de esportes. Dois anos antes, tinha sido na cafeteria.

— Sugerimos que apareçam *elegantes*, porque o fotógrafo do jornal *Filadélfia Sentinel* vai estar lá — acrescentou Riley com sua voz nasalada, dando uma avaliada no elenco, cujos membros habitualmente pareciam estar a caminho de alguma feira renascentista, mesmo quando *não estavam* ensaiando Shakespeare. — Estamos torcendo para sermos todos entrevistados.

Pierre estalou a língua.

— É melhor, então, começarmos a trabalhar. — Ele localizou Spencer na fileira de trás. — Por falar nisso, sr. M? Lady M? Vocês estão prontos?

Spencer se levantou de um pulo.

— Sem dúvida.

Beau também se levantou.

Naomi e Riley fizeram cara de cachorrinho quando Beau passou por elas.

— Boa sorte! — disse Naomi, batendo os cílios. Beau deu um sorriso desdenhoso para ela.

Em seguida, elas olharam para Spencer e riram.

— *Há algo* realmente *inadequado* na atuação dela, não concordam? — comentou Naomi, alto o suficiente para que Spencer ouvisse, mechas de seu cabelo louro-amanteigado caindo em seu rosto. — Talvez alguém tenha perdido seus superpoderes dramáticos.

— Bem, pessoalmente acho que a menina que a interpretou em *Pretty Little Killer* era melhor atriz do que ela — falou Kate. As outras riram.

Spencer subiu ao palco, ignorando as três. Pierre estreitou os olhos para Spencer.

— Vamos ensaiar a cena em que Lady M diz ao sr. M para matar o rei. Espero que consiga interpretar esse trecho com mais emoção que da última vez.

— Pode deixar — disse Spencer, jogando o cabelo louro para trás. Na noite anterior, na casa de Beau, eles haviam ensaiado uma porção de cenas, e agora Spencer se sentia preparada e conectada a sua Lady M. Em silêncio, ela repetia sem parar o mantra: *Vou fazer um bom trabalho, Princeton vai me chamar.* Ela trocou um olhar com Beau, que também subira ao palco. Ele lhe deu um sorriso agradável e encorajador, que ela devolveu.

— Tudo bem, vamos lá! — Pierre também estava no palco e se movimentava de um lado para o outro. — Do começo, senhores.

Ele fez um gesto na direção de Beau, que começou o monólogo em que Macbeth diz não ter certeza se deveria cometer o assassinato. Na sua deixa, Spencer entrou em cena, o mantra ecoando em sua cabeça. *Vou fazer um bom trabalho, Princeton vai me chamar.*

— Que há de novo? — perguntou ela.

Beau virou-se para ela e a encarou.

— *Ele perguntou por mim?*

Spencer deu-lhe um olhar irritado, como se ele fosse mesmo seu marido e que mais uma vez não estava prestando atenção ao que ela lhe dizia.

— *Pois ainda me fazeis essa pergunta?*

Beau baixou os olhos e disse que eles não deveriam mais discutir sobre o assassinato — pois ele não iria adiante com aquilo. Spencer o encarou, tentando se colocar na posição de Lady Macbeth, como Beau a ensinara. *Torne-se Lady Macbeth. Ponha-se no lugar dela. Entregue-se aos problemas dela.*

E para Spencer aquilo significava: render-se a Tabitha. Ela tivera participação na morte de Tabitha, afinal. Os motivos de Spencer eram diferentes dos motivos de Lady Macbeth, mas o resultado tinha sido o mesmo.

— *Encontra-se embriagada a esperança que até há pouco vos revestia?* — esbravejou Spencer. — *Adormeceu, decerto, desde então e acordou agora, pálida e verde a contemplar o que ela própria começara tão bem?*

A discussão do casal continuou. Lady Macbeth disse ao marido que ele não seria homem se não fosse em frente e cometesse o assassinato. Então, Lady Macbeth revelou seu plano: embriagar os camareiros do rei e matá-lo enquanto dormiam. Spencer tentou fazer com que seu argumento soasse o mais lógico possível, sentindo-se cada vez mais ligada à sua personagem. Ela havia sido a voz da razão para suas amigas naquela noite na Jamaica, dizendo-lhes que Tabitha precisava ser, de alguma forma, impedida. E quando Aria empurrara Tabitha do deque, tinha sido Spencer quem ajudara as meninas a superar, afirmando que elas haviam feito a coisa certa.

De repente, Spencer captou um movimento no canto do olho e ergueu os olhos. Em pé, atrás de Beau, quase translúcida contra as potentes luzes do palco, havia uma garota loura de vestido amarelo. O rosto da garota tinha um tom cinzento, como se o sangue tivesse sido drenado dele. Nos seus olhos não havia vida, e sua cabeça pendia em um ângulo pouco natural a partir de seu pescoço, como se estivesse quebrado.

Spencer arquejou. Era Tabitha.

Ela foi tomada por uma onda de pavor. Baixou o rosto, apavorada demais para olhar novamente para aquele ponto. Beau andou pelo palco esperando que Spencer dissesse o último trecho de sua fala naquela cena. Tomando coragem, ela ergueu os olhos para o lugar exato onde tivera a visão. Tabitha tinha sumido.

Spencer se aprumou.

— *Quem ousará pensar de outra maneira, quando rugirmos nossa dor e os altos clamores rimbombarem sobre o morto?* — Ela indignou-se, tomando as mãos de Beau nas suas. E Beau assentiu, declarando que concordava em cometer o ato vil.

E assim, felizmente, chegou o fim da cena. Spencer escapou para trás da cortina e desabou em um sofá velho que já tinha usado em algumas peças, respirando profundamente enquanto tentava se acalmar e recuperar o fôlego. Ela sentia como se tivesse atravessado o canal da Mancha a nado. *Que horror!* Era mais provável que Pierre considerasse a longa pausa que ela fizera entre as falas como um esquecimento do texto do que como susto com uma aparição em pleno palco. E era provável, também, que o diretor a chutasse da peça de uma vez por todas depois disso. Talvez ela devesse escrever uma carta para o comitê de admissões de Princeton desistindo de sua matrícula e entregando a vaga para Spencer F., já que o futuro dela estava arruinado.

Ouviu o som de passos sobre as tábuas de madeira.

– Bem, bem, bem, srta. Hastings... – A sombra de Pierre pairou acima dela.

Spencer tirou as mãos do rosto. A expressão antes tão carrancuda de Pierre tinha se transformado em encantamento.

– Pelo jeito, alguém fez a lição de casa de ontem para hoje. Soberbo trabalho.

Ela piscou.

– Mesmo?

Pierre confirmou.

– Creio que você finalmente se conectou a Lady M. Adorei os gritinhos agudos também. E você manteve seu olhar distante, como se estivesse incorporando mesmo a personagem. Essa parte ainda precisa de algum trabalho.

Em seguida, Pierre deu as costas para ela e voltou para o palco. Beau correu sorrindo para ela.

– Sua atuação foi maravilhosa! – disse ele, entusiasmado, tomando as mãos de Spencer. – Você está mesmo chegando lá!

Spencer sorriu com cautela.

— Pensei que tinha estragado a coisa toda. Atuei como uma louca varrida.

Beau balançou a cabeça.

— Não, você estava *sensacional*! — Ele a encarou com tanta intensidade que Spencer sentiu seu rosto queimar. — Você realmente entrou em contato com seu lado assustador, não foi? Eu notei.

— Ah, na verdade não foi bem assim. — Spencer espiou do outro lado da cortina. Não havia ninguém no canto onde ela tinha visto Tabitha. — Você não percebeu se alguém de fora estava assistindo à cena dos bastidores, percebeu? — perguntou ela.

Beau olhou ao redor, balançando a cabeça.

— Não. Acho que não. — Ele apertou as mãos dela. — De qualquer forma, acho que com mais alguns ensaios você vai ficar sensacional. Da próxima vez, o ensaio é na sua casa. Pode ser quinta-feira à tarde?

— Combinado — confirmou Spencer, ainda trêmula.

Beau se aproximou dela, um olhar tímido no rosto. Spencer fechou os olhos, certa de que ele iria beijá-la, mas de repente um sussurro fraco ecoou em seus ouvidos.

*Assassina.*

Spencer abriu os olhos e se afastou. Os pelos de seus braços estavam arrepiados.

— Você ouviu isso?

Beau olhou em volta.

— Não...

Spencer prestou mais atenção, mas não conseguiu ouvir mais nada. Talvez fosse sua imaginação. Ou talvez, apenas talvez, fosse algo — ou alguém — muito mais atemorizante.

A.

# 19

## A LADRA DE LIVROS

Naquela mesma terça-feira à noite, um pouco mais tarde, Aria estava sentada em um canto recluso da livraria Wordsmith, que ficava a um quarteirão de distância do *campus* de Rosewood Day. Música clássica fluía das caixas de som, e os biscoitos recém-assados da confeitaria ao lado enchiam o lugar com um cheiro delicioso. Mas nada se comparava à colônia de Ezra, que envolvia Aria enquanto eles se abraçavam no café da livraria. Era temerário que estivessem ali abraçados à vista de todos – Aria ainda pensava em Ezra como o fruto proibido, seu professor sexy –, mas alunos de Rosewood Day só iam à Wordsmith se fossem obrigados, e o café da livraria não tinha clientes regulares entre o pessoal da escola de Aria. Essa história começara na época em que a Verdadeira Ali ainda estava viva. Ela começara um boato sobre alguém que encontrara um dedo inteiro em um dos bolinhos. Todos os alunos, até mesmo os do ensino médio, haviam deixado de frequentar o lugar. Quando seu namoro com Noel já durava quatro meses, Aria o flagrara, entre as aulas, esgueirando-se para dentro da Wordsmith, e ele fora obrigado a confessar sua paixão avassaladora pelos bolinhos de nozes e mirtilo servidos no café. Aria o *adorava* por desrespeitar o embargo.

Ei, espere ai. Por que ela estava pensando em *Noel*? Aria se ajeitou e mergulhou nos olhos azul-claros de Ezra. *Ele* era o cara com quem ela estava.

Aria tirou o manuscrito de Ezra da bolsa e colocou-o em cima da otomana ao lado deles.

— Terminei seu romance — disse ela, sorrindo. — E adorei.

— Sério? — A expressão de Ezra foi tomada por alívio.

— Claro que sim. — Aria empurrou as páginas na direção dele. — Mas eu fiquei tão... *surpresa* com o tema.

Ezra tomou o rosto dela.

— Escrevi sobre a única coisa em que consegui pensar durante o ano passado.

— É tão... *dinâmico* — continuou Aria —, o estilo é incrível, eu me senti como se estivesse lá. — Claro, ela *meio que estivera lá,* mas tudo bem. — Não pude acreditar na direção que a trama seguiu. E então, o fim! Incrível!

No final do romance, Jack se muda para Nova York. Anita vai morar com ele, e os dois vivem muito felizes juntos. Mas então tudo muda com uma inesperada reviravolta do destino: Jack recebe esporos de antraz pelo correio de um terrorista internacional e, assim, acaba morrendo. Mas até essa parte do romance era tocante, porque havia uma porção de cenas emocionantes que mostravam Jack morrendo no hospital com Anita ao seu lado.

Aria baixou os olhos para o manuscrito.

— Bem... Quanto dele você desejou que fosse verdade, de qualquer forma?

— Desejei que tudo fosse verdade — respondeu Ezra, acariciando o braço dela. — Bem, exceto a parte do antraz.

O coração de Aria disparou, e ela escolheu suas próximas palavras com cuidado.

— Bem, então... quando Jack pede a Anita para que se mude com ele para Nova York... — Ela se interrompeu, incapaz de olhá-lo nos olhos.

A voz de Ezra ficou mais profunda.

— Eu não quero voltar a viver sem você, Aria. Adoraria que você se mudasse para lá.

Aria arregalou os olhos.

— É mesmo?

Ezra se inclinou na direção dela.

— Eu pensei tanto em você durante o ano que passou. Quero dizer, escrevi um *livro inteiro* sobre você. Você poderia ir para Nova York no verão, quem sabe, para ver se gosta de lá. Um estágio, talvez, um trabalho em uma galeria de arte, quem sabe? E você se inscreveu na FIT e na Parsons, certo? — Ezra nem esperou que Aria assentisse. — Se você for aceita em uma delas, e tenho certeza de que será, você já pode se mudar no próximo ano.

As luzes do teto pareceram subitamente intensas demais, e o aroma de vinho com um toque de carvalho fez a cabeça de Aria girar. Ela arriscou um sorriso entusiasmado.

— Tem *certeza*?

— Claro que sim. — Ezra a beijou. Então ele se endireitou e deu um tapinha no manuscrito. — Quero que você me diga tudo o que achou. E seja franca.

Aria passou o cabelo para trás das orelhas e tentou se concentrar.

— Bom, eu adorei o livro. Cada uma das frases. Cada um dos detalhes.

— Mas, Aria, vamos lá, com certeza teve *alguma coisa* de que você não gostou.

O vaporizador de leite foi ligado atrás do balcão, e o lugar ficou barulhento por um instante.

— Bem, acho que não gostei de *algumas* coisas — disse Aria lentamente. — Por exemplo, não acho que Anita deveria ter escrito dez haicais para Jack. Aquilo foi um pouco demais. Um ou dois seriam suficientes, não? *Eu* não escreveria tanto assim para você, com certeza.

Ezra franziu a testa.

— Bem, isso se chama licença poética.

— Você tem razão — concordou Aria. — E... bom, eu realmente *adorei* Jack. Mas por que ele era tão obcecado em fazer aqueles filmes com os modelos de trens no quarto dele? — Ela sorriu e tocou os lábios dele de leve. — Você jamais faria algo tão bobo.

Ezra pareceu contrariado.

— As cenas dos trens em miniatura que ele criou são simbólicas. Elas representam a vida que Jack *desejava*, a vida perfeita que ele não pôde ter.

Aria baixou os olhos para os papéis em seu colo.

— Ah. Certo. Acho que não entendi essa parte.

— Parece que você não entendeu bastante coisa.

O tom ácido que ele usou fez o coração de Aria se encolher.

— Você me pediu honestidade — choramingou ela. — Quero dizer, são só coisas *pequenas*.

— Não, não são. — Ezra se afastou um pouco, os olhos fixos em um anúncio de cigarros franceses sem filtro fixo na parede. — Talvez o livro seja uma droga, como disseram os agentes. Talvez por isso ninguém queira me representar. E eu aqui esperando ser o novo Grande Romancista Americano.

— Ezra... — Aria deixou as mãos abertas sobre as pernas. — O livro é sensacional. Juro. — Ela tentou pegar na mão dele, ele se desvencilhou e colocou a mão no colo, fechada.

— *Ouuulá?*

Um vulto se aproximou, e Aria ergueu os olhos. De pé, ao lado do sofá, estava Klaudia. Ela usava uma blusa justa e desabotoada na medida certa. Sua saia do uniforme de Rosewood Day estava enrolada algumas vezes na cintura para exibir suas pernas quilométricas. Um óculos de armação escura prendia seu cabelo, o que a deixava com ar de bibliotecária safada.

Aria levou um susto, e o manuscrito foi para o chão.

— O-O que você está fazendo aqui? — Ela se adiantou para recolher as páginas e prendê-las novamente com o elástico.

Klaudia arrebanhou seus longos cabelos louros em um rabo de cavalo bagunçado.

— Nós *tem* encontro aqui... trrrrabalho, sim? História da arte, sim?

Aria demorou um instante para se lembrar da conversa na biblioteca.

— Combinamos de nos encontrar aqui *amanhã*, não hoje.

— Oops! — Klaudia colocou a mão na boca. — *Engana* meu! — Seus olhos se moveram de Aria para Ezra. Ela deu um sorriso curioso. — Ah, *oi, oi parra* você, *oi!*

— Oi — respondeu Ezra, levantando-se, depois estendeu a mão e sorriu para Klaudia de uma forma muito mais gentil do que Aria gostaria que ele fizesse. — Meu nome é Ezra Fitz.

— E *nome meu* é Klaudia Huusko. Sou estudante *intercâmbio* e vim *do* Finlândia.

Mas, em vez de apertar a mão de Ezra, Klaudia se inclinou e deu dois beijinhos no rosto dele, ao estilo europeu. Então franziu o nariz.

— *Conhecer você*, sim? O nome *ser* familiar.

— No ano passado eu era professor de inglês em Rosewood Day — respondeu Ezra com uma voz amigável.

— Não, não pode ser. — Klaudia balançou a cabeça, sacudindo vigorosamente seu rabo de cavalo. Ela apertou os olhos. — Ei, você não *ser* o Ezra Fitz que escreve poesias, sim?

Ezra pareceu surpreso.

— Bem, eu só publiquei um poema em uma revista estrangeira.

— O título *ser* "B-26"? — Os olhos de Klaudia brilharam.

— Bem, *sim*, era. — O sorriso de Ezra aumentou, ainda que ele soasse cético ao dizer: — Você... leu?

— *Se tytto, se laulu!* — citou Klaudia num finlandês melódico. — É *muita* lindo! *Colocou* na parede *da* meu quarto em Helsinki!

O queixo de Ezra caiu. Ele olhou para Aria, espantado, como se dissesse: *Você acredita nisso? Eu tenho uma fã!* Aria teve vontade de dar um tapa na testa dele. Ele não estava se dando conta de que isso era apenas Klaudia agindo como uma vagabunda? Ela nunca tinha lido poesia nenhuma dele. O mais provável era que ela tivesse visto o nome dele no manuscrito quando se encontraram na biblioteca e jogado no Google!

— Eu também li esse poema — afirmou Aria de repente, sentindo-se competitiva. — É muito bonito.

— Ah, mas é ainda mais bonito *na* finlandês — insistiu Klaudia.

Um atendente se aproximou, e Klaudia chegou mais perto de Ezra para permitir a passagem.

— Sempre *queria* ser *um* escritora! *Acha* emocionante conhecer poeta *na* verdade! Você *escrever outras* poemas *lindas*?

— Não sei se são lindos — respondeu Ezra com um pouco de autodepreciação, mas obviamente adorando ser reconhecido. — Atualmente, estou trabalhando em um romance. — Ele apontou para o manuscrito que agora estava sobre a otomana ao lado deles.

— Meu Deus! — Klaudia colocou a mão sobre o peito farto. — Um romance *toda*? *Muita sensacional! Esperra ler* um dia!

— Bem, na verdade, se você estiver mesmo interessada... — Ezra colocou o manuscrito nas mãos de Klaudia. — Vou adorar ouvir sua opinião.

— O quê? — indignou-se Aria. — Ela não pode ler seu livro!

Os olhos de Klaudia se arregalaram, cheios de inocência. Ezra inclinou a cabeça, parecendo ter sido atingido com alguma coisa.

— Por que não? — perguntou ele, soando magoado.

— Porque... — Aria fez uma pausa, desejando conseguir fazê-lo entender por telepatia que Klaudia era uma psicopata. *Porque é o meu romance, não o dela*, Aria queria dizer, mas então percebeu que aquilo soaria mesquinho e imaturo. Ainda assim, o romance era muito pessoal. Aria não queria Klaudia lendo aquilo e descobrindo sobre o relacionamento mais importante de sua vida.

Ezra abanou a mão.

— É apenas um rascunho — disse Ezra, mantendo a calma. — Preciso de todas as opiniões que puder receber. — Ele se virou para Klaudia e sorriu. — Quem sabe gosta dele como gostou de "B-26".

— Sei que eu *vai adorrar!* — Klaudia tomou o manuscrito em suas mãos. E se afastou, acenando para Ezra. — Tudo bem, está *no meu horrra. Desculpa incomodar!* Nós s*e verremos* no *ecola* amanhã, Arria!

— Você não me incomodou, de jeito nenhum — falou Ezra, acenando de volta. Havia um breve sorriso satisfeito no rosto dele, e seu olhar seguiu Klaudia enquanto ela deixava o café e rebolava pela livraria. Aria pegou na mão dele mais uma vez, e ele apertou a dela, distraído, de leve, como se estivesse muito distante dali e com coisas mais importantes, ou talvez garotas mais importantes, em sua mente.

# 20

## TODO PAI QUE SE PREZE TEM UMA TORRE ONDE GUARDAR A FILHA

Ao abrir a porta de sua casa, o sr. Marin saudou Hanna com um enorme sorriso.

— Entre, querida, entre!

— Obrigada! — disse Hanna, arrastando para dentro uma mala Jack Spade com roupas suficientes para passar três dias na casa do pai. Em seguida, apanhou a pequena bolsa de transporte para cães onde estava Dot, uma miniatura de doberman, e também o arrastou para dentro.

— Papai, você se incomoda em soltar o Dot?

— Sem problema.

O sr. Marin se inclinou e abriu o trinco de metal. O cãozinho, vestido por Hanna com um suéter que tinha o logotipo da Chanel, imediatamente disparou da caixa de transporte, correndo feito um maluquinho pela sala e farejando tudo o que encontrava.

— Humph... — disse uma voz. Isabel, que usava um conjunto salmão que combinava com sua pele alaranjada pelo bronzeado falso, olhou para Dot como se ele fosse um rato do esgoto. – Essa coisa não solta pelo não, né?

– Não, *ele* não solta, não – Hanna disse com a voz mais amigável que conseguiu. – Talvez você se lembre de Dot, do tempo em que você morou na *minha* casa?

– Acho que sim – confirmou Isabel sem prestar muita atenção. Isabel manteve Dot a distância no tempo em que viveu na casa de Hanna, enquanto a sra. Marin estava em Cingapura a negócios, franzindo o nariz quando ele erguia a perninha nas árvores do quintal, fingindo engasgar quando Hanna servia comida orgânica na tigela de cerâmica dele e sempre se esquivando como se ele fosse mordê-la a qualquer instante. Na verdade, Hanna *desejava* que Dot mordesse Isabel, mas Dot amava todo mundo.

– Bem, estamos felizes em recebê-la – continuou Isabel em um tom que Hanna não soube ao certo se era sincero.

– Estou feliz em estar aqui – disse Hanna, observando a expressão do pai. Ele parecia tão contente por ela ter aceitado o convite dele para que passasse algumas noites da semana ali... Mas Hanna se perguntou se aquele era o momento certo, já que estava enrolada com Liam. E se ela falasse o nome dele enquanto dormia? E se seu pai espiasse o celular dela e descobrisse as mensagens enviadas e recebidas, inclusive as picantes, mandadas por Liam naquele dia?

– Venha, vou levá-la até seu quarto.

O sr. Marin pegou a mala de Hanna e começou a subir a escadaria curva. Aquela casa tinha um cheiro esquisito, cheirava a loja de artigos natalinos. Hanna se esquecera da obsessão de Isabel em colocar saquinhos de alfazema em todas as gavetas e em espalhar tigelas de *pot-pourri* em cada canto disponível da casa.

Seu pai passou direto pelo segundo andar, continuando a subir em direção ao terceiro.

— Os quartos são todos lá em cima? — perguntou Hanna, um pouco agitada. Quando era pequena, tinha um medo irracional de que sua casa pudesse pegar fogo. Por isso, pedia para que os quartos fossem no primeiro andar, de onde a fuga seria mais fácil. Não que seus pais fizessem o que Hanna queria. Talvez ela já tivesse a intuição de que um dia lutaria loucamente para escapar de uma casa em chamas.

— Os nossos quartos ficam no segundo andar, mas o de visitas fica no terceiro. — O sr. Marin voltou os olhos para Hanna e ergueu as sobrancelhas. — Nós o chamamos de *loft*. — Ele abriu uma porta no final do corredor. — Bem, chegamos.

Eles entraram em um quarto simples, branco, com teto inclinado e janelinhas quadradas. Era como se o sr. Marin fosse um pai de contos de fada mantendo Hanna prisioneira em uma torre bem alta. Mas o quarto tinha um edredom incrível sobre a cama tamanho *queen*, uma grande escrivaninha, um closet amplo e uma televisão de tela plana presa a uma das paredes. E aquilo era... uma sacada, como a de Julieta? Hanna atravessou o quarto e escancarou as portas francesas. Sem dúvida, era uma pequena varanda que se projetava do quarto, com vista para o jardim dos fundos. Hanna sempre quisera uma varandinha assim.

— É adequado? — perguntou o sr. Marin.

— É maravilhoso. — Bem, ela teria alguma privacidade ali.

— Fico feliz que goste daqui. — O sr. Marin guardou a mochila de Hanna no closet, fez um carinho na cabeça de Dot e caminhou até a porta. — Venha, vamos lá. O pessoal vai rever a nova leva de propagandas da campanha. Vamos adorar ouvir sua opinião.

Hanna seguiu o pai escada abaixo. No terceiro degrau, quase no primeiro andar, notou uma movimentação do lado de fora. Lá fora já estava muito escuro, não era exatamente a melhor hora para um passeio pela vizinhança. Seus pensamentos se voltaram para a mensagem mais recente de A: *Os dois morrem no Ato V*. Isso foi uma ameaça?

Seu pai a levou até a sala de estar, onde havia um sofá em "L" de couro conhaque, uma otomana que também fazia as vezes de mesinha de centro e uma enorme televisão presa à parede, sintonizada no canal CNN. Kate já estava lá, sentada no canto de um dos sofás, as pernas escondidas sob o corpo. Ao lado dela, de mãos dadas com ela, ninguém menos do que Sean Ackard.

— Oh — disse Hanna, parando de repente.

O rosto de Sean também ficou pálido.

— Hanna. Eu não sabia que você estaria aqui.

Hanna olhou para Kate, e Kate lhe deu um sorriso doce. Era óbvio que *ela* sabia que Hanna estaria ali... E convidara Sean para deixar bem claro que ele pertencia a ela agora.

— Oi, Sean — falou Hanna de um jeito distante, aprumando-se e se sentando o mais longe possível do casal feliz. Por que ela deveria se importar se Kate e Sean estavam namorando? Afinal, Hanna tinha um namorado sensacional também.

Não que pudesse contar a quem quer que fosse sobre ele.

Hanna olhou para Kate de novo. As sobrancelhas da irmã postiça estavam franzidas, como se ela esperasse uma reação mais enfática de Hanna. Ela se inclinou na direção de Sean, esfregando o queixo no pescoço dele. Sean se encolheu, parecendo constrangido. Hanna desejou poder contar que tinha visto o casalzinho saindo da reunião do Clube V, mas não poderia.

De repente, uma garota de feições familiares apareceu na tela da televisão, e Hanna quase gritou. Era uma foto de Tabitha. "Consumo alcoólico durante o recesso de primavera: deveríamos ser mais severos?", perguntou a âncora do telejornal. De repente, Hanna se adiantou, pressionou um botão do controle remoto, e a televisão ficou sem imagem. Kate olhou para ela de um jeito esquisito.

– Bem, acho que alguém está pronta para assistir aos meus comerciais de campanha – brincou o sr. Marin. Ele empurrou um DVD no aparelho, e seus novos comerciais da campanha apareceram na tela. Hanna se recostou no sofá, tentando se acalmar. Sempre que ela fechava os olhos, via o rosto de Tabitha bem na sua frente.

O primeiro comercial era editado com cortes rápidos, como se fosse um filme de ação. O segundo era uma paródia de documentário, como a série *The Office*.

– Quero que todos vocês me deem suas opiniões sinceras – disse o sr. Marin. – Vocês acreditam que os jovens vão gostar disso?

– Bem, são legais, são bem bolados – disse Kate, pensativa, inclinando-se para a frente. – Mas não estou certa de que adolescentes prestarão atenção a comerciais. Costumamos mudar de canal nos intervalos.

– Mas você poderia postá-los no YouTube – sugeriu Hanna com a voz trêmula.

O sr. Marin parecia nervoso.

— Devíamos continuar twittando, não é? E, quem sabe, organizar outro *flash mob*? O da semana passada foi muito proveitoso.

— Sim, muito. Não é mesmo, Hanna? — perguntou Kate, sorrindo enquanto encarava Hanna, que se encolheu. O que significava *aquele* olhar? Será que Kate percebera o sumiço de Hanna durante a maior parte do show? Será que prestara atenção no rapaz com quem Hanna escapulira?

— Poderíamos tentar em Hollis desta vez. — O sr. Marin pausou o DVD. — Ou quem sabe em Bryn Mawr? Ou poderíamos ir para a cidade e tentar alguma coisa como Temple ou Drexel.

Kate passou a mão pelo cabelo castanho longo.

— O que a concorrência achou do *flash mob*? — perguntou Kate, encarando Hanna mais uma vez.

Hanna estremeceu.

— Como é que eu vou saber?

Kate deu de ombros.

— Não estava perguntando especificamente a você.

Aflita, Hanna tentou se lembrar das várias vezes que ela e Liam estiveram juntos. Será que Kate os viu na igreja? Será que ela *sabia*?

Hanna olhou para Kate, que devolveu o olhar como se desafiasse Hanna a piscar. Sean afrouxou o colarinho, seu olhar pulando de uma para a outra, como quem acompanhava uma partida de pingue-pongue. O sr. Marin se ajeitou, erguendo uma das sobrancelhas.

— Meninas, o que está acontecendo, afinal?

— Nada — respondeu Hanna no ato.

— Nem me pergunte. — Kate fez um gesto de rendição. — É ela que está esquisita.

De repente, Hanna se sentiu muito, muito cansada. Estava escondendo coisas demais.

— Hum, preciso... — Hanna pulou para fora do sofá e saiu correndo da sala, enquanto Kate deixava escapar um som entre um suspiro e um gemido.

Hanna atravessou o corredor e parou do lado de fora do lavabo, prestando atenção em uma caixa que ainda estava sendo esvaziada. Havia alguma coisa escorada nas costas do sofá. Era um velho rottweiler de pelúcia. Uma de suas orelhas quase não existia, e uma faixa do pelo das costas estava puída. O pai de Hanna comprara aquele bichinho de pelúcia depois de terem inventado juntos Cornelius Maximilian, um cão imaginário que se tornou uma piada particular entre eles dois e durou muito tempo. Hanna não via o velho Cornelius havia muito tempo e achou que o perdera para sempre. O pai guardara o bichinho de pelúcia durante todo esse tempo?

Acariciando a cabecinha de pelúcia de Cornelius, Hanna sentiu um fluxo de culpa e arrependimento correndo pelas veias. Enquanto o pai dela lutava para que se tornassem amigos de novo, Hanna retribuía confraternizando com o inimigo. Ela precisava acabar o namoro com Liam e tinha que fazer isso agora, antes que o envolvimento deles se aprofundasse. Nos últimos tempos, Hanna carregava segredos demais. E tudo isso a estava afetando.

Ela enfiou a mão no bolso para apanhar seu celular. Mas, antes de começar a digitar uma mensagem, parou. Pensar em nunca mais ver Liam novamente a fez se sentir enjoada, e lágrimas se acumularam em seus olhos.

Alguém tocou o braço de Hanna, e ela se virou, sobressaltada. Kate estava ali com as mãos na cintura.

— Tudo bem? — perguntou ela, fingindo preocupação. Seu olhar pulou do rosto de Hanna para a tela do celular.

— Está, sim — respondeu Hanna, distante, cobrindo a tela com a mão. Ela ainda não havia inserido o número do celular de Liam, graças a Deus.

— Ah, sei. — Kate estreitou os olhos. — Você não *parece* nada bem.

— Por que você se importa?

Kate chegou mais perto, e Hanna pôde sentir o cheiro da loção para corpo Jo Malone de Figo e Cassis.

— Você está escondendo alguma coisa, não está?

Hanna desviou o olhar, tentando se acalmar.

— Não faço ideia do que está falando.

Um sorriso desagradável surgiu no rosto de Kate.

— Você escutou o que Tom disse — ameaçou ela, balançando o dedo. — Se tivermos segredos, o outro lado vai descobrir quais são e usá-los contra nós. Você não quer que *isso* aconteça, não é?

E, antes que Hanna pudesse responder, Kate jogou o longo cabelo castanho para trás, virou-se e voltou para a sala íntima. Enquanto caminhava, Kate deu uma risada aguda e alegre, um som que fez cada célula do corpo de Hanna estremecer.

Aquela risada parecia igualzinha à de Ali. E à risada de *A*.

# 21

## BOLSAS IGUAIS, MAS DIFERENTES

— Meninas, vamos então do oitavo compasso?

No dia seguinte à tarde, a voz de Amelia flutuou para fora da sala no momento em que Spencer entrou e pendurou sua bolsa no cabideiro. Alguns segundos depois, clarinetas foram sopradas e violinos foram arranhados. A música clássica soava esquisita, em uma fúnebre confusão. Pouco depois, a música foi interrompida de forma abrupta.

— Talvez devêssemos fazer um intervalo — disse outra voz.

Spencer ficou paralisada. Kelsey estava na casa dela. De novo.

Parte dela desejava apenas correr para o quarto e trancar a porta, mas então se lembrou da promessa que havia feito para as amigas — e para si mesma. Se obtivesse a maior quantidade possível de informações sobre Kelsey, talvez pudesse descobrir o que a menina sabia sobre o último verão — e se ela era mesmo A.

Spencer seguiu na direção da sala do ensaio, andando devagar. A porta estava entreaberta. Lá dentro, Amelia estava com o clarinete nas mãos. O violino de Kelsey estava no colo dela. De repente, como se intuísse uma nova presença, Kelsey ergueu a cabeça, viu Spencer e se encolheu, formando um pequeno "O" com os lábios.

Spencer recuou, pressionando o corpo contra a parede. Ah, que grande espiã ela era. Mas, depois de respirar profundamente algumas vezes, ela enfiou a cabeça pela porta e espiou de novo. Kelsey baixara a cabeça, concentrando-se na partitura. Tinha uma pequena tatuagem de flor atrás da orelha. Spencer não soube determinar se era temporária ou definitiva e se perguntou se Kelsey a teria feito enquanto estava no reformatório.

A noite da prisão invadiu os pensamentos de Spencer. Tinha começado como todas as outras. Com uma pilha de livros nos braços, Spencer subira um lance de escadas até o quarto de Kelsey. Um novo sistema, fechaduras com teclados que substituíam as chaves, estava sendo testado, e Kelsey dera a Spencer o código do quarto dela. Spencer o digitou e entrou no quarto vazio. Kelsey ainda estava na ginástica. Spencer resolveu que poderia muito bem tomar um *Easy A* naquele momento. Assim, estaria no ponto quando começassem a estudar. Mas, ao vasculhar sua bolsa, viu que seu frasco de comprimidos estava vazio. Olhou dentro da estátua do Buda de Kelsey, onde ela guardava as pílulas. Kelsey estava sem o remédio também.

Spencer foi tomada pelo pânico. Os testes do curso avançado seriam em três dias, e ela ainda estava no capítulo dezessete, dos trinta e um do livro de história antiga. Phineas a advertira de que não seria um movimento esperto parar de tomar as pílulas de repente. O mais lógico a fazer era telefonar para Phineas e pedir mais remédios, mas Spencer não sabia onde ele estava. Fazia dois dias que ele não ia às aulas. Quando Spencer e Kelsey foram ao dormitório dele, o lugar estava abandonado, a cama sem lençóis, o guarda-roupa vazio. Spencer telefonara para o celular, mas ele não tinha atendido. Uma mensagem automática informava que o correio de voz dele estava cheio.

O alarme do teclado soou, e Kelsey entrou no quarto, parecendo renovada e relaxada. Spencer ficou em pé em um piscar de olhos.

— Estamos sem comprimidos — disparou. — Precisamos de mais.

Kelsey franziu a testa.

— Mas como?

Pensativa, Spencer levou a mão aos lábios. Segundo Phineas, havia alguns negociantes confiáveis ao norte da Filadélfia. Ele tinha dado a Spencer o cartão de um dos caras, para qualquer emergência. Ela puxou o cartão e começou a digitar o número dele. Kelsey a encarou.

— O que está fazendo?

— Precisamos de mais remédio para estudar — explicou Spencer.

Kelsey se mexeu, impaciente.

— Será que não conseguimos estudar sem eles, Spence?

Nesse momento, alguém atendeu.

Endireitando-se, Spencer usou as expressões secretas que Phineas lhe ensinara para ganhar a confiança do sujeito e, em seguida, disse o que gostaria de comprar. Ele lhe passou o endereço, e eles combinaram um encontro.

— Estamos combinados — garantiu Spencer depois de um instante, desligando o celular. — Vamos lá.

Kelsey ficou na cama, sem calçar os sapatos.

— Acho que não vou, não.

— Ei, não posso fazer algo assim sozinha. — Spencer apanhou no bolso as chaves do carro. — Vai levar meia hora, no máximo.

Mas Kelsey balançou a cabeça.

— Eu me sinto bem sem os comprimidos, Spence.

Spencer resmungou, foi até Kelsey e a fez ficar em pé.

— Em algumas horas você não vai dizer isso, Kelsey. Calce seus chinelos e venha comigo. Vamos.

Por fim, Kelsey concordou. Vagaram pelas ruas mal iluminadas de uma vizinhança realmente assustadora, passando por janelas bloqueadas por tábuas e paredes pichadas. Havia algumas crianças nas varandas das casas, observando o movimento. Uma briga começou em uma esquina, e Kelsey gemeu. Spencer se perguntou se a amiga não estava certa em considerar esse passeio uma péssima ideia.

Mas pouco tempo depois as meninas estavam de volta ao carro, com um novo frasco de comprimidos, dirigindo de volta ao *campus*. Spencer entregou um *Easy A* a Kelsey, e elas engoliram as drogas com Sprite Diet sem gelo. Ao entrarem em um bairro mais seguro, Kelsey suspirou aliviada.

— Não vamos fazer isso nunca mais.

— Nunca mais — concordou Spencer.

Elas estavam atravessando os portões da Penn quando o espelho retrovisor do carro delas refletiu o brilho de duas luzes brilhantes. Sirenes soaram. Kelsey e Spencer olharam para trás e viram que a polícia do *campus* seguia o carro delas.

— Ai, droga — sibilou Spencer, atirando o frasco de comprimidos pela janela.

A viatura da polícia parou e sinalizou para que Spencer fizesse o mesmo. Com os olhos arregalados de pânico, Kelsey encarou Spencer.

— Essa não! Que diabos vamos fazer?

Spencer olhou para Kelsey, que estava apavorada. De repente, foi tomada por uma sensação de calma. Depois de tudo o que passara com Ali, depois de todas as mensagens de A e das vezes que quase morreu, aquele parecia ser um momento de resolução tranquila. Não era o fim do mundo.

— Ouça-me com calma — disse ela de forma firme. — Não fizemos nada de errado.

— E se a polícia nos seguiu até o traficante? E se a coisa toda foi uma armação? E se eles acharem as drogas?

— Nós...

Um policial bateu na janela do lado de Spencer. Ela a baixou e olhou para a cara severa dele com a expressão mais inocente que pôde exibir.

O policial olhou para as meninas parecendo bem irritado.

— Vocês duas, fora do carro.

Kelsey e Spencer olharam uma para a outra sem dizer nada. O policial suspirou alto.

— Para. Fora. Do. Carro.

— Kelsey tem razão. Pessoal, vamos fazer uma pausa — disse Amelia. Spencer ergueu os olhos quando sua lembrança foi interrompida de forma abrupta. As meninas do grupo se levantaram.

Com medo de ser pega, Spencer deu um passo para trás e se enfiou no armário do corredor, sendo recebida por casacos de inverno, um velho cercadinho de cachorro e aspiradores variados, cada um deles especializado em um tipo de poeira ou pelo de animais. Esperou até que a turma de Amelia tivesse ido para a cozinha, rezando para que ninguém abrisse a porta do armário. Por uma brecha, Spencer podia ver as bolsas e os casacos das meninas, amontoados em um banco de madeira do lado oposto da sala. Entre a pilha de sobretudos Burberry, casacos acolchoados J. Crew e bolsas Kate Spade, havia uma cintilante bolsa dourada idêntica à dela.

*Olhe, parece que combinamos!*, dissera Kelsey alguns dias antes, ao descobrir que sua bolsa era igual à de Spencer.

Talvez *houvesse* uma forma de saber exatamente no que Kelsey estava metida. Spencer esperou que o intervalo acabasse. Então, disparou até o vestíbulo, pegou sua bolsa Dior e se apressou até a pilha de casacos, trocando-a pela de Kelsey. A bolsa da menina tinha um cheiro diferente da dela, lembrava vela com perfume de frutas. A coisa toda não levaria mais do que alguns minutos. Kelsey nem notaria o que tinha acontecido.

Spencer subiu a escadaria de dois em dois degraus, bateu a porta de seu quarto e virou a bolsa de Kelsey sobre a cama. Ali estava a mesma carteira de couro de cobra que Kelsey usara durante o verão que passaram na Penn e um par de pinças Tweezerman – Kelsey nunca saía sem elas. Havia ainda um conjunto extra de cordas de violino, o panfleto de uma banda chamada *The Chambermaids*, com um número do celular de um cara chamado Rob anotado, um tubo de *gloss* e uma porção de canetas de cores diferentes.

Spencer se sentou na cama. Nada ali era incriminador. Talvez ela estivesse paranoica.

Spencer notou, então, o iPhone de Kelsey enfiado no compartimento da frente. Ela o apanhou e leu as mensagens enviadas por Kelsey, à procura de alguma coisa de A. Não havia nenhuma, não que isso significasse alguma coisa. Assim como Mona, Kelsey poderia, simplesmente, ter outro celular. No menu, Spencer encontrou uma pasta chamada "fotos". Spencer clicou, e várias subpastas apareceram. Fotos da cerimônia e do baile de formatura, inclusive Kelsey cercada por uma porção de garotas sorridentes do colégio St. Agnes. Não havia nenhuma da orquestra de câmara. E, então, Spencer viu uma subpasta que congelou o sangue em suas veias.

*Jamaica, Recesso de Primavera.*

No andar de baixo, o ensaio recomeçara a todo vapor, e a música soava confusa, dissonante. Spencer olhou para o ícone da pasta. Aquilo era uma coincidência, não era? Uma porção de gente viajava para a Jamaica durante o recesso de primavera. Segundo a revista *Us Weekly*, a Jamaica era o destino preferido dos alunos do ensino médio e estudantes universitários.

Trêmula, Spencer acessou o conteúdo da pasta. Spencer viu o penhasco do qual Aria, Emily, Hanna saltaram em seu primeiro dia no hotel, assim que a primeira foto apareceu. Em seguida, via-se o deque na cobertura do hotel onde as quatro amigas jantavam quase todas as noites. Em seguida, Kelsey e Jacques, o barman rastafári que fazia um ponche de rum letal, posavam para mais uma foto.

Spencer se sentiu enjoada. Era o The Cliffs, sem dúvida.

Ela foi verificando mais e mais fotos em grande velocidade, revendo a piscina impressionante, o corredor feito em mosaicos azuis que levava ao SPA, as cabritinhas com manchinhas no pelo que pastavam do lado de fora dos altos muros do hotel. Em uma foto de grupo no restaurante, um rosto se destacava. E nela, bronzeado e trajando a mesma camiseta de lacrosse usada no dia em que chegaram, estava Noel Kahn. Ao lado dele, Mike Montgomery, com uma cerveja Red Stripe na mão. Se não houvesse mais algumas pessoas bloqueando a visão, Spencer, Aria, Hanna e Emily também estariam na foto de Kelsey.

Ao ver a foto seguinte, Spencer quase gritou. Ali estava Tabitha em carne e osso, parecendo bem feliz, com o mesmo vestido de verão dourado que usava na noite em que Spencer e as outras a assassinaram.

O iPhone escorregou das mãos de Spencer. Havia um peso enorme sobre seu peito impedindo-a de respirar livremente. Agora Spencer entendera os detalhes da trama. Kelsey estivera no The Cliffs na mesma época que Spencer e suas amigas. Talvez conhecesse Tabitha. Talvez Kelsey tivesse visto o que Spencer e as outras fizeram com ela. E então, quando reencontrou Spencer na Penn, talvez tivesse feito a ligação. E, quando Spencer armara para jogar sobre Kelsey a culpa de algo que era *sua* responsabilidade, a garota resolvera se vingar... Transformando-se no novo A.

Spencer tinha, finalmente, uma prova. Kelsey era A. E sabia que ela não ia parar até acabar com Spencer de uma vez por todas.

# 22

## NADA COMO UMA AMEAÇA PARA NOS COLOCAR NO BOM CAMINHO

Mais tarde, na mesma noite, Aria estava sentada no sofá da casa de Byron, ouvindo a chuva bater contra as vidraças. Ela deveria estar fazendo a sua pesquisa para o trabalho de história da arte – Klaudia cancelara a segunda reunião delas na livraria Wordsmith, remarcando para uma cafeteria na sexta-feira –, mas, em vez disso, navegava em um site chamado Brooklyn-Lofts, que exibia lindos apartamentos disponíveis para alugar em bairros nova-iorquinos como Brooklyn Heights, Cobble Hill, Williamsburg e Red Hook. Quanto mais Aria aprendia sobre o Brooklyn, mais se convencia de que era o lugar ao qual Ezra e ela pertenciam. Quase todos os escritores importantes de Nova York viviam no Brooklyn. Ezra provavelmente conseguiria publicar o livro dele só por ficar sentado em um dos cafés do bairro.

Mike entrou na sala vestindo uma camiseta limpinha e jeans escuros.

– Vai a algum lugar? – perguntou Aria, erguendo os olhos.

— Vou dar uma volta — murmurou Mike, apanhando um dos doces orgânicos sem açúcar que Meredith mantinha em uma tigela sobre a mesa lateral. Ela era uma daquelas pessoas que acreditavam que o consumo de açúcar reduzia o tempo de vida.

— Tipo, um *encontro*? — sondou Aria. Mike usava seus lindos tênis Vans, o único par que não estava coberto de lama.

Mike fingiu estar concentrado em tirar o plástico que envolvia seu doce.

— Estou saindo com Colleen. Nada sério.

— Sei, vocês dois estão ajudando um ao outro nos ensaios da peça?

Mike franziu o nariz.

— Não, não é isso, é só que... Quero dizer, ela não é...

Ele comprimiu os lábios e desviou o olhar para o prisma em formato de lágrima que Meredith tinha pendurado na janela.

Aria se endireitou.

— Ela não é... *Hanna*?

— Não é isso — disse Mike, aflito. — Eu ia dizer que Colleen não é, tipo, a gostosona do Hooters que fica me cantando no Skype. — Então ele se sentou na poltrona Stickley antiga que Byron contou ter encontrado na rua quando estava na faculdade. — Bom. Talvez eu fosse dizer isso, sim.

— Se você sente tanta falta da Hanna, por que não diz a ela?

Mike lhe lançou um olhar horrorizado.

— Porque homens não fazem isso, Aria. Isso é coisa de mulher.

Aria bufou. Onde os meninos *arrumavam* essas ideias idiotas? Aria se aproximou dele.

— Mike, não posso falar muito sobre isso, mas acontece que voltei com alguém com quem eu saí no ano passado. Uma pessoa de quem sentia muita, muita falta, alguém que acreditei que tivesse me esquecido. E ele voltou e disse que sentiu saudades de mim também. Foi tão *romântico*, Mike. Não foi ridículo ou vergonhoso e nem coisa de maricas.

Mike mastigou o doce com vontade, olhando-a sem acreditar.

— Então as coisas entre você e Noel acabaram mesmo?

Aria baixou os olhos. Falar do término ainda era tão estranho.

— Sim.

— E você voltou com Sean Ackard?

Aria fez uma careta, surpresa.

Ela quase sempre se esquecia de que tinha saído com Sean no ano anterior... e que havia até *morado* com ele durante um tempo.

— Então quem é? — A testa de Mike se franziu.

Aria deu uma olhada para o site BrooklynLofts e fechou a tampa do laptop antes que Mike pudesse ver também. Ela deveria contar ao irmão sobre Ezra, mas aquilo seria... estranho. Mike havia descoberto sobre seu caso com Ezra no ano anterior e dissera que ela era a "namoradinha esquisita de Shakespeare". Alguma coisa assim. Talvez, para Mike, o relacionamento dela ainda parecesse esquisito.

A campainha tocou. Aria olhou para Mike.

— É Colleen?

Mike negou, balançando a cabeça.

— Vou me encontrar com ela no shopping King James. Quero tentar convencê-la a ir comigo a uma loja Agent

Provocateur. Disseram que hoje à noite vai acontecer um desfile de lingerie. E eu tenho duas palavras para você: *Peitos. Gigantescos.*

Revirando os olhos, Aria empurrou os livros e foi até a porta da frente, tentando não pisar os brinquedos de Lola, o balanço e o pula-pula que pareciam ocupar a sala toda. Quando abriu a porta, Spencer, Emily e Hanna estavam amontoadas sob a cobertura do pórtico estreito, molhadas de chuva. Aria as encarou, surpresa.

— Podemos entrar? — perguntou Spencer.

— Lógico.

O vento soprou forte quando Aria escancarou a porta. As garotas foram entrando e tirando seus casacos molhados. Mike caminhava na direção da porta, mas, ao ver Hanna, deu meia-volta e tratou de ir para outro cômodo.

— Precisamos conversar — anunciou Spencer depois de pendurar seu casaco. — Podemos ir para o seu quarto?

— Ah... Tudo bem. — Aria se virou, subiu as escadas com elas até seu quarto e fechou a porta. Elas pareciam muito constrangidas. Depois de terem sido ameaçadas de morte pela Verdadeira Ali e de terem voltado a ser amigas, as meninas haviam passado muito tempo juntas ali, mas não depois da viagem à Jamaica. Mesmo Emily, para quem Aria ligava quase todas as noites, parecia aflita, incomodada, como se preferisse estar em outro lugar.

Spencer se sentou no chão, afastando Pigtunia, o porquinho de pelúcia de Aria, e pegou um iPad em sua bolsa.

— Preciso mostrar isso para vocês.

Uma série de fotos surgiu na tela. Assim que Spencer exibiu a primeira, Aria reconheceu o prédio rosa do hotel em que elas haviam se hospedado na Jamaica. Em seguida, uma foto das mesas de mosaico nas quais tomavam café todas as manhãs. Spencer tocou a tela de novo, e o rosto de Noel apareceu entre um grupo de garotos bêbados. Por fim, uma foto de Tabitha com um vestido amarelo. A garota loura sorria para a câmera, usando uma pulseira de linha azul desbotada que parecia demais com aquela que a Ali Delas tinha feito para Aria e as outras meninas depois que A Coisa com Jenna acontecera.

O coração de Aria batia descontrolado.

– Quem tirou essa foto?

– Estavam no celular de Kelsey. – Spencer estava muito pálida. – Enquanto ela estava em minha casa, roubei a bolsa dela e copiei as fotos para um pen drive.

Horrorizada, Emily olhou para ela.

– Você roubou as fotos dela?

– Fui obrigada – disse Spencer na defensiva. – Você não entende o que isso significa? Estivemos todas juntas na Jamaica! Ao mesmo tempo, Em! Ela é mesmo A. Sabe o que fizemos na Jamaica e agora está aqui para acertar as contas.

Emily limpou a garganta.

– Eu não acredito mesmo que Kelsey seja A. Spencer, falei de você para ela, e ela não pareceu estar com raiva. Ela nem ligou. Eu realmente acho que ela não sabe de nada.

Os olhos de Spencer brilharam.

– Você a *viu* de novo?

Emily se encolheu um pouco.

– Eu...

Aria se virou para encarar Emily.

– Espera aí, você conhece Kelsey?

— É uma longa história — murmurou Emily. — Nós nos conhecemos em uma festa antes que eu soubesse o que Spencer tinha aprontado com ela. Pessoal, ela é mesmo uma menina legal. E acho que Spencer está errada sobre ela.

— Em, você precisa ficar longe dela! — berrou Spencer. — Ela sabe tudo o que aconteceu na Jamaica! Ela tem uma foto de *Tabitha*!

— Mas por que ela não começou a perseguir você assim que se conheceram na Penn? — Emily roeu a unha do polegar. — Se sabia das coisas terríveis que fizemos juntas, ela não deveria ter mencionado?

— Ela não *precisou* me ameaçar em Penn — explicou Spencer. — Eu ainda não tinha feito nada com ela. Talvez nem tenha percebido o que tinha visto no hotel da Jamaica, porém mais tarde, depois que armei para ela, pode ter juntado as peças. Talvez tenha passado aquele tempo no reformatório coletando informações sobre nós... *e sobre* Tabitha!

— Isso tudo está me parecendo meio exagerado. — Emily trouxe os joelhos para junto do peito. — Estar na Jamaica não a torna necessariamente culpada, nem quer dizer que ela necessariamente viu alguma coisa, Spence. Noel e Mike também estavam lá, e nós não achamos que *eles* viram alguma coisa.

— Noel e Mike não tinham nenhuma razão para nos odiar — argumentou Spencer —, mas Kelsey tinha.

Aflitas, as meninas olharam umas para as outras. Uma rajada de vento atingiu a casa, fazendo-a estalar e ranger, como se uma pessoa andasse por ali. Aria olhou para a foto de Tabitha. Ela piscava como quem compartilha uma travessura, *peguei você*! Aria fechou os olhos, sem conseguir esquecer a expressão de pavor no rosto de Tabitha quando Aria a empurrou para fora do deque. A culpa desabou sobre ela.

— E o que acha que devemos fazer, Spencer? — sussurrou Hanna. — Se Kelsey for mesmo A e se ela descobriu que matamos Tabitha, por que não foi à polícia? O que a impede?

Spencer deu de ombros.

— Talvez ela não queira a polícia envolvida nisso. Talvez prefira fazer as coisas a sua maneira.

Aria achou que fosse passar mal. Mona Vanderwaal tentara fazer tudo do próprio jeito. E a Verdadeira Ali também. E as quatro amigas quase tinham morrido duas vezes.

— Aria? — chamou Meredith do andar de baixo. — O jantar está pronto!

Aria encarou as três antigas amigas, sentindo-se muito esquisita.

— Vocês querem ficar?

Hanna se levantou.

— Preciso ir.

— Eu tenho dever de casa — disse Spencer, e Emily murmurou uma desculpa tão tola quanto as das outras meninas.

As meninas desceram as escadas, amontoaram-se para vestir os casacos e desapareceram na noite escura e chuvosa. Aria fechou a porta e encostou-se a ela, sentindo-se vazia e assustada. Aquela história não tinha acabado. Elas sabiam quem poderia ser A... Mas o que poderiam fazer a respeito? Simplesmente esperar, sem fazer nada, ali, em Rosewood, até que Kelsey as delatasse? Preparar-se para ir para a cadeia?

Ela ouviu os carros de suas amigas se afastando e, de repente, foi tomada por uma onda de ódio tão forte por aquela cidade que a sensação a fez encolher os dedos dos pés. O que tinha acontecido de bom a ela enquanto morava ali, além de Ezra? Todos os segredos horrorosos que fora obrigada a guardar, todos aqueles momentos que preferia esquecer, todas as porcarias que aconteceram em Rosewood. Certo, e na Jamaica. E na Islândia também, mas ela se recusou a pensar naquilo e afastou a lembrança para longe.

Aria foi até o escritório. Mike não estava ali, provavelmente tinha escapulido quando Aria estava no quarto com as amigas.

Abriu o laptop e começou a escrever um e-mail para Ezra.

> O que você diria de eu me mudar com você para Nova York agora? Eu poderia terminar as matérias da escola on-line. Não quero mais esperar. Quero começar nossa vida juntos já.

Aria enviou o e-mail e fechou o laptop de novo. Aquele plano era à prova de falhas. Aria estava apaixonada por Ezra, claro que sim, mas ele também era sua passagem para fora de Rosewood. E Aria precisava mesmo fugir dali, o mais rápido possível.

# 23

## EMILY É UMA MOLENGA

Assim que Emily entrou no estacionamento da trilha de Stockbridge na tarde seguinte, viu o Toyota Hatchback preto de Kelsey em uma das vagas à sua frente. A chuva da noite anterior parara, e os raios de sol apareceram novamente, tornando as árvores mais verdes e exuberantes.

Antes de Emily sair do carro, virou a cabeça e estreitou os olhos para observar os carros que passavam pela estrada sinuosa. Quando uma Mercedes cupê passou, veloz, ela observou com atenção. Era o carro de Spencer, ou será que o dela era de um tom prateado mais forte? Emily roeu uma das unhas. O que Spencer diria se visse Emily e Kelsey juntas? Ao receber um e-mail de Kelsey naquela manhã, no qual perguntava se ela gostaria de fazer uma caminhada depois da escola, Emily tinha vacilado, lembrando-se de tudo o que Spencer dissera na reunião da noite anterior. Mas depois de um instante aceitou. Spencer não tinha o direito de escolher as amigas de Emily. A foto de Tabitha no celular de Kelsey deixara Emily preocupada, claro. Mas o fato de ela estar na Jamaica ao mesmo tempo que Emily e suas amigas não fazia de Kelsey o novo A. De qualquer forma, sair com Kelsey naquela tarde era a chance que Emily tinha de conseguir alguma informação para provar de uma vez por todas que Spencer estava errada.

Emily trancou o carro e atravessou o estacionamento na direção de Kelsey, que dava um longo gole em sua garrafa de água. Ela usava uma calça cargo cáqui, tênis de caminhada e um moletom preto com capuz North Face, que era quase igual ao de Emily. Parecia aflita, pulando de um pé para o outro. Ela agia como se tivesse acabado de beber uma porção de xícaras de café *espresso*.

— Este é um dos meus lugares favoritos — disse Kelsey em um tom um pouco animado demais. — Costumava acampar aqui o tempo todo.

— A trilha é incrível. — Emily foi atrás de Kelsey, e elas passaram ao lado do grande quadro de avisos onde estavam listados os horários dos grupos de caminhada e uma série de esclarecimentos sobre o papel dos carrapatos na doença de Lyme. — Nunca me deixavam vir aqui quando eu era mais nova. Minha mãe dizia ter certeza de que o lugar estava cheio de sequestradores de crianças.

— E você acreditava nela? — troçou Kelsey.

— Um pouco — admitiu Emily.

— E eu achava você tão corajosa! — Kelsey beliscou o braço de Emily. — Mas não tema! Eu vou mantê-la a salvo dos malvados sequestradores de criancinhas!

Elas começaram a subir por uma trilha estreita. Um casal de idosos com um golden retriever passou em direção contrária e três corredores desapareceram na curva adiante. Emily prestava bastante atenção em onde pisava, tomando cuidado para não tropeçar em nenhum dos ramos caídos pelo caminho. O ar cheirava a protetor solar de coco vindo de algum lugar adiante da trilha e fez Emily se lembrar das fotos tiradas na Jamaica que Spencer roubara do celular de Kelsey. E tossiu.

– Gosto de acampar, mas não é o que prefiro fazer nas férias. Eu gosto de ir ver o mar.

– Ah, eu *adoro* a praia! – disse Kelsey, animada.

– Você já esteve no Caribe? – perguntou Emily. Seu coração batia forte, antecipando a resposta de Kelsey.

Kelsey desviou de uma grande pedra.

– Ah, várias vezes. Estive na Jamaica no ano passado.

– Eu também fui para a Jamaica no ano passado! – Emily esperava ter conseguido parecer realmente surpresa. – Você foi durante o recesso de primavera?

– Fui. – Kelsey tinha um sorriso curioso em seu rosto. – Você também?

Emily assentiu.

– Só falta descobrirmos que ficamos no mesmo hotel – brincou. Bem, ela esperava que soasse como brincadeira. – Fiquei hospedada no The Cliffs. Tinha penhascos maravilhosos, e você podia saltar deles e mergulhar direto no oceano. E tinha um restaurante incrível também.

Kelsey parou no meio da trilha, piscando, surpresa.

– Você está de brincadeira, não é?

Emily balançou a cabeça, sentindo a boca seca. Observou o rosto de Kelsey esperando encontrar algum sinal de estranheza ou mentira, mas Kelsey parecia sinceramente surpresa. *Se eu vir um esquilo naquela árvore, Kelsey é inocente,* disse Emily a si mesma, sem tirar os olhos de um grande carvalho. Como era de esperar, um esquilo correu ao longo de um dos ramos mais altos.

— Em qual semana foi o recesso de primavera da sua escola? — perguntou Kelsey.

Emily falou a ela, e Kelsey disse que foi na mesma época em que os alunos de St. Agnes tiveram recesso também.

— Não posso acreditar que não a vi! — comentou Kelsey depois de um segundo. — Meu Deus. Poderíamos ter ficado amigas mais cedo. — Ela tocou o braço de Emily. — Ou talvez *mais* do que amigas.

Cada centímetro da pele do braço de Emily queimava. Quando inspirou, sentiu o cheiro orvalhado e fértil do ar, como se, naquele momento, tudo na trilha estivesse brotando. Ela olhou dentro dos brilhantes olhos verdes de Kelsey. Ou aquela garota era uma ótima mentirosa, ou realmente não sabia de nada. Kelsey poderia até ter conhecido Tabitha no The Cliffs, mas estava claro que não sabia de nada do que acontecera às meninas ou, pior, à Tabitha. Kelsey não sabia o que Emily e as amigas tinham feito.

Emily reparou em uma bifurcação conhecida na trilha.

— Podemos nos desviar um pouquinho da trilha principal? Só quero verificar se uma coisa ainda existe.

Kelsey assentiu, e Emily desceu pela bifurcação até encontrar uma pequena fonte de pedra de onde jorrava água e que ficava ao lado de uma ribanceira enlameada. No cimento, duas impressões de mão. Uma com o nome *Emily*. A outra, com o nome *Ali*.

Kelsey se abaixou e encaixou sua mão em uma das impressões.

— Esta é sua, não é?

— É. É sim. — Emily foi varrida por uma onda de emoção ao ver a impressão das mãos delicadas de Ali, preservadas para todo o sempre. — Certa vez, Ali e eu fugimos para cá. Tinham acabado de colocar cimento nessa fonte, e ela teve a ideia de deixarmos nossa marca aqui.

Emily se lembrava daquele dia como se tivesse acabado de acontecer. Ocorrera alguns meses antes do fatídico beijo de Emily e Ali na casa da árvore. Enquanto caminhavam pela trilha, Ali falava dos meninos da turma dela, perguntando a Emily o que achava deste ou daquele.

— Você precisa arrumar um namorado, Em — dissera Ali. — Ou está se guardando para alguém especial?

Agora, Kelsey balançou a cabeça.

— Não imagino o que seja perder uma amiga tão próxima.

Um bando de garotos passou na pista acima delas, dando risadas.

— Sinto muita saudade dela, mas nem sei mais do *que* sentir falta — sussurrou Emily.

— O que quer dizer?

— Bem, o boliche aonde fomos outro dia, por exemplo. Ali nos levou lá, quer dizer, a mim e as minhas amigas, assim que começamos a sair juntas. Ela dizia coisas como "Precisamos passar um tempo juntas para nos conhecermos melhor". E eu achava isso tão legal, sabe, parecia que ela queria mesmo nos conhecer. Só que agora eu me pergunto: aquilo tudo aconteceu só porque ela era *Courtney*, fingindo ser Ali e vivendo a vida dela? Provavelmente não tinha nada a ver com ela querer ser nossa amiga e, sim, com o fato de que precisava de uma nova turma, qualquer uma, já que não podia andar com as garotas populares de Rosewood Day de quem a irmã era amiga.

— Uau, isso é coisa demais para entender! — Kelsey estava com os olhos arregalados.

— Eu sei. — Emily desviou o olhar para as árvores. — Sinto falta das minhas *antigas* lembranças dela, sabe? Do tempo em que eu pensava que ela era uma nova amiga incrível. Agora, preciso repensar tudo o que nos aconteceu, toda a nossa história. Tudo o que acreditei ser verdade, no fim, era mentira.

— Isso deve ser incrivelmente confuso.

— É sim. Principalmente porque... — Emily parou de falar de repente, lembrando-se de todos os sonhos que tivera com a Verdadeira Ali no último ano. Todas as visões de cabelos louros que ela poderia jurar ter visto, todas as lufadas misteriosas de sabonete de baunilha que sentia por aí. E sua certeza inabalável de que Ali estava lá fora em algum lugar, vigiando cada um dos movimentos dela. — Eu me esforço para pensar só nas coisas boas que vivi com Ali e bloquear o que realmente aconteceu. Assim é mais fácil. Então, sabe, na minha cabeça, a Minha Ali ainda é aquela garota alegre e encantadora, adorada por todo mundo.

— Acho que é muito bom lidar com as coisas dessa forma.

Emily inclinou a cabeça, sorrindo para Kelsey.

— Você lembra um pouco Ali.

— Mesmo? — Kelsey colocou uma das mãos sobre o peito. Ela parecia enjoada.

Emily colocou a mão no ombro de Kelsey, entendendo como ela se sentia.

— De uma boa maneira. Nada a intimidava. Ela era tipo... sensacional.

Kelsey mordeu o lábio. E chegou tão perto de Emily que ela sentiu o cheiro levinho de repelente de insetos em sua pele.

— E, olha, eu acho que *você* é sensacional também.

Arrepios percorreram os braços de Emily. Ela se inclinou para mais perto de Kelsey. Meio que esperava que Kelsey se afastasse, mas ela não se mexeu, mesmo estando a centímetros do rosto de Emily, que observou os cílios de Kelsey, tão compridos e claros. As sardas nos lóbulos das orelhas. As pintinhas douradas em seus olhos verdes. Os lábios delas se tocaram. O coração de Emily batia descontrolado.

Após um instante, Kelsey deu um passo para trás com um sorriso tímido no rosto.

— Puxa.

Elas se inclinaram para outro beijo, quando um grupo de garotos saiu da clareira à procura da fonte. Kelsey se virou. Os meninos olharam para elas de um jeito desrespeitoso e resmungaram *ois* e *olás*. Kelsey os encarou, os dedos fisgando. Sua expressão era aflita, bastante diferente de alguns instantes antes.

— Você se importa de esperar por um momento? — sussurrou Kelsey para Emily. — Preciso mesmo fazer xixi.

— Eu espero — disse Emily.

Kelsey se afastou na direção dos arbustos, e Emily ficou ali, mexendo em seu celular para não precisar falar com os garotos, que, depois de beberem água, desapareceram na vegetação e tomaram a trilha.

Emily ouviu passos abafados e, em seguida, o som agudo de um falcão. Depois, silêncio. Ela se sentiu meio claustrofóbica, parecia que as árvores se fechavam em torno dela.

Uma nuvem escondeu o sol, e de repente ela estava no escuro. Emily voltou os olhos para as árvores, perguntando-se o motivo da demora de Kelsey.

Emily ouviu uma súbita movimentação no meio da vegetação espessa. Apenas um instante depois, foi empurrada pelas costas por duas mãos fortes.

— Ei! — esbravejou Emily, cambaleando para a frente, então desequilibrou-se e caiu em uma poça de lama. Antes que pudesse entender o que estava acontecendo, despencou pela ribanceira, deslizando pelo morro, lutando para se agarrar a qualquer coisa que a impedisse de continuar caindo. Ela seguiu deslizando desesperada, batendo em galhos, arbustos e tocos pelo caminho, sendo ferida por espinhos e farpas. Em dado momento, rolou para o lado, e seu cotovelo atingiu alguma coisa com força. Sentiu uma dor aguda e gritou de dor. Finalmente, cravando as unhas na terra, Emily percebeu que desacelerava. Presa em uma profusão de arbustos e de restos de árvores, ela alcançou o sopé do morro, com o jeans, as mãos e os braços cobertos de lama. Sentiu gosto de sangue na boca e algo molhado e pegajoso no rosto.

Com o coração disparado, Emily se virou e olhou para cima. Um vulto meio encoberto pelas sombras estava no topo da encosta, bem ao lado da fonte de água. Emily engasgou, percebendo que era alguém de cabelos louros e bastante ágil. Um riso aterrorizante serpenteou por entre as árvores, o que fez Emily estremecer. *Ali?*

— Emily!

Quando ela piscou, o vulto louro desapareceu. Um instante depois, Kelsey surgiu no campo de visão de Emily, parecendo horrorizada e cobrindo a boca.

— Oh, meu Deus! — gritou Kelsey. Ela disparou encosta abaixo, agarrando-se aos galhos e arbustos para se equilibrar enquanto seus tênis deslizavam na lama. Quando ela alcançou o platô, Emily já havia conseguido se levantar. Sem ossos quebrados, mas ainda hiperventilando com o que acabara de acontecer... E com o que acabara de ver.

Kelsey observou Emily mantendo certa distância. Ansiosa, os cantos de sua boca voltados para baixo, a testa molhada de suor, Kelsey ainda tinha a mesma expressão aflita estampada no rosto e as mãos trêmulas de antes.

— Você está bem? O que foi que aconteceu?

O peito de Emily subia e descia. Os arranhões faziam sua pele arder a cada movimento.

— Alguém... *me empurrou* lá de cima.

Kelsey arregalou os olhos.

— Foi um daqueles garotos?

Emily balançou a cabeça, ainda com dificuldade de respirar. A risada ecoou em seus ouvidos. Emily podia intuir a presença de alguém ali, alguém que estava assustadoramente próximo e observando. Por instinto, Emily apanhou o celular no bolso. Havia uma nova mensagem de texto, como era de se esperar. Com os dedos trêmulos, ela pressionou LER.

**Todos nós precisamos de um empurrãozinho de vez em quando, Emily. E você e suas amigas sabem tudo sobre isso, não sabem? – A**

# 24

## A VIDA IMITA A ARTE

Quinta-feira à tarde, Spencer folheava o jornal quando um anúncio espalhafatoso chamou a sua atenção. HOJE À NOITE, ÀS OITO HORAS, UM ESPECIAL DA CNN: SEUS FILHOS ESTÃO SEGUROS DURANTE O RECESSO DE PRIMAVERA? TRÊS CASOS DE VIAGENS EM QUE TUDO ACABOU MAL.

No canto do anúncio, havia uma foto de Tabitha. Spencer virou o papel para baixo na mesma hora e, em seguida, achando que o gesto não fora suficiente, rasgou-o em pedacinhos pequenos e jogou tudo no lixo. Mas nem aquilo adiantou. Olhou para o papel picado dentro do cesto, perguntando-se se não seria melhor queimá-lo.

Com o canto do olho, percebeu um movimento e, levantando-se de um salto, olhou pela janela. Uma sombra se movia por trás das árvores. O vulto parecia ser louro.

*Assassina.*

Spencer se virou, massageando as têmporas. Não havia ninguém na cozinha. Beatrice e Rufus dormiam no chão, mexendo levemente as patinhas durante o sono. Se houvesse alguém por perto eles estariam latindo, não estariam? Que diabos estava *acontecendo* com ela?

O celular tocou, e Spencer levou um susto. Ao apanhá-lo na mesa de centro, viu que Emily enviara uma mensagem. *Estou apavorada, Spence. Hoje A me empurrou do alto de uma ribanceira na trilha Stockbridge.*

Spencer olhou em volta, mais uma vez pensando no movimento e na voz que acabara de ouvir. Amelia e suas amigas esquisitonas não estavam ensaiando na sala de estar porque haviam combinado de chegar mais tarde. *Kelsey não estava lá, certo?*, perguntou Spencer em uma nova mensagem.

Finalmente, depois de um longo intervalo, a tela mostrou a resposta de Emily: *Não.*

**E você não sai mais com ela, *sai*?, digitou Spencer.**

A nova resposta de Emily também tinha uma palavra só: *Não.*

*Ótimo,* respondeu Spencer.

— Então foi aqui que todo aquele lance com a Alison aconteceu, certo?

Quarenta minutos mais tarde, Spencer e Beau estavam no quintal dos fundos da casa dos Hastings, preparando-se para um novo ensaio de *Macbeth*. Spencer sabia que depois da sessão de hoje ela estaria mais do que pronta. Tinha combinado tudo com o cinegrafista da escola para que ele não perdesse nenhum momento de sua atuação na apresentação de sábado à noite. E já havia escrito o rascunho de um e-mail sobre a peça para mandar ao comitê de admissões da universidade. A única coisa que faltava era anexar um arquivo de vídeo com sua atuação brilhante.

Beau deteve-se, prestando atenção nos galhos retorcidos e enegrecidos e nos restos do incêndio que a Verdadeira Ali provocara havia mais de um ano. À esquerda, ruínas do antigo celeiro da propriedade, que antes do incêndio tinha sido restaurado e transformado em um chalé para hóspedes. A Verdadeira Ali tinha colocado fogo nele também.

– Eu sei – disse Spencer com gentileza. – Quase não venho aqui. É bastante assustador.

– Imagino. Parece um lugar mal-assombrado. – Beau chutou a trilha de ardósia enlameada que costumava levar até o celeiro. Tinha sido ali que Spencer brigara com a Ali Delas quase cinco anos antes, na última noite de aula do sétimo ano. Ian Thomas, um garoto de quem ambas gostavam, fora o motivo da briga. Spencer empurrara Ali, que caiu, depois se levantou e saiu correndo. Durante muito tempo, Spencer supôs que depois daquilo Ali tinha ido se encontrar com Ian, com quem namorava em segredo, e que ele a matara. Mas soube mais tarde que Ali tinha sido interceptada pela irmã gêmea, e fora ela a assassina.

– Bem, vamos ao que interessa. – Beau se virou e encarou Spencer. – Pronta para entrar na personagem?

Spencer encolheu os ombros.

– Mais do que nunca.

Beau sorriu.

– Você foi sensacional ontem. Conheço outro exercício que talvez devêssemos tentar. Está lembrada de que lhe contei que me conecto a Macbeth acessando as lembranças do bullying que sofri? Sua vez. Tente realmente se colocar no lugar da personagem. Imagine que está se livrando da pessoa que atravanca seu caminho para o sucesso. É possível que você nem tenha a intenção de feri-la, mas você vai em frente de qualquer forma.

Spencer o encarou. Mais ou menos o que acontecera com Tabitha... e com Kelsey também.

— Acho que posso tentar — disse ela baixinho.

— *Tente* — pediu Beau. — Repita as falas em que Lady Macbeth está imersa na culpa.

— *Sai, mancha maldita!* — disse Spencer.

— Muito bom. Feche os olhos e repita.

— *Sai, mancha maldita!* — repetiu Spencer de olhos fechados. — *Sai, mancha amaldiçoada!* — Spencer pensou em Lady Macbeth vagando pela noite, tentando limpar as mãos ensanguentadas da vergonha de que ela nunca conseguiria se livrar. — *Sai, mancha maldita!* — Pensou na culpa que sentia por causa do que acontecera a Tabitha. Abriu os olhos e olhou para as palmas de suas mãos, imaginando que estavam cobertas de sangue, o sangue de Tabitha, ainda fresco depois da queda.

Spencer se obrigou a reviver aquela horrenda noite na Jamaica. A forma como Tabitha tinha investido contra Hanna. E quando lutara com Aria. E o momento em que Aria a empurrara da borda do deque. Em seguida, a procura na praia pelo corpo de Tabitha, do qual não encontraram nenhum vestígio. A horrorosa sensação de vasculhar a praia a cada manhã, com a certeza de que o corpo da garota teria sido trazido pela maré durante a noite. Assistir na televisão ao lamentável programa especial sobre Tabitha algumas semanas antes.

Mas, ao repetir as falas mais algumas vezes, uma nova lembrança a alcançou. Spencer se viu naquela abafada delegacia de polícia mal iluminada no *campus* da Penn. Já fazia mais ou menos meia hora que havia conseguido falar com Hanna para lhe explicar seu plano. Spencer não podia ter certeza se Hanna o colocara em prática, mas ouvira uma comoção no corredor, passos para lá e para cá e celulares tocando freneticamente. Por fim, o policial durão entrou na sala de interrogatório e a encarou.

– Você já pode ir – disse ele de um jeito rude, mantendo a porta aberta para ela.

– Po-Posso mesmo? – gaguejou Spencer.

Ele devolveu o iPhone dela.

– Aqui vai um bom conselho, srta. Hastings. Termine seus cursos de verão e vá para casa, volte para o subúrbio. Seja boazinha. Acredite, você não quer mais ser pega com comprimidos.

– E quanto a Kelsey? – perguntou Spencer enquanto eles seguiam pelo corredor.

O policial deu um sorriso maldoso. Bem naquele instante, a porta da outra sala de interrogatório se abriu. Dois policiais entraram no corredor trazendo Kelsey pelos braços. Debatendo-se, ela gritava.

– Do que vocês estão falando? – perguntava ela. – O que eu fiz?

– Você sabe muito bem o que fez – murmuraram os policiais para ela.

Kelsey encarou Spencer por um instante, como se pedisse ajuda. *Do que eles estão falando?* Mas havia alguma coisa a mais em sua expressão também, algo sobre o que Spencer não quisera pensar. Até agora.

Era ódio. Como se Kelsey soubesse cada detalhe do que Spencer fizera.

— *Sai, mancha maldita!* — repetiu Spencer, olhos fixos em suas mãos, como Lady Macbeth fazia na peça. De repente, as palmas das suas mãos estavam abarrotadas de pequenas pílulas, brancas e arredondadas. Aquilo era... *Easy A*? Spencer deu um berro e as atirou longe. De onde aquilo viera?

Olhando em volta, Spencer procurou por Beau, mas ele tinha ido embora. O quintal estava vazio.

— Beau! — gritou Spencer. Nenhuma resposta. Já estava escuro. Quanto tempo se passara?

O vento fazia as árvores sussurrarem. A distância, uma coruja piou, e um resquício do cheiro da fumaça do incêndio de um ano antes fez o nariz de Spencer coçar. Ela baixou os olhos para as palmas de suas mãos, e, de algum jeito, as pílulas de *Easy A* estavam ali de novo.

— *Sai!* — gritou ela tentando jogá-las longe novamente, mas as pílulas estavam como que coladas à pele dela. — *Sai!* — exclamou Spencer de novo, arranhando as palmas das mãos na tentativa desesperada de tirar dali as pílulas, até surgirem vergões vermelhos em sua pela branca. — Eu não posso ser pega com isso! — gritou. — Eles não podem me pegar!

Mas as pílulas não desgrudavam das mãos dela. Agitada e com muita dificuldade de respirar, Spencer se arrastou até o lago que ficava atrás do celeiro.

— *Sai, sai, sai!* — gritou enquanto mergulhava as mãos na água imunda e quase congelada. Spencer quase não percebeu a temperatura. Sacudiu as mãos por um instante para, em seguida, olhar para elas mais uma vez. As pílulas ainda estavam lá. — Nãããão! — exclamou, esfregando as mãos molhadas nos cabelos. Agora, a água fria e malcheirosa escorria por seu rosto, pingando em seus ouvidos e boca.

O estalido de um galho se quebrando ecoou. Spencer se levantou imediatamente com as mãos e o cabelo molhados.

— Tem alguém aí? — gritou com o coração disparado. Seria a polícia? Os policiais estavam ali para prendê-la? Eles descobririam Spencer com o *Easy A* e a levariam embora?

Alguém riu atrás de um arbusto.

— *Shh* — disse outra voz. Duas pessoas saíram da vegetação. Uma era Kelsey. A outra, Tabitha. Estavam de mãos dadas e encaravam Spencer.

— Oi, Spence! — disse Kelsey, alegre, notando as mãos molhadas de Spencer. — Você se sente culpada por alguma coisa, assassina?

— Não tem como você fugir de nós — sussurrou Tabitha. — Sabemos o que você fez.

Dando um sorriso enigmático, ela deslizou pelo declive. Spencer deu um passo para trás, tropeçando em uma enorme raiz retorcida. Em segundos, seu traseiro atingiu a margem do lago, e sua cabeça e seu ombro direito foram cobertos por água congelante. No mesmo instante, seu rosto ficou adormecido. Ao abrir os olhos, viu Kelsey e Tabitha sobre ela, as mãos vindo em sua direção. Estavam prontas para afogar Spencer. Prontas para a vingança final.

— Eu sinto muito! — balbuciou Spencer, debatendo-se na água gélida.

— "Sentir muito" não é suficiente! — rosnou Kelsey, empurrando-a para baixo.

— Você não "sentia muito" quando fez o que fez! — gritou Tabitha, pegando Spencer pelo pescoço.

— Mas sinto muito agora! — Spencer lutou para escapar das mãos delas, mas as meninas a seguravam com firmeza. — Não! Por favor! Não!

— Spencer?

Alguém a puxou do lago. A água gelada escorria por suas costas. O ar frio castigava seu rosto. Quando Spencer abriu os olhos, viu que Kelsey e Tabitha haviam desaparecido. E no lugar delas estava Beau, enrolando-a na jaqueta dele.

— Vai ficar tudo bem — consolou ele baixinho. — Tudo bem, tudo bem.

Spencer sentiu quando Beau a tirou do bosque. Depois de um instante, ela abriu os olhos mais uma vez e olhou em volta, choramingando e sem conseguir respirar. Estava de volta ao quintal de sua casa. Quando olhou para as palmas das mãos, não viu nada. Mas, apesar das visões de Tabitha e Kelsey terem desaparecido, a Kelsey *de verdade* estava ao lado de Amelia no gramado, a poucos metros de distância. Havia outras meninas ali, todas da orquestra da câmara, que tinham vindo para o ensaio daquela noite. Os olhos de Kelsey estavam arregalados, e em seu rosto havia um sorrisinho de satisfação.

— O que há de *errado* com ela? — perguntou Amelia com repulsa na voz.

— Nada. Ela está bem — respondeu Beau e continuou seguindo na direção da casa. — Só estávamos fazendo um exercício de teatro.

— O-O que *aconteceu*? — sussurrou Spencer, ainda zonza enquanto eles subiam a escadaria do pátio.

Beau sorriu.

— Você foi sensacional, realmente estava em sintonia com sua Lady Macbeth. Você *literalmente* mergulhou no método,

Spencer! São necessários anos e anos de estudo para que a maioria dos atores alcance esse nível de conexão emocional. Você vai brilhar amanhã.

Enquanto Beau a ajudava a passar pela porta de vidro, Spencer deu um sorriso fraco, como se estivesse ciente o tempo todo do que fazia. Mas seu peito parecia ter sido dizimado por um tornado. E, quando ela olhou para trás, a verdadeira Kelsey ainda a encarava. O sorrisinho também estava lá, como se Kelsey soubesse do verdadeiro motivo para o estranho surto de Spencer.

Como se soubesse de tudo.

# 25

## MAS SILÊNCIO! QUE LUZ SE ESCOA AGORA DA JANELA?

Hanna abriu os olhos. Do outro lado do quarto, um relógio digital mostrava em números grandes e vermelhos que eram 2:14. Um pôster enorme de uma banda chamada *Beach House* se encontrava pendurado na parede, e as janelas estavam escurecidas por persianas com blackout. Este não era um dos quartos dela. Mas então que lugar era aquele?

As molas do colchão rangeram quando ela se sentou. Uma luz tênue que chegava do corredor era refletida por um espelho, clareando o ambiente. Na porta do closet havia uma cortina de contas. Pendurado perto do interruptor, um purificador de ar em formato de trevo de quatro folhas perfumava o ambiente quando balançava. Sobre a mesa de cabeceira, Hanna viu a fotografia de uma menina de cabelo vermelho em uma moldura de prata da Tiffany. Perto dela, apostilas do curso de verão.

Hanna respirou fundo. Aquele era o dormitório de Kelsey na Universidade da Pensilvânia – ela se lembrava de alguns detalhes que tinha visto no verão passado. Mas como tinha vindo parar aqui... e por quê?

Alguém tocou em seu ombro. Hanna se virou e quase gritou. De pé na sua frente, uma menina loura bastante familiar, com o rosto em formato de coração e um sorriso perturbador. Era a Verdadeira Ali. Estava com uma camisa azul de botões e um blazer branco, o mesmo que usara na entrevista coletiva do ano anterior, quando seu retorno à Rosewood foi anunciado pelos DiLaurentis.

– Pensando em plantar alguma coisa aqui, Hanna? – provocou Ali, inclinando o quadril.

– Lógico que não! – Hanna escondeu o frasco com as pílulas atrás das costas. – E você, está fazendo o que aqui? Ora, você deveria estar...

– Morta? – perguntou Ali, rindo com a mão na boca. – Você não engoliu essa história, Han, qual é?

Em seguida, ela avançou na direção de Hanna com os braços estendidos.

Hanna ergueu-se de súbito na cama, arquejando. Correu as mãos pelos lençóis macios, esperando seus batimentos cardíacos diminuírem. Estava no pequeno quarto do loft da casa de seu pai de novo. No canto, o aquecedor assobiava baixinho. A porta do quarto estava fechada, e a televisão sem som exibia *Se beber não case*.

Mas a presença de Ali parecia ter sido tão *real*. Hanna quase conseguia sentir o cheiro do sabonete de baunilha.

*Bzzz Bzzz*. Hanna procurou seu celular. O iPhone brilhava com uma nova mensagem de Liam.

**Oi. Vá até a varanda.**

Com cuidado, Hanna escorregou para fora dos lençóis e foi na ponta dos pés até as portas francesas que levavam à sua varanda de Julieta. Dot saiu de sua caminha para segui-la. O trinco rangeu quando Hanna o girou. As portas fizeram barulho ao serem abertas. Ela foi atingida por uma rajada de vento e pôde sentir o cheiro gelado do inverno.

— *Bu!*

Hanna gritou. Dot deu um latido estridente.

— Ei! Calma! — acalmou-a Liam, agarrando Hanna pelos ombros. — Está tudo bem! Sou eu!

— Você me deu um susto! — disse Hanna.

Dot começou a latir.

— *Shhh.*

Liam se abaixou para acariciar o cãozinho.

— Isso deveria ser um encontro surpresa, não uma festa para a vizinhança!

Hanna encarou Liam. Ele usava uma capa J. Crew com capuz, uma echarpe preta, jeans escuros e botas. Ela baixou os olhos ao longo da lateral da casa que ele percorrera.

— Como sabia onde eu moro? E como chegou aqui em cima?

— Joguei seu endereço no Google — explicou Liam. — E, então, subi. — Ele apontou para a treliça que servia de suporte para as plantas que cresciam junto à parede da casa.

— Você não pode ficar aqui, Liam! — sussurrou Hanna. — Meu pai está no andar de baixo! E, pelo jeito, minha irmã postiça sabe sobre nós!

Liam afastou uma mecha de cabelo castanho do rosto de Hanna.

— Pensei em fazermos uma festa do pijama.

— Você perdeu o juízo? — Hanna deu uma olhada para a porta fechada do quarto. Ela meio que esperava que Kate aparecesse ali ou, pior ainda, que o pai dela e Isabel aparecessem. O que poderia fazer em uma situação dessas? Empurrar Liam do balcão? Escondê-lo debaixo da cama?

Liam tomou as mãos dela.

— Diga que não estava com saudade.

Hanna baixou os olhos para seus pés pálidos, que saíam da calça do pijama, e, em seguida, olhou para a cama, onde estava Cornelius Maximilian, seu velho rottweiler de pelúcia. Sabia que deixar Liam ficar era botar tudo a perder. Mas, quando encarou novamente aqueles olhos gentis e felizes, o sorriso travesso dele e a adorável covinha em sua bochecha direita, seu coração derreteu.

Sem dizer uma palavra, Hanna o puxou para dentro do quarto. Eles se jogaram na cama de Hanna e imediatamente começaram a se agarrar. As mãos de Liam acariciavam todo o corpo de Hanna, e os lábios dele devoravam sua pele. Quando ele mordeu o pescoço dela, Hanna soube que haveria uma marca ali pela manhã, mas não se importou.

Em seguida, ele se recostou na cama e olhou para ela.

— Eu me sinto tão bem quando estamos juntos, Hanna. É como se você não fosse me julgar, não importa o que eu diga. Nunca me senti assim, com menina nenhuma.

— Também me sinto assim, Liam — disse Hanna, realmente tocada. — É maravilhoso.

— *Mágico* — sussurrou Liam. — Eu nunca acreditei naquela história de almas gêmeas. Mas mudei de opinião.

Hanna apoiou a cabeça na mão.

— Conte-me algo sobre você que ninguém mais sabe.

— A confissão sobre meu enorme medo de aranhas não foi suficiente? — Liam se virou. Alguns segundos se passaram até que ele começasse a falar. — Quando era pequeno, eu tinha um amigo imaginário. Ele era um vampiro.

Hanna franziu o nariz.

— É mesmo?

— É. O nome dele era Frank, e, sabe, ele era a cara do Drácula. Dormia de cabeça para baixo no meu armário, tipo um morcego. Eu pedia para a minha mãe colocar um prato extra na mesa de jantar.

Hanna deu uma risadinha.

— Para um vampiro?

Liam deu de ombros.

— Ah, você sabe. Parecia uma boa ideia na época. Eu queria que Frank fosse meu verdadeiro pai. Meu pai e eu, nós... não nos dávamos bem. — Ele olhou um pouco aflito para Hanna. — Bem, ainda não nos damos tão bem.

Hanna se ajeitou no travesseiro. Ela não queria falar sobre o pai de Liam.

— Eu também tinha uma porção de amigos imaginários. Meu pai e eu inventamos algum deles juntos, para falar a verdade. Havia uma grande coruja chamada Hortense, que me vigiava enquanto eu dormia. Você sabe, eu tinha medo do escuro e de ficar sozinha. Quando entrei para o quarto ano, eu não tinha amigas *de verdade*, e então meu pai costumava desenhar Hortense no saco de papel pardo do meu almoço. Era muito fofo. — Ela fechou os olhos e lembrou-se dos desenhos bobocas que seu pai fazia com tanto carinho nos sacos de papel pardo. Hanna guardava uma pilha deles em sua pasta escolar e olhava para eles quando se sentia muito sozinha.

Mas, no quinto ano, de repente os desenhos sumiram. Os pais dela começaram a brigar.

— É maravilho saber que seu pai é um cara presente em sua vida — disse Liam gentilmente.

Hanna respirou fundo.

— Bem, ele costumava ser.

— O que aconteceu?

Dot roncava na caminha dele, dormindo quietinho. Por baixo da porta, um tênue feixe de luz amarelo alcançava o quarto. Hanna pensou no pai dormindo em sua cama *king size* no andar de baixo, com Isabel ao lado dele. Depois, pensou em Kate em sua cama *queen size* no quarto bem ao lado do deles, os olhos cobertos por uma máscara de dormir. O pai de Hanna lhe dissera que não havia quartos de hóspedes no andar de baixo, mas, cruzando o corredor daquele andar, Hanna viu um quarto repleto do material de costura das colchas de Isabel. Por que o pai não havia, então, instalado Hanna naquele quarto? Será que ele não se lembrava do medo que Hanna costumava ter do escuro e de como os pesadelos dela eram pavorosos? Hanna morreria de vergonha se ele falasse sobre isso, mas teria sido gentil da parte dele oferecer.

Ele tinha sido um amor por encontrar Cornelius, mas aquilo seria suficiente? Era como se o pai ainda quisesse manter certa distância de Hanna, considerando-a algo separado de sua família de verdade.

Hanna encarou Liam, sentindo-se sobrecarregada pela tristeza.

— Meu pai e eu costumávamos ser muito próximos — disse ela. — Mas, sabe, a situação mudou. — Hanna contou a Liam sobre a amizade com Ali, que nascera em meio ao divórcio dos pais, mas que nem mesmo a amizade com a garota mais popular de Rosewood Day compensava a falta do pai em sua vida. Contou a história humilhante de quando ela e Ali foram a Annapolis e conheceram Kate. – Desde que Kate apareceu, nunca mais me senti boa o suficiente. – Hanna suspirou. – E sempre me pareceu que meu pai gosta mais dela.

Com uma expressão compreensiva, Liam fez mais perguntas, apertando as mãos de Hanna quando ela parecia prestes a chorar.

– Mas as coisas entre nós estão bem melhores agora, eu não deveria reclamar – falou ela. – Só que... sei, eu gostaria de poder voltar para o momento em que meu pai e eu éramos amigos. Acontece que, nesse tempo para o qual eu quero voltar, eu não era realmente feliz. Eu era popular, mas ainda era gorda, feia e perseguida de modo terrível por minha melhor amiga. Então, será que eu desejo *realmente* voltar para aquela vida? É como se eu ansiasse por uma época que não existe.

Liam suspirou.

– Pois eu desejo voltar ao tempo em que meus pais eram felizes juntos.

– Sinto muito pelo que aconteceu entre eles – sussurrou Hanna. – Não deve ser fácil.

Um olhar ausente passou pelo rosto de Liam. Ele respirou profundamente e pegou as mãos de Hanna entre as dele.

– Agora, você é a única coisa boa na minha vida. Prometa que jamais deixaremos nada nos separar. E que sempre vai me contar tudo. Não pode haver segredos entre nós.

– Claro. – Um pensamento acusador se instalou na mente de Hanna. Ela não havia contado absolutamente tudo a Liam.

Ainda não. Liam não sabia nada sobre a Nova A. Ou Kelsey. Ou Tabitha.

O dormitório com o qual sonhara dava voltas em sua mente, tão claro e real! O trajeto que fizera entre Rosewood e Philly na noite em que Spencer pedira que ela fosse até Penn tinha sido confuso. Hanna estacionara o carro na vaga indicada por Spencer e encontrara a porta dos fundos entreaberta. Ninguém a impediu quando ela digitou o código na fechadura eletrônica do quarto de Kelsey. Ninguém disse nada quando a porta se abriu e ela entrou. Hanna tirou as pílulas do bolso e as enfiou debaixo do travesseiro de Kelsey. Mas mudou de ideia e colocou-as em uma gaveta vazia da mesa de cabeceira. Em um minuto estava tudo acabado, e Hanna deixou o quarto de Kelsey. Dois minutos depois, estava no celular com a polícia, dizendo exatamente o que Spencer pedira que dissesse.

A culpa não a atingiu até que, dirigindo para casa, passou por um policial. Do outro lado da rodovia, ele aplicava o teste do bafômetro em duas adolescentes aparentemente bêbadas. Uma delas era ligeiramente parecida com Kelsey, ruiva e magra, com pernas bonitas. A imagem do que a verdadeira Kelsey provavelmente estava enfrentando naquele instante, por causa de Hanna, surgiu repentinamente na mente dela. Já não bastava a culpa que sentia pelo que ocorrera na Jamaica? O que aconteceria se ela estacionasse o carro, ligasse para a polícia e contasse que cometera um erro?

Hanna estava com a respiração ofegante. Se tivesse feito isso, dito aos policiais que tudo não passara de um erro, será que A – Kelsey – estaria agora perseguindo as meninas? Talvez elas realmente merecessem o ódio desse Novo A. Talvez elas mesmas tivessem provocado a situação.

— Ei, você está bem?

Hanna piscou, voltando para o quarto dela e para o momento presente. Liam tinha parado de massagear os ombros dela e a observava com atenção. O segredo estava sempre ao lado dela, quase como uma terceira presença na cama. Talvez não houvesse problema em contar tudo a Liam. Talvez ele pudesse pensar em uma saída.

Mas, naquele instante, um carro passou acelerando pela rua. Alguma coisa provocou uma coceira no nariz dela, e Hanna espirrou. E essas duas coisas sem importância alteraram o momento. Hanna *não podia* contar coisa alguma a Liam. Nada, nada mesmo.

— Sim, estou — disse ela baixinho. — Só estou feliz por estar aqui, com você.

Liam abraçou Hanna com força.

— Também estou muito feliz por estar aqui com você.

Liam parecia tranquilo, feliz. Mas, depois de ele cair no sono nos braços de Hanna, ela ainda encarava o teto, desperta. Não importava o quanto tentasse esquecer, tinha o pressentimento de que nenhum dos seus segredos permaneceria protegido por muito tempo.

Não se A pudesse fazer alguma coisa a respeito.

# 26

## MAS A MÃE DE ARIA NÃO TINHA PROIBIDO A ENTRADA DE GAROTOS NO QUARTO?

Na sexta-feira à tarde, Ezra entrou no quarto de Aria na casa de Ella e deu um sorriso.

– Uau. É como eu imaginei.

– Mesmo? – perguntou Aria, tocada por ele se importar em imaginar o quarto dela.

Um ônibus escolar barulhento despejou mais crianças na esquina. Ella estava na galeria, e Mike, no treino de lacrosse, o que queria dizer que Aria e Ezra tinham a casa só para eles por um tempinho. Mais tarde, Aria veria Klaudia para discutir o trabalho de história da arte. No momento, ela observava seu quarto tentando vê-lo como Ezra veria. Velhas estantes perfilavam-se em uma das paredes. Tinham sido compradas por Byron em um mercado de pulgas e estavam entulhadas com livros e revistas. Uma confusão de colares, maquiagem, vidros de perfume e chapéus jazia em cima de uma penteadeira antiga que Ella começara a restaurar, cansando-se antes de terminar o projeto. Sobre a escrivaninha, estava sua coleção de animais de pelúcia, retirada às pressas da cama naquela manhã, assim que Aria teve o pressentimento de que Ezra poderia ir até lá. Ezra não precisava saber que ela ainda dormia com Pigtunia, sr. Gato de Tricô, sr. Cabrito de Tricô e a sra. Coisa Quadrada de Tricô com Braços Fiapentos, que Noel tinha dado para Aria depois de ganhá-la no verão anterior, em um parque de diversões. Aria não sabia por que guardara a sra. Coisa Quadrada de Tricô. Noel tinha sido um amor naquele dia, atirando dardos nos balões até conseguir ganhar para Aria exatamente o brinquedo que ela queria, mas Aria sabia que Ezra seria ainda mais adorável se eles tivessem a chance de ir a um parque de diversões juntos.

Ezra correu os dedos pela cúpula de um abajur pregueado que Aria comprara em uma loja de antiguidades, sorriu ao ver um autorretrato que ela fizera com caneta tinteiro no primeiro ano do ensino médio e, pela janela, observou os gansos-do-canadá no laguinho.

— Seu cantinho é maravilhoso. Você quer mesmo abandoná-lo?

— Você quer dizer, ir para Nova York? — Aria se jogou na cama. — Um dia vou precisar ir embora da casa da minha mãe, você sabe.

— Mas... não é cedo demais? E você teria que terminar o ensino médio on-line... Seus pais já sabem de seus planos?

Aria ficou furiosa por Ezra colocar os pais dela na conversa, como se ela fosse uma menininha.

— Ora, eles vão entender. Moravam em Nova York quando eram jovens. — Ela virou o rosto, sentindo o coração afundar de pânico. — Por quê? Não quer que eu vá morar com você? — Ela se lembrou do encontro que tiveram com

Klaudia na livraria. Aria havia prometido a si mesma que não mencionaria o empréstimo do manuscrito para Klaudia, mas não conseguia impedir-se de sentir um pouquinho de ciúme quando se lembrava disso.

— Claro que quero que você venha morar comigo. — Ezra acariciou a perna dela. — É só que... Você não está indo para Nova York por nenhum outro motivo, está? Ontem eu vi Noel Kahn no drive-thru do McDonald's e...

Aria riu, constrangida.

— Nada disso tem a ver com Noel.

O que mais ela poderia dizer? *Bom, já que você perguntou, há alguém chamado A que sabe tudo sobre a coisa mais terrível que já fiz na vida. E já que estamos no assunto, A pretende me matar.* Emily telefonara para Aria na noite anterior, para contar sobre o empurrão que A lhe dera no alto da ribanceira na trilha de Stockbridge. Aquilo a deixara apavorada. Ela precisava sair da cidade, afastar-se daquele psicopata do A. A imensa Nova York, impessoal e anônima, era o mais próximo de um esconderijo perfeito que Aria conseguia imaginar.

Ela pegou o rosto de Ezra nas mãos.

— Quero ir para Nova York por você e apenas por sua causa, Ezra. Andei dando uma olhada em apartamentos no Brooklyn na internet. Acho que poderíamos achar um lugar sensacional por lá. E talvez pudéssemos ter um cachorro. Ou um gato se você for do tipo que prefere gatinhos. Poderíamos levar o gato para passear em torno do quarteirão preso a uma coleira.

— Acho que seria maravilhoso — murmurou Ezra, afastando uma mecha de cabelo dos olhos de Aria. — Se você estiver falando sério sobre isso, vou começar a tomar providências, e podemos partir em alguns dias.

Aria inclinou-se para beijá-lo, e Ezra a beijou de volta. Mas, quando ela abriu os olhos por um instante, os dele já estavam abertos. Ele olhava atentamente para alguma coisa do outro lado do quarto.

— Aquela é uma primeira edição? — Ele se endireitou, apontando para um livro na estante. Em letras douradas na lombada, podia-se ler *O sol também se levanta*. — Parece muito antigo.

— Não, meu pai roubou da biblioteca da Universidade de Hollis. — Aria se levantou, apanhou o livro e o entregou para Ezra. Quando ele abriu a primeira página, o ar se encheu com o cheiro de mofo. — Bem, de qualquer jeito, é um dos meus favoritos.

Ezra a cutucou.

— Ei, eu pensei que *meu* livro era o seu favorito.

Ezra disse isso como uma brincadeira, mas, no fundo, era sério. O que Ezra queria exatamente? Que Aria o comparasse com Hemingway?

— Bem, você sabe, *O sol também se levanta* é uma obra-prima da literatura — tentou explicar Aria. — Mas o seu também é bom. *Muito* bom.

Ezra afastou-se, soltando as mãos de Aria.

— Bem, talvez não seja.

Aria lutou para não gemer alto. Ezra sempre fora tão inseguro ou escrever um livro o deixara assim?

— Seu livro é maravilhoso — disse ela, dando um beijo na ponta do nariz dele. — Agora venha se deitar comigo.

Fazendo bico, Ezra deitou-se no travesseiro ao lado de Aria. Ela começou a fazer carinho no cabelo dele. Segundos depois, ouviu-se uma batida de porta no andar de baixo.

— Aria? — chamou Ella.

Aria se assustou, e o coração dela disparou.

— Ah, *droga*.

— O que foi? — Ezra também se levantou.

— É minha mãe. Eu pensava que ela ia demorar horas! — Aria pulou para fora da cama, enfiando os pés nos sapatos e depois entregou a Ezra os sapatos dele. — Precisamos dar o fora daqui.

Ele pareceu decepcionado.

— Você não vai me apresentar a ela?

Os saltos de Ella faziam barulho no chão de madeira no andar de baixo.

Desesperada, Aria pensou em todo tipo de coisa.

— Eu... Ezra, eu não pude preparar minha mãe para isso. — O rosto de Ezra tinha uma expressão ausente. — Ano passado você era meu professor. Minha mãe esteve em uma reunião de pais e mestres com você. Você não acharia isso tudo um pouco estranho?

Ezra deu de ombros.

— Não.

Surpresa, Aria o encarou, mas ela não tinha tempo para uma discussão.

— Vamos, vamos — chamou ela, tomando-o pela mão e arrastando-o pela escada assim que Ella entrou no lavabo. Aria pegou o casaco de Ezra no armário do corredor e quase o jogou em cima dele, antes de empurrá-lo pela porta.

O mundo cheirava a calçadas aquecidas pelo sol e a chaminés fumegantes. Aria percorreu o caminho de pedrinhas que levava ao fusca de Ezra, estacionado junto ao meio-fio.

— Vamos falar sobre Nova York em breve, tudo bem? — murmurou ela. — Tenho uma porção de apartamentos incríveis para mostrar a você.

— Aria, espere aí.

Aria se virou. Com as mãos nos bolsos, Ezra ainda estava parado na varanda.

— Você sente *vergonha* em ser vista comigo?

— Não! Claro que não. — Aria se aproximou dele. — Mas ainda não posso explicar para minha mãe o que está acontecendo. Prefiro contar quando estivermos a sós, depois de ordenar meus pensamentos.

Ezra a encarou por um momento, com uma sombra em seus olhos, e então suspirou.

— Certo. Então nos vemos amanhã?

— Sim. Não... não posso. — Aria balançou a cabeça. — Eu tenho uma coisa na escola amanhã. — Era a apresentação de *Macbeth*. Aria e Ella assistiriam à atuação de Mike e depois iriam à festa do elenco no Otto. Aria não poderia levar Ezra com ela para Rosewood Day. — Nós nos vemos no domingo, então?

— Isso, domingo. — Ezra deu um beijo no rosto dela, entrou no carro e foi embora.

Aria assistiu ao carro se afastando, abraçando a si mesma. Um movimento à esquerda chamou a sua atenção, e ela se virou. Um vulto se moveu perto dos arbustos espessos que separavam a casa dela da dos vizinhos. Aria viu de relance cabelos louros. Sobre as folhas úmidas ouviu passos.

— Oi? — chamou Aria.

Mas de repente o movimento parou, e o vulto não estava mais ali. Aria fechou os olhos com força. Quanto antes ela e Ezra saíssem de Rosewood, melhor.

★ ★ ★

Uma hora depois, Aria entrava na Bixby, uma cafeteria no *campus* da Hollis, e viu Klaudia sentada em uma das mesas dos fundos, usando um suéter preto justo, uma saia jeans ainda mais justa e botas pretas de salto alto. Seu cabelo louro claro brilhava, a pele dela era perfeita como porcelana, e todos os homens da cafeteria a observavam.

— Esperei *muita* você — disse Klaudia de um jeito mimado quando viu Aria e fez biquinho com seus lábios absolutamente perfeitos. — Esperei quase *quinza* minutos!

— Desculpe — disse Aria jogando seu livro de história da arte sobre a mesa. Depois disso, foi até o balcão para pedir um café, o que fez Klaudia resmungar, indignada. A fila era longa, todo mundo ali tinha pedidos complicados, e, quando Aria finalmente voltou para a mesa, o rosto de Klaudia estava vermelho de raiva.

— Ei, *ter* planos, *fica* sabendo! — falou Klaudia, nervosa. — *Tenho Noel para encontro!*

*Eu sei muito bem disso*, queria responder Aria. *Você roubou Noel de mim. Você ganhou.* Ela se inclinou.

— Escuta aqui, você se importa de falar direito comigo? Eu sei que você consegue.

Klaudia sorriu de um jeito maldoso.

— Como você quiser — disse ela, fazendo desaparecer, imediatamente, aquele sotaque caricato.

Klaudia deu uma batidinha no próprio livro de história da arte com uma caneta rosa-shocking.

— Já que estamos sendo honestas uma com a outra, estive me perguntando se você se incomodaria em fazer minha parte do projeto. Meu tornozelo ainda está doendo.

Aria espiou a perna de Klaudia, apoiada em uma cadeira. Ela nem estava mais usando o gesso.

– Você não pode passar o resto da vida me explorando – disse ela. – Vou fazer a minha parte do projeto, mas é só isso. Podemos até trabalhar juntas, mas de jeito nenhum vou fazer seu trabalho para você.

Klaudia endireitou-se e queimou Aria com um olhar maldoso.

– Então talvez eu conte a Noel tudo o que você fez comigo.

Aria fechou os olhos, sentindo-se subitamente exausta de ser chantageada.

– Quer saber? Conte a ele. Não estamos juntos, de qualquer forma. – Depois de dizer isso, Aria se sentiu mais leve e mais livre. Em breve, ela iria embora da cidade. Nada daquilo importava.

O bico de Klaudia aumentou.

– Pois eu vou contar ao seu novo namorado, então. O sr. Escritor. Não foi um amor da parte dele me deixar ler o romance? É tão triste que o herói morra no final, não é?

Aria se contraiu brevemente quando o romance de Ezra foi mencionado – tinha mais a fazer do que brincar de Clube do Livro com Klaudia.

– Olha aqui, garota, se você contar a qualquer um o que eu fiz, também vou contar o que *você* me disse no teleférico sobre toda essa história de loura burra ser apenas um teatrinho. Você anunciou que ia dormir com Noel de qualquer jeito, lembra? E você me *ameaçou*, lembra-se disso também?

Klaudia franziu a testa. Guardou o livro na bolsa e se levantou.

— Sugiro de forma enfática que você considere fazer minha parte do trabalho de história da arte. Vou odiar ser a pessoa que vai azedar as coisas entre você e o poetinha.

— Eu *já* considerei o assunto — disse Aria sem hesitar. — E eu não vou fazer seu trabalho. Aceite isso.

Klaudia apanhou sua bolsa no ombro e deixou a lanchonete, enraivecida, serpenteando entre as mesas e quase esbarrando em um universitário que equilibrava um café e um bolinho num prato.

— *Vejo você um horrra desses!* — gritou Aria, triunfante.

Um cantor de música folk que se apresentava na calçada, junto à enorme janela da cafeteria, começou uma canção de Ray LaMontagne quando Klaudia passou por ele. Aria abriu o livro, sentindo-se bem consigo mesma. Trabalhar sozinha seria bem mais agradável. Consultando o índice, encontrou o capítulo sobre Caravaggio.

Aria começou a ler. *Em 1606, Caravaggio matou um rapaz em uma briga. Mas ele não foi condenado e fugiu de Roma, pois sua cabeça estava a prêmio.*

*Credo.* Aria foi para a página seguinte. Mais três parágrafos descrevendo como Caravaggio era um cara violento e um assassino. Foi então que Aria percebeu que alguém tinha colocado um Post-it amarelo com uma anotação no canto inferior direito da página. Uma seta apontava para a palavra *assassino* no texto. Havia também um bilhete.

Parece que você e Caravaggio têm algo em comum, Aria!
Não pense que você vai escapar do meu ódio, assassina.
Você é a mais culpada de todas. – A

# 27

## QUEBRE A PERNA, LADY MACBETH!

Os alunos de Rosewood, os pais e os moradores da cidade acomodaram-se no auditório do colégio Rosewood Day no sábado à noite para assistir à primeira e única apresentação de *Macbeth* do departamento de teatro. A atmosfera estava elétrica de ansiedade. Em poucos minutos, as luzes da plateia foram apagadas, o público se acalmou, as três bruxas assumiram suas posições para a primeira cena, e a cortina foi aberta. O palco foi tomado pela fumaça do gelo-seco. As bruxas faziam o que era esperado delas e gargalhavam, amaldiçoavam e profetizavam. Aos olhos do público, a montagem começara bem organizada e impecável, mas o caos reinava nos bastidores.

– Pierre, ainda não fui maquiada! – Kirsten Cullen abordou Pierre usando seu uniforme de criada.

– Pierre, onde estão as armaduras? – perguntou Ryan Schiffer aos sussurros, ainda no uniforme de Rosewood Day.

Segundos depois, Scott Chin também foi falar com o diretor.

— Pierre, esta espada é ridícula. — Ele fez uma careta, exibindo um projeto de arte dos alunos do nono ano decorado com uma folha metálica e que tinha a ponta arredondada.

Pierre olhou para todos eles enquanto seu rosto assumia um tom de rosa nada agradável. Com o cabelo em pé e a camisa para fora da calça, Pierre tinha na mão um único pé de um sapato de salto alto, por alguma razão que Spencer não conseguia imaginar. Quem sabe aquilo era outra das muitas superstições de *Macbeth*?

— Por que vocês, garotos, não tomaram essas providências um pouco mais cedo? Por que deixar tudo para ser resolvido miraculosamente *cinco minutos antes da cena de vocês*? — urrou Pierre.

Spencer se acomodou em uma caixa de adereços, alisando a bainha do vestido de veludo de Lady Macbeth. Normalmente, sentir o clima dos bastidores em uma noite de estreia era um dos momentos que ela mais amava, mas naquela noite, enquanto ouvia as maldições das bruxas no palco, temia por sua primeira aparição, que aconteceria em questão de minutos. *Elas me encontraram no dia da vitória*, repetia Spencer para si mesma. Era sua primeira fala. Mas e depois? Qual era a fala seguinte?

Spencer se levantou e arriscou uma espiadela pela cortina. Os irmãos e irmãs mais novos remexiam-se nas poltronas, cansados da peça depois de apenas alguns minutos. As garotas e os garotos comiam pipoca comprada na Steam, a cafeteria de Rosewood Day, que, naquela noite, servia de barraquinha de lanches. Spencer mal conseguia enxergar o cinegrafista da escola captando o que acontecia no palco com a câmera apoiada em um tripé. Se as coisas naquela noite corressem bem, a atuação de Spencer em vídeo iria influenciar o comitê de admissões de Princeton a escolher Spencer J. em vez de Spencer F.

Mas... e se as coisas *não corressem bem*?

Um louro no meio da plateia chamou a atenção de Spencer. A sra. Hastings estava sentada na quarta fileira, seus brincos de diamante refletindo as luzes do palco. Melissa e Darren Wilden estavam sentados ao lado dela com os olhos fixos nas bruxas do palco. E, por mais incrível que pudesse parecer, Amelia estava sentada ao lado de Wilden, folheando, indiferente, o programa da peça. Do outro lado dela, estava o sr. Pennythistle, usando um terno cinzento e gravata. Aquilo aqueceu o coração de Spencer. Era muito gentil da parte dele se arrumar todo para vir vê-la.

Dois corredores para trás, Spencer vislumbrou outro rosto. Uma garota de cabelos vermelhos assistia à peça, mastigando sem parar um pedaço de chiclete. Spencer cobriu a boca.

Era Kelsey.

Spencer sentiu as pernas fraquejarem. E, quando viu o rosto da menina ao lado dela, quase caiu. O rostinho gentil de Emily olhou-a de volta. Elas tinham ido *juntas*.

Lentamente, o olhar de Kelsey chegou a Spencer, e a garota estreitou os olhos. Depois, ergueu a mão e acenou para Spencer agitando os dedos, ao mesmo tempo que lhe dava um sorriso enorme e muito esquisito. Spencer baixou a cortina com um movimento rápido e deu uns passos incertos para trás, tropeçando em uma pilha de anáguas jogadas no chão.

– Oi.

Assustada, Spencer deu um grito e se virou. Beau recuou, cobrindo o rosto. Ele usava uma armadura perfeitamente moldada para o corpo dele.

— Ei, tudo bem com você? Nervosa?

— Não, claro que não — respondeu Spencer, mas seu coração batia como a agulha de uma máquina de costura. Ela estava morrendo de vontade de dar outra espiadela pela cortina. O que Kelsey fazia ali? Será que esperava que Spencer tivesse outro ataque como o que tivera junto ao bosque quando ensaiava com Beau e revelasse todos os seus segredos no palco?

— Spencer! — Pierre se aproximou dela, avaliando-a de cima a baixo. — Venha já aqui, assuma a posição para sua primeira cena!

Por um momento, os membros de Spencer não obedeceram. Ela queria sair correndo pela porta dos fundos e ir direto para casa. Ela não podia subir naquele palco — não com Kelsey na plateia. Mas então as coisas começaram a acontecer em velocidade supersônica. Pierre a guiou pelos bastidores até a entrada do palco. As luzes caíram sobre a pele dela como se tivessem peso, puxando-a para baixo. Os rostos da plateia estavam voltados para ela, e seus sorrisos pareciam afetados e cruéis. Só levou um instante para que Spencer localizasse Kelsey na plateia. Ela encarava Spencer abertamente, com o mesmo sorriso perturbador no rosto.

*Você se sente culpada por alguma coisa, assassina?* A voz de Kelsey, que ouvira em sua alucinação, gargalhou de forma sinistra na mente de Spencer.

*Sabemos o que você fez!*, berrou Tabitha.

A plateia prendeu a respiração, à espera. Alguém tossiu. Spencer sabia que deveria dizer sua primeira fala, mas não conseguia se lembrar dela. Nos bastidores, Pierre gesticulava como um insano. E, então, um sussurro veio de trás da cortina.

— *Elas me encontraram no dia da vitória* — murmurou Edith, a assistente de Pierre que servia de ponto da produção, recitando a primeira fala de Spencer. Spencer *nunca* precisara de ponto.

Ela abriu a boca como um peixinho. Um som, quase um grasnido, escapou do fundo de sua garganta, imediatamente amplificado por inúmeros microfones distribuídos pelo palco. Alguém riu da plateia.

Edith sussurrou as falas de Spencer mais uma vez. Por fim, Spencer conseguiu falar. Sobreviveu à primeira fala, mas precisou se esforçar muito para pronunciar cada palavra. Ela se sentia atolada na lama, berrando do fundo de um poço muito fundo.

Felicity McDowell, que interpretava a aia de Lady Macbeth, entrou em cena. Spencer resmungou sua próxima fala e, então, a seguinte. Desesperada, procurava com os olhos o cinegrafista da escola, que estava registrando a peça. O nervosismo de Spencer era contagioso, Felicity também esqueceu uma de suas falas e depois tropeçou em um adereço do cenário. Quando Beau entrou em cena para anunciar que o rei viria vê-los naquela noite, Spencer achou que fosse começar a chorar. No final da cena, saiu trôpega do palco, como se tivesse participado de uma maratona.

Pierre se plantou na frente dela com as mãos na cintura.

— O que diabos foi *aquilo*?

Spencer baixou a cabeça.

— Eu vou me recompor. Prometo.

— Você promete? O que acaba de fazer foi inaceitável!

Pierre estalou os dedos, e Phi Templeton se materializou ao lado dele, atenta como um cão de caça. Usava um vestido parecido com o de Spencer. Em sua mão, o texto de *Macbeth* com as partes de Lady Macbeth sublinhadas.

— Por que ela está vestida igual a mim? — perguntou Spencer.

— Porque *eu* mandei, e *graças a Deus* por isso! — berrou Pierre, louco da vida. — Temi que algo desse tipo fosse acontecer, então disse a Phi que ficasse preparada para qualquer coisa.

O queixo de Spencer caiu.

— Você não pode trocar as atrizes em uma peça em andamento, Pierre!

Pierre colocou as mãos na cintura de novo.

— Ah, não? Pois me observe. Você tem mais uma chance. Se cometer qualquer outra falha, mando Phi no seu lugar, Spencer.

Pierre se afastou, irritado, e Spencer, tonta, apoiou-se contra uma mesa baixa, perguntando-se se não seria mais sensato simplesmente entregar o papel para Phi agora mesmo e ir embora. Não havia a menor possibilidade de ela enviar aquela primeira cena para o comitê de Princeton. As gargalhadas em Nova Jersey seriam ouvidas em Rosewood.

— Ei.

Spencer ergueu os olhos e viu Beau ao lado dela, trincando os dentes e com os olhos verdes faiscando.

— Spencer, não dê ouvidos a esse cretino, certo? — sussurrou ele. — Você se distanciou emocionalmente da cena. Isso acontece com todos os atores do mundo de vez em quando. Mas ainda dá tempo de reverter isso. Vá para o mesmo lugar em que esteve ontem. Reacenda aquele fogo.

— Eu *não posso* reacender aquele fogo. — Os olhos dela se encheram de lágrimas. — Isso me fez surtar!

— Não, não foi assim. — Beau juntou as mãos dela com as dele, apertando-as com força. — Aquilo fez de sua atuação algo *sublime*. Qualquer que seja o fardo que carrega, Spencer, use-o. Supere. Não deixe que ele a paralise.

Spencer o encarou. O rosto de Beau estava tão perto do dela que parecia que ele ia beijá-la a qualquer momento.

Pierre voltou, e os dois pularam para longe um do outro.

— Lady M, sua próxima cena se aproxima. Você está pronta ou prefere desistir já e poupar a todos de mais um desastre?

Abalada, Spencer olhou para Beau, como se quisesse que ele tomasse a decisão por ela.

— Se ficar nervosa, olhe para mim na boca do palco, certo? — sussurrou ele.

Spencer assentiu.

— Estou pronta — disse ela a Pierre.

Em pouco tempo, Spencer ouviu sua deixa e entrou de novo no palco. As luzes quentes eram uma punição. Os atores em cena viraram-se na direção dela, e Seth Cardiff, que estava interpretando Duncan, disse sua primeira fala.

Em seguida, Spencer deveria falar, mas, mais uma vez, ela congelou. Por um segundo, teve medo de gaguejar. Os atores, constrangidos, esperavam. A multidão cobriu os olhos. Pierre gesticulava, parecendo furioso. E, de repente, Spencer entendeu tudo. Era exatamente *aquilo* o que A — Kelsey — esperava. Que Spencer atuasse mal e fracassasse. Para que ela perdesse sua chance de ser aceita em Princeton.

Spencer desviou os olhos para os bastidores e se alimentou da expressão encorajadora de Beau. E então, como se um interruptor tivesse sido ligado dentro dela, o fogo correu por suas veias. Ela havia trabalhado duro demais, por muito tempo, para permitir que Kelsey a destruísse. Spencer não ia entregar os pontos para aquela vagabunda.

— *Fossem duplos nossos trabalhos, sob qualquer aspecto, e depois redobrados* — recitou Spencer, transformada. Durante toda a cena, as palavras fluíam de sua boca, e sua atuação foi afiada e precisa. Os outros atores e o público se tranquilizaram. Quando chegou o momento de Beau entrar em cena e discutir com ela se matar ou não o rei seria mesmo uma boa ideia, ela já se sentia a antiga Spencer. Ao deixar o palco, recebeu até um punhado de aplausos aliviados.

Pierre surgiu na frente dela nos bastidores, batendo em seus lábios com uma caneta.

— Bem, acho que agora você foi *melhor*.

Spencer simplesmente passou reto, sem se importar com o que ele pensava. Beau a alcançou e, segurando-a pelo braço, fez com que ela se virasse.

— Você foi sensacional!

A princípio, Spencer pensou que Beau ia apenas abraçá-la, mas ele se inclinou e lhe deu um longo e apaixonado beijo. Surpresa demais para raciocinar, Spencer ficou tão assustada que se deixou ficar ali, parada por um instante. E então ela o beijou de volta. E, mesmo usando um vestido grosso de veludo, foi tomada por calafrios.

Perto deles, alguém engasgou. Spencer se virou e viu Kate, Naomi e Riley observando a cena como patetas. Triunfante, ela se voltou e beijou Beau ainda mais profundamente. Em segredo, Spencer desejava que a cortina se abrisse e que a plateia também visse o que estava acontecendo. Apenas para que Kelsey soubesse como seu plano tinha dado errado.

# 28

## A VERDADE DEVE TRIUNFAR

Depois que a peça acabou, Emily empurrou as portas duplas do Otto, o sofisticado restaurante italiano onde acontecia a festa do elenco de *Macbeth*. Ao entrar, foi recebida pelos aromas familiares de alecrim, azeite e muçarela quente, que fizeram cócegas em seu nariz. Ela reconheceu a mulher séria e grisalha na recepção. Os Fields jantaram juntos no Otto na ocasião da formatura de cada uma das crianças da família, Carolyn, Beth e Jake, em Rosewood Day. Sentavam-se juntos nos bancos longos, compartilhando enormes porções de *penne alla vodka* e de salada *Caprese*. Quando Beth se formou, Emily estava no sexto ano e convidou Ali também. As duas passaram a noite enviando SMS bobos uma para a outra e, depois, escapuliram para o pátio e flertaram com garotos do time de basquete que também estavam se formando. Para falar a verdade, *Ali* flertara. Emily só orbitou em volta dela, sentindo-se esquisita.

Naquela noite, o restaurante estava muito diferente do que parecia durante os jantares familiares. O pessoal da turma de teatro tinha decorado as paredes de azulejos italianos do salão com máscaras gregas de teatro e pôsteres enormes de diferentes momentos da peça. O lugar estava lotado, e a grande mesa do bufê tinha sido deslocada para um canto do salão e estava repleta de travessas com um zilhão de tipos de macarrão, uma tigela descomunal de salada, oito tipos diferentes de pães e uma porção de sobremesas.

— A sua escola é exatamente igual à minha — resmungou Kelsey, amigável, enfiando-se no salão lotado atrás de Emily e apreciando a decoração. — É só uma peça de escola, mas todo mundo age como se fosse noite de estreia na Broadway.

— Eu sei! — Emily riu. Ela se virou e deu um sorriso incerto para Kelsey. Estava insegura por tê-la levado à festa, mas quando a amiga perguntara, mais cedo, o que ela faria à noite e Emily respondera, Kelsey tinha se animado.

— Eu adoro *Macbeth*! — afirmara Kelsey. — Posso ir?

— Ah, é claro que sim — respondera Emily, constrangida, e completou: — Mas preciso lhe dizer que Spencer está na peça e faz o papel principal. Isso será um problema?

Kelsey afirmou que não, e Emily ficou sem jeito de dizer a ela que talvez fosse um problema para *Spencer*. O que poderia dizer? *Spencer pensa que você é a nova psicopata que nos manda mensagens de texto apavorantes?*

Elas seguiram na direção da recepção, e Emily vislumbrou Spencer do outro lado do salão, sorrindo timidamente para a sra. Eckles, professora de inglês do nono ano. Ela estremeceu, mas depois respirou fundo e se aprumou.

— Já volto — avisou sobre o ombro, afastando-se de Kelsey. Emily sabia que precisava explicar a Spencer por que trouxera Kelsey antes que a amiga visse as duas juntas e tivesse um ataque. Se fosse franca com Spencer, talvez ela entendesse. E talvez, se conversassem de forma racional, Spencer perceberia que Kelsey não era A.

Emily atravessou a multidão e bateu no ombro de Spencer. A amiga se virou e fechou a cara.

— Hum.

Emily sentiu-se péssima.

— Eu posso explicar — disse ela.

Spencer a puxou para um canto perto de onde se encontrava o carrinho para garfos, colheres e outros utensílios. Ela estava com uma expressão tensa e raivosa.

— Você me disse que não ia mais sair com ela.

— Sei, eu disse, mas...

— E então você resolveu levá-la para ver a *minha* peça?

Emily trincou os dentes.

— Kelsey é gente boa, Spencer. Ela estava até mesmo ansiosa para ver a sua atuação.

— Ela estava ansiosa para detonar a minha atuação, você quer dizer.

— Ela não é A! — garantiu Emily.

— É, sim! Óbvio que é! — Spencer esmurrou o carrinho, e os utensílios pularam, fazendo barulho. — Quantas vezes vou ter que explicar isso, Emily? O que eu digo não tem mais *importância* para você? Você se tornou o tipo de pessoa que mente para uma amiga sem ver problema nenhum nisso?

— Spencer, desculpa por ter mentido quando você perguntou se eu ainda saía com Kelsey — implorou Emily em voz baixa. Ela estava muito, muito abalada ao escrever a mensagem para Spencer depois do ataque na trilha de Stockbridge. Naquele momento, pareceu menos complicado dizer que Kelsey não estava lá. — Mas você não está vendo as coisas com o distanciamento necessário, Spencer. Kelsey não quer nos machucar. Na verdade, ela nem sabe o que você fez com ela. No dia em que fui empurrada ribanceira abaixo, sim, Kelsey estava lá. Mas foi ela quem desceu desesperada pela encosta para ver se eu estava bem.

Spencer não podia acreditar naquilo.

— Você está drogada, Emily? O mais provável é que ela tenha empurrado você!

Emily desviou os olhos para o salão, cansada daquilo. No salão, os figurantes da peça sopravam o conteúdo de seus canudinhos uns nos outros, recitando as falas das bruxas do início da peça.

— Kelsey não é A — disse ela. — *Ali* é. Acho que a vi no alto da ribanceira e eu sempre vejo um vulto louro me seguindo por aí, para todos os lugares que vou.

Spencer gemeu.

— Quer parar de falar de Ali? Ela se foi.

— Não, ela não se foi!

— Por que tem tanta certeza disso?

Emily sentiu um gosto amargo. *Conte a ela*, pensou. *Conte o que fez*. Mas a boca de Emily não lhe obedecia. E, em seguida, uma garçonete se aproximou delas para apanhar alguns garfos e facas do carrinho, e Emily desistiu de falar.

— Kelsey *é* A — disse Spencer mais uma vez. — O motivo dela é perfeito. Por minha causa, ela foi parar no reformatório, Emily. Arruinei a chance de ela ser aceita por uma boa faculdade e, de quebra, arruinei a *vida* dela também. E essa é a vingança dela.

— Ela não *sabe* que você foi a responsável, Spence — repetiu Emily. — Mas, já que estamos falando disso, você não se sente péssima sobre isso tudo? Não seria a hora de você confessar e pedir perdão?

Spencer deu um passo para trás e esbarrou no carrinho.

— Meu Deus, de que lado você está?

Ali perto, um grupo de pais conversava com animação enquanto bebericava vinho tinto. Três garotos do segundo ano roubaram canecas abandonadas no bar ainda com cerveja, entornando os conteúdos com sofreguidão, o mais rápido que conseguiram.

— Nada disso é sobre estar de um lado ou de outro, Spencer — falou Emily, exausta. — Eu só acho que é hora de você fazer alguma coisa. Ela está bem ali. — Emily apontou para o lugar onde Kelsey estivera, mas não conseguiu vê-la em meio à multidão que não parava de aumentar.

— Ela está aqui? — Spencer ficou na ponta dos pés, tentando olhar por cima da multidão. — Você está tentando fazer com que sejamos todas mortas?

— Spencer, você está...

Spencer gesticulou para fazê-la parar de falar. Uma súbita expressão de entendimento espalhou-se no rosto dela.

— Oh. Meu. Deus. Você está apaixonada por ela?

Emily desviou o olhar para os azulejos de terracota.

— Não!

Spencer bateu palmas.

— Sim! É isso! Você está! Você se apaixonou por ela da mesma forma que se apaixonou por Ali! É esse o motivo de você estar agindo dessa forma! — A expressão dela mudou para algo próximo ao pesar. — Kelsey não curte garotas, Emily. No verão passado ela ficou com um milhão de caras.

O coração de Emily se encolheu com a dor.

— As pessoas sempre podem mudar.

Sem acreditar no que ouvia, Spencer encostou-se à parede.

— Como Ali mudou? Porque ela amava você *de verdade*, Emily? Ah, eu me lembro, você era tudo com que Ali sempre sonhou!

Os olhos de Emily ficaram cheios de lágrimas.

— Retire o que disse imediatamente!

— Ali nunca deu a mínima para você. — Spencer soou franca e direta. — Ela *usou* você. Exatamente como Kelsey está fazendo agora.

Emily piscou com força. Dentro dela, havia raiva borbulhando, uma raiva furiosa, avassaladora, maior do que qualquer coisa que já sentira na vida. Como Spencer ousava dizer uma coisa daquelas?

Ela deu as costas para Spencer e serpenteou por entre a multidão.

— Emily! — gritou Spencer. Mas Emily não se virou. Como sempre acontecia quando estava prestes a começar a chorar, o nariz dela coçava sem parar.

Emily entrou no banheiro feminino e se apoiou na pia, sentindo o rosto queimar. Quando ergueu o rosto, viu o reflexo de Kelsey no espelho e notou que ela estava enfiando alguma coisa na bolsa.

— Oi, Emily — saudou Kelsey, parecendo constrangida.

Emily resmungou. Então Kelsey a encarou e percebeu que o rosto de Emily estava lavado pelas lágrimas, sua boca apertada de raiva. Ela se aproximou.

— Você está bem?

Emily olhou para os seus reflexos, os sentimentos embaralhados. As coisas maldosas que Spencer dissera queimavam em sua cabeça: *Ali nunca deu a mínima para você. Ela usou você. Exatamente como Kelsey está fazendo agora.*

Subitamente, Emily soube o que deveria fazer.

— Kelsey, preciso lhe contar uma coisa — falou com a voz determinada e firme. — É sobre o verão passado.

A expressão de Kelsey era de cautela.

— O que foi?

— Foi Spencer Hastings quem armou sua prisão na noite em que vocês foram presas. Ela deu um jeito de plantar as drogas no seu quarto. E pediu a uma amiga para ligar para a polícia dizendo que você era traficante.

Kelsey ficou dura como uma pedra.

— *Como é?* — Ela recuou parecendo de fato surpresa. Emily estava certa o tempo todo. Kelsey claramente não sabia de nada.

— Sinto muito — disse Emily. — Descobri há pouco tempo, mas achei que o certo era lhe contar. Você merece saber a verdade.

Emily se aproximou para abraçar Kelsey, mas a garota ajeitou a bolsa no ombro.

— Preciso sair daqui — disse Kelsey, e depois, de cabeça baixa, saiu correndo do banheiro.

# 29

## ARIA, VOCÊ FOI AVISADA, NÃO FOI?

Na festa do elenco, Aria ficou entre a banda de jazz, que tocava um arranjo muito alto de *Garota de Ipanema*, e um pôster enorme de *Macbeth*, que mostrava o rosto de Spencer e do rapaz que tinha interpretado Macbeth em preto e branco. Estavam ao seu lado Ella com o namorado, Thaddeus, Mike e Colleen.

— Você foi um ótimo médico, Michelangelo. — Ella precisou gritar acima da música. Seus longos brincos de contas balançaram loucamente. — Se eu soubesse que você tinha tanto interesse em atuar, teria matriculado você no Acampamento Viva o Dia Feliz de Hollis com Aria quando ela era pequena!

Aria riu alto.

— Mike teria odiado! — As crianças no Acampamento Viva o Dia Feliz de Hollis montavam muitas peças, mas os participantes tinham que fazer apresentações de marionetes regularmente. Mike tinha medo mortal de bonecos de marionete quando era mais novo.

— Acho que ele deveria fazer teste para um papel maior ano que vem — disse Colleen com sua voz estridente, inclinando-se e dando um beijinho no pescoço de Mike. Todos sorriram. Mike ficou imóvel por um instante, depois forçou um sorriso.

Aria olhou em volta do salão lotado. Ela ligara para Hanna e Emily mais cedo, perguntando se alguma delas viria. Ambas disseram que sim — o pai de Hanna a obrigara, já que Kate estava na peça, e Emily viria para dar uma força a Spencer. Mas Aria não conseguia vê-las em lugar algum. O rapaz bonito que interpretara Macbeth estava conversando com o diretor no bar. Naomi, Riley e Klaudia estavam dançando em uma pequena área quadrada de piso de madeira perto da entrada do restaurante. Kate estava tentando fazer Sean Ackard juntar-se a elas, mas ele continuava balançando a cabeça.

Alguém bateu no ombro dela, e Aria se virou. Ezra estava atrás dela, de blazer, camisa azul-clara e uma calça cáqui impecável.

— Surpresa!

Aria quase derrubou o refrigerante que estava segurando.

— O que está fazendo aqui?

Ezra se inclinou para perto dela.

— Eu queria vê-la esta noite. Liguei para a casa do seu pai, e sua madrasta disse que você estava na festa do elenco. — Ele a olhou de cima a baixo e pareceu gostar do que via, prestando atenção no vestido roxo de lã que ela pusera para a ocasião.

Aria se afastou. Todos podiam *vê-los*. Ela se virou na mesma hora, sentindo o olhar de sua família sobre ela. Mike parecia enojado.

— Sr... Fitz? — disse Ella, piscando com força.

Aria pegou Ezra pela mão e o puxou pelo salão. Eles se desviaram da sra. Jonson, uma das professoras de inglês, que teve uma reação tardia. O sr. McAdam, o professor da turma avançada de economia, ergueu uma das sobrancelhas em suspeita. Parecia que todos no restaurante estavam falando deles.

— Não é uma boa hora — falou ela quando eles finalmente alcançaram o corredor estreito que levava ao banheiro.

— Por que não? — Ezra se afastou para dar passagem a um bando de garotos. Eram Devon Arliss, James Freed e Mason Byers. Eles ficaram com os olhos arregalados ao verem Aria e Ezra juntos. Todos estiveram na mesma turma de inglês que Aria no ano anterior e com certeza ouviram os rumores.

— Seria o momento perfeito para contar a sua mãe sobre nós — disse Ezra. — E para conversar com ela sobre Nova York. — Ele pegou a mão dela e começou a puxá-la de volta na direção de Ella. — Vamos. Por que está com tanto medo?

A banda de jazz mudou para uma música lenta. Aria estacou. Algo no arco da entrada chamou a sua atenção. Noel Khan e seu irmão Erik tinham acabado de entrar. Noel estava olhando de Aria para Ezra, boquiaberto.

Aria se voltou de novo para Ezra.

— Olhe, eu não posso falar com minha mãe sobre isso no momento. E eu não lido bem com emboscadas, está bem?

Ezra enfiou as mãos nos bolsos.

— Você está dizendo que não me quer aqui?

— Não é que eu não *queira* você aqui. Mas você realmente não acha isso estranho? — Ela gesticulou na direção do salão de jantar. — Todos os seus antigos colegas estão aqui. Eu ainda estudo com todas essas pessoas. Agora todo mundo vai comentar.

Ezra fixou o olhar.

– Você *está* com vergonha de mim.

– Não estou! – gritou Aria. – Mas você viu o jeito como olharam para nós? Isso não o deixou desconfortável?

– Desde quando você se importa com o que as pessoas pensam? – Ezra se virou na direção do salão de jantar. Assim que ele o fez, todos se viraram instantaneamente para o outro lado, para disfarçar que estavam observando.

– Não me importo com o que as pessoas pensam – insistiu Aria. Bem, naquele caso, talvez ela se importasse.

– E você tem dezoito anos – continuou Ezra. – Tudo o que fazemos é legal. Não há nada com que se preocupar. É porque eu não estou trabalhando? Ou porque você acha meu livro ruim?

Aria quase gritou.

– Não tem nada a ver com seu livro.

– Então o que é?

Em uma mesa próxima, um garçom colocou fogo em uma sobremesa em forma de domo, e chamas azuis subiram pelo ar. Todos os que estavam na mesa aplaudiram. Inconscientemente, o olhar de Aria vagou para a entrada mais uma vez. Noel não se movera. Seus olhos azuis estavam fixos, sem piscar, em Aria.

Ezra seguiu o olhar dela.

– Eu sabia. Vocês não terminaram, não é?

– Terminamos. Eu juro. – Aria fechou os olhos. – Eu apenas... não posso fazer isso com você agora. Não posso aparecer em público com você. Não com todas essas pessoas aqui. Em Nova York, será diferente.

Mas Ezra se afastou dela muito irritado.

— Procure por mim quando você crescer e tiver lidado com suas pendências, Aria. — Então ele disparou para dentro da multidão.

Aria estava cansada demais para segui-lo. O desespero tomou conta dela. O amor era sempre assim tão complicado? Certamente não fora com Noel. Se ela amasse mesmo Ezra, seria indiferente aos olhares curiosos e à fofoca geral?

Ela foi na direção do bufê e comeu um espetinho de tofu sem sentir o sabor. Seu braço foi tocado de novo. Era a sra. Kittinger, sua professora de história da arte, usando um chapéu-coco, um colete xadrez masculino e calça preta larga.

— Aria! Justamente a pessoa que eu queria ver. — A sra. Kittinger pegou um papel escrito à máquina que estava no meio de sua bolsa de couro. — Queria agradecer por entregar seu projeto Caravaggio antes do fim do prazo e dizer a você que trabalho lindo você fez. Eu o estava lendo hoje antes da apresentação.

— Oh. — Aria sorriu. Ela terminara sua parte do trabalho e o enviara por e-mail para a sra. Kittinger naquela manhã, acrescentando uma nota de que ela tentara fazer Klaudia ajudá-la no projeto, mas que a menina não se interessara. Certo, tinha sido uma delação, mas ela não iria deixar Klaudia impune.

— Entretanto, não recebi nada de sua parceira — acrescentou a sra. Kittinger, como que lendo a mente de Aria. — Vamos esperar que ela entregue algo até segunda-feira, ou eu terei que reprová-la. — Parecia que ela queria dizer algo mais, mas então ela deu a Aria um sorriso triste, colocou o papel de volta na bolsa e seguiu adiante.

A banda começou a tocar *Round Midnight*, uma das músicas favoritas de Aria. Um cheiro embriagante e delicioso de azeite pairava no ar. Quando Aria olhou para a coleção de enfeites enfileirados nas prateleiras altas acima das mesas, notou um boneco bobblehead de Shakespeare. Era o mesmo que Ezra dera a ela antes de partir ano passado. Ela havia adorado aquele presente e brincado muito com a cabeça dele, querendo que Ezra escrevesse para ela e se aproximasse de novo. Depois de um tempo, se convenceu de que ele há muito se esquecera do relacionamento que tiveram, mas ele na verdade estivera escrevendo um livro — apenas sobre isso.

O mundo parecia se iluminar um pouco. Talvez Aria *estivesse* sendo infantil e paranoica a respeito de Ezra. Desde quando se importava com o que as pessoas pensavam? Ela era a Excêntrica Aria, a menina que usava mechas cor-de-rosa no cabelo e fazia coreografias na aula de ginástica. Rosewood não a mudara *tanto* assim.

Aria se aprumou e marchou através da multidão. Com sorte, Ezra ainda estaria ali. Ela o encontraria, o levaria até Ella e contaria seus planos. Ela dançaria com Ezra na pequenina pista de dança, que se danassem os olhares dos alunos e professores. Ela o desejara por tanto tempo. Não podia deixá-lo escapar agora.

— Ezra? — chamou Aria, enfiando a cabeça no banheiro masculino. Nenhuma resposta. — Ezra? — chamou ela de novo, espiando pela porta dos fundos, mas havia apenas uma fileira de latas de lixo verdes e alguns cozinheiros fumando. Ela olhou no salão de jantar dos fundos, na área de entretenimento e até no estacionamento da frente. Por sorte o fusca azul ainda estava ali, estacionado ao lado de um Jeep Cherokee. Ele só podia estar em algum lugar lá dentro.

Quando Aria entrou de volta no restaurante, uma risada fraca e familiar a saudou. Ela estacou, apavorada.

A risada vinha do vestiário. Nas pontas dos pés, Aria deu a volta no balcão. Um vulto se moveu na escuridão negro-azulada bem no fundo do lugar, escondido atrás dos sobretudos e das jaquetas de couro e dos casacos de pele.

– Olá? – sussurrou Aria, seu coração disparado.

Aria ouviu um suspiro, depois sons de duas pessoas se beijando. *Opa.* Aria se virou para sair dali, mas seu pé ficou preso, e ela caiu para o lado, esbarrando nos cabides vazios de uma arara. Eles bateram uns nos outros fazendo muito barulho.

– O que foi isso? – perguntou uma voz vinda do fundo do vestiário. Aria parou, reconhecendo-a imediatamente. Em segundo, uma pessoa se adiantou e Aria pôde vê-la sob a luz.

– Oh, meu Deus.

Aria arregalou os olhos. Ezra olhou de volta para ela com os lábios entreabertos, mas incapaz de falar.

– *Senhorrr Poetinho?* – cantarolou uma segunda voz. Uma menina loura saiu das sombras e passou os braços pela cintura de Ezra. O cabelo dela estava amassado; seu batom brilhante, borrado; e as alças de seu vestido curto, caídas nos ombros. Quando ela viu Aria, ela se abriu em um sorriso triunfante.

– Oh, olá! – provocou ela, abraçando Ezra com mais força.

*Klaudia.*

Aria deu um passo para trás, esbarrando em mais cabides. Então, ela se virou e correu.

# 30

## MATE OU MORRA

— Devo dizer que estou realmente impressionado. — O sr. Pennythistle fez seu martíni girar no copo e sorriu para Spencer. — Sua atuação como Lady Macbeth pode fazer frente à produção da Royal Shakespeare Company.

Melissa se aproximou e abraçou Spencer.

— Você esteve sensacional. — Ela deu uma cotovelada em Wilden, que se apressou a concordar.

— Você parecia transformada! Principalmente na cena em que ela não consegue limpar o sangue das mãos!

Spencer sorriu, ainda trêmula, jogando o cabelo louro para trás. Dezenas de pessoas a congratularam depois que a peça terminara, comentando quão especial fora sua atuação, esquecendo-se completamente da lamentável primeira cena. Quando chegou a parte da cena em que dizia *Saia, mancha maldita*, Spencer estava mergulhada por completo no papel, canalizando toda a sua culpa para a personagem. Nenhum membro do elenco recebeu aplausos tão longos e efusivos quanto ela, nem mesmo Beau, e ela pedira ao cinegrafista que excluísse a primeira cena, aquele desastre. O restante da apresentação seria perfeita para mostrar aos figurões de Princeton.

Mas seu coração estava pesado por conta de tudo o que dissera a Emily. Ela não quisera ser cruel com a amiga, só precisava chamá-la à razão. De qualquer forma, queria pedir perdão, mas não via Emily em lugar algum. Nem Kelsey.

Uma mulher com cabelos escuros e rosto afilado aproximou-se de Spencer.

— Lady Macbeth? — Ela estendeu a mão. — Meu nome é Jennifer Williams. Sou repórter do jornal *Philadelphia Sentinel*. Você poderia me dar uma entrevista e tirar algumas fotos?

Os olhos da sra. Hastings brilharam.

— Que emocionante, Spence!

Até Amelia parecia impressionada.

Spencer se despediu de sua família, dando até mesmo um abracinho esquisito no sr. Pennythistle. Conforme passava pela multidão, os garotos da turma de teatro, as meninas que ela conhecia do campo de hóquei e até mesmo Naomi, Riley e Kate deram tapinhas nas suas costas e disseram que ela fizera um ótimo trabalho. Durante todo o tempo, Spencer procurava Emily com os olhos, mas a amiga tinha evaporado.

A repórter levou Spencer para uma das salas de jantar reservadas nos fundos. Beau já estava esperando ali, com uma xícara de café expresso nas mãos. Ele já havia tirado a armadura e usava um suéter de *cashmere* preto e a calça de veludo cotelê mais sensual que Spencer jamais vira em um homem. Ela sentou-se ao lado dele, e Beau apertou a mão dela.

— Que tal sair de fininho da festa depois que terminarmos a entrevista?

Só de sentir a mão de Beau na dela seus nervos se acalmaram. Spencer ergueu uma sobrancelha em sinal de desaprovação brincalhona.

— O sr. Faculdade de Teatro de Yale se atreve a abandonar sua própria festa de elenco? Imaginei que o protagonista da peça iria querer ficar por aqui e ouvir as pessoas jurando amor eterno.

— Eu sou cheio de surpresas. — Beau piscou para ela.

Jennifer Willians sentou-se diante deles e abriu seu bloco de notas. Quando olhou para Beau e fez a primeira pergunta, o celular de Spencer emitiu um sinal sonoro. Spencer enfiou a mão no bolso para pegá-lo. Havia pelo menos vinte mensagens de pessoas dando parabéns a ela no celular. A última, entretanto, era de uma confusão de letras e números.

Spencer engoliu o nó em sua garganta, inclinou-se para esconder a tela e pressionou LER.

**Você nos machucou. Agora vou machucar você. – A**

À mensagem, estava anexada a foto de uma menina loura em um vestido de verão dourado deitada de bruços em uma praia à noite. A cabeça dela estava virada para o lado, com um corte enorme em sua têmpora. Havia uma trilha de sangue descendo pelo seu queixo e pingando na areia. As ondas quebravam, ameaçadoras, perto de sua cabeça, prontas para levá-la embora.

O celular caiu no colo de Spencer. Era uma foto da Tabitha pouco depois de Aria tê-la empurrado do deque. Nem

Spencer, nem as outras a viram no chão — estava muito escuro, e o corpo já havia desaparecido quando elas chegaram à praia.

Mas alguém tinha visto. E fotografado.

*Kelsey.*

Um som estranho do fundo da garganta de Spencer. Jennifer Beauregard desviou o olhar de suas anotações.

— Você está bem?

— Eu...

Sentindo-se zonza, Spencer deixou o reservado. Ela precisava sair dali. Precisava se esconder. A repórter gritou seu nome, mas Spencer não podia voltar. Cambaleou na direção da saída. Todos os rostos pelos quais passava pareciam deformados e perturbadores, até perigosos. Ela disparou pela porta dos fundos e se enfiou no beco vazio que ficava atrás do restaurante. Latas de lixo de metal estavam enfileiradas em um paredão. O cheiro nojento de vegetais e carne apodrecidos revirou seu estômago. Estava estranhamente silencioso ali, um contraste contundente com a atmosfera barulhenta de dentro do restaurante.

— Ei.

Spencer se virou e viu Kelsey parada na porta dos fundos. Seus olhos estavam desfocados. Sua boca era uma linha branca. Spencer engasgou. Ela queria correr, mas suas pernas não se moviam.

Kelsey colocou as mãos na cintura.

— Você recebeu minha mensagem?

Spencer soltou um pequeno gemido doloroso. A imagem de Tabitha, morta na areia, passou em frente aos seus olhos.

— Sim — sussurrou ela.

— Você é tão doente — atacou Kelsey, seus olhos redondos. — Você realmente achou que eu iria deixá-la escapar sem punição?

O coração de Spencer congelou.

— Eu sinto...

—Você sente o quê? — Kelsey ergueu a cabeça. — Você sente muito? Sentir muito não resolve as coisas, Spencer.

Ela segurou com força o cotovelo de Spencer, que se contorceu, desesperada para se soltar. Kelsey deu um grito frustrado e empurrou Spencer contra a parede. Spencer berrou, sua voz ecoando pelo beco. De repente, uma mistura horrorosa de todas as visões que tivera nos últimos dias rodopiaram em sua mente. Ela viu Tabitha confrontando-a sem palavras no palco do teatro de Rosewood Day. Viu Kelsey avançando na direção dela no riacho, pronta para afogá-la.

— Você não pode se livrar de mim — dissera a Kelsey de seus sonhos. Ou talvez fosse a verdadeira Kelsey, aqui e agora. — Você merece pagar pelo que fez.

— Não! — gritou Spencer, batendo forte em Kelsey.

Kelsey rodopiou para trás, mas então foi para cima de Spencer. Em pânico, Spencer estendeu os braços e envolveu o pescoço de Kelsey com as mãos, apertando cada vez mais, sentindo os tendões cederem, o ar parar na garganta dela e os ossos delicados quebrarem. Era a única opção. Ela precisava parar Kelsey antes que ela a machucasse.

— Jesus! — falou uma voz. Spencer sentiu um soco nas costas. Seus pés escorregaram debaixo dela, suas mãos sendo arrancadas da pele de Kelsey. Spencer estava caída no chão. Vários membros do elenco pairavam acima dela, suas bocas escancaradas pelo choque. Atrás deles, um segundo grupo de pessoas se amontoava em volta de uma menina soluçando. Kelsey estava curvada, lutando para respirar.

Spencer se sentou.

— Não a deixem ir! — gritou, esganiçada. — Ela está tentando me matar!

Todos olharam para ela.

— Do que ela está falando? — gritou uma voz.

— Eu a vi atacar essa menina sem razão alguma! — disse outra pessoa.

— É a peça — falou a voz de Pierre do fundo. — Subiu à cabeça dela.

— Ela está louca! — esganiçou uma voz conhecida. Era Kelsey.

A multidão se abriu, dando a Spencer uma clara visão do rosto de Kelsey. Lágrimas desciam por suas bochechas. Seu peito se movia para dentro e para fora, buscando ar freneticamente. Um dos garçons a estava ajudando a ficar em pé. Algumas outras pessoas a guiaram pelo beco em direção ao estacionamento.

— Espere! — gritou Spencer debilmente. — Não a deixe ir! Ela é A!

Beau se ajoelhou.

— Você teve uma longa noite — disse ele, mal-humorado. — Talvez devesse ir embora antes de criar mais confusão.

Desesperada, Spencer balançou a cabeça. Por que ele se recusava a entender? Mas, quando olhou para o rosto assustado de Beau, compreendeu: de alguma forma, parecia que aquilo tudo era culpa dela. Para eles, ela atacara uma menina inocente.

— *Louca* — sussurrou alguém.

— Ela precisa ser internada em um hospício — disse outra pessoa.

Uma mulher seguiu Kelsey e tocou seu ombro.

— Você deveria dar queixa. Ela *atacou* você.

Lentamente, as pessoas começaram a se afastar de Spencer. Depois de um momento, só Beau ficou parado acima dela, olhando para Spencer como se de repente ele não fizesse ideia de quem ela era.

— Esta menina é perigosa — sussurrou Spencer para ele. — Você acredita em mim, não é?

Beau piscou. Ela gostaria que ele a ajudasse, lhe desse um grande abraço e dissesse que a protegeria. Mas, em vez disso, ele se afastou com os outros.

— Eu sou totalmente a favor de entrar no personagem, Spencer, mas você está indo longe demais.

Ele se virou e desapareceu dentro do restaurante. Spencer queria chamá-lo de volta, mas se sentiu desorientada demais para fazê-lo. Então, viu Kelsey mancando lentamente para fora do beco. Depois de um momento, Kelsey virou e olhou para Spencer mais uma vez. Ela ergueu o dedo e o passou retinho pela garganta, depois apontou direto para Spencer. Ela balbuciou algo muito distintamente, seus lábios formando cada palavra com lentidão para garantir que Spencer entendesse.

*Você está morta.*

# 31

## EMILY SEGUE O PRÓPRIO CORAÇÃO

— Kelsey? — chamou Emily enquanto lutava para atravessar a multidão, que tinha ficado maior e mais animada desde que a festa começara, há uma hora. Quando entrou em uma das salas de jantar reservadas, encontrou um grupo reunido ali, fofocando em voz baixa e olhando em volta como se alguma coisa tivesse acabado de acontecer. Kate, Naomi, Riley e Klaudia sussurravam animadas. Havia um sujeito bonitão de cabelos escuros com elas, e aquilo surpreendeu Emily. Era o sr. Fitz, o antigo professor de inglês?

Emily perdera Kelsey de vista assim que tinha saído do banheiro e não conseguira mais encontrá-la. Será que Kelsey estava com raiva de Emily por ela não ter contado antes o que Spencer havia feito?

Emily passou apressada por um pôster enorme que mostrava Beau e Spencer como Macbeth e Lady Macbeth, e uma sombra de culpa a fez arquejar. *Spencer.* Houve uma época em que Emily fora fiel como um cão às amigas, e, por isso, a

Ali Delas costumava chamá-la de "Delegada". Spencer dissera coisas realmente horrorosas, mas será que isso era desculpa para Emily ter revelado um segredo terrível ao desafeto dela? Uma lembrança repentina a assaltou: uma noite no verão anterior, após acabar seu turno no Poseidon, Emily tinha acabado de sair do metrô quando avistou Spencer em uma esquina falando com um cara de gorro preto.

– Phineas, você precisa me dar mais! – implorava Spencer.

O cara, Phineas, só deu de ombros. Emily tentou dar uma boa olhada nele – Spencer o mencionara inúmeras vezes –, mas ele estava oculto pelas sombras, meio encurvado. Ele tinha dito alguma coisa que Emily não conseguira ouvir.

– Eu queria que você não tivesse me metido nisso, cara – disse Spencer. – Esse negócio está acabando comigo.

Phineas ergueu as mãos, como quem não pode fazer nada. Quando os ombros de Spencer começaram a tremer, ele não a consolou.

Esgueirando-se, Emily dobrou a esquina, muito surpresa. Spencer parecia tão... vulnerável. Sobrecarregada. Com problemas. Emily sabia que devia fazer algo, deixar que Spencer visse que estava ali, abraçar e ajudar a amiga, mas a única preocupação de Emily era sua barriga enorme que ela não queria que Spencer visse. Foi uma situação horrível!

Mas, agora, a forma como lidara com aquilo parecia patética. Spencer acabara descobrindo tudo sobre Emily afinal, e, quando Emily mais precisou, foram Spencer e suas outras duas amigas que correram para ajudá-la. Será que, se Emily tivesse ajudado Spencer naquele momento, ela não teria sido presa? E será que Kelsey teria acabado no reformatório? Emily poderia ter evitado todos os desdobramentos lamentáveis dessa história?

De repente, Aria apareceu na frente dela, interrompendo seus pensamentos.

— Procurei por você. Onde você estava?

Emily fez um gesto vago.

— Por aí. Olha só, você viu... — ela estava prestes a dizer "Kelsey", mas se interrompeu a tempo — ... Spencer?

Aria olhou para ela de um jeito estranho.

— Você não viu o que aconteceu?

Emily desviou os olhos para a multidão.

— Não...

—Peguei a história no final — disse Aria de olhos arregalados —, mas parece que Spencer *surtou* e avançou contra alguém. Acho que o problema foi com aquela garota que ela tem certeza que é A. Ela se chama Kelsey. Ela está *aqui*.

— Ah, meu Deus! — Emily sabia que aquilo tudo tinha acontecido por causa do que revelara a Kelsey sobre Spencer.

— Alguém se machucou?

Aria negou com a cabeça.

— Mas precisamos dar um jeito de encontrar Spencer. Talvez ela tivesse um bom motivo para ir para cima da garota.

Emily olhou ao redor do salão lotado mais uma vez. De repente, vislumbrou uma garota de cabelos vermelhos ao lado da porta, pegando seu casaco no vestiário. *Kelsey.*

Ela colocou a mão sobre o braço de Aria.

— Venho já.

Aria franziu a testa.

— Aonde você *vai*?

— Volto em um segundo. — Emily se desviou como pôde da multidão de garotos e garotas. Alcançou Kelsey quando ela já estava quase cruzando a porta.

— Você já está indo embora? – perguntou Emily, ofegante.

Kelsey se virou e olhou para Emily com ar cansado, quase surpreso, como se não soubesse exatamente quem ela era. Sua boca estava aberta, e os olhos, arregalados de um jeito muito estranho.

— É. Vou. Descobri que não gosto muito de festas de elenco.

— Mas aconteceu alguma coisa? – Emily subiu um tom.

— Falou com Spencer? Você não está brava comigo, está? Por eu saber de tudo? Por não ter lhe contado? Eu não sabia como dizer, mas sei agora que deveria ter contado antes.

Kelsey estava de boca aberta, e um músculo em seu rosto tremeu. Gotas de suor se formaram em sua testa, ainda que estivesse frio na entrada do Otto. Sem uma palavra, ela se virou e foi para o estacionamento.

— Aonde você vai? – perguntou Emily enquanto a seguia.

— Para qualquer lugar, não posso mais ficar aqui. – Kelsey parou na frente do carro e o destravou com o chaveiro eletrônico. Ela indicou o lado do passageiro.

— Se quiser vir comigo, entre aí.

Emily suspirou de alívio. Olhou por cima do ombro, na direção do restaurante, se perguntando se deveria avisar a Aria que estava saindo dali com Kelsey. Mas Aria estava tentando achar Spencer, e Emily duvidava muito que Spencer suportasse vê-la agora. E Emily também não tinha certeza de que aguentaria ver Spencer agora.

— Sim, vou com você – disse Emily. Ela abriu a porta do passageiro e se acomodou no assento.

Kelsey sorriu para Emily de forma rápida e nervosa.

— Ótimo – murmurou ela, para depois dar a partida e mergulhar naquela noite tão escura.

# 32

## UM TIPO DIFERENTE DE PANFLETO

Quando Hanna e Liam chegaram ao restaurante Otto para a festa do elenco de Macbeth, o relógio do painel do Prius de Hanna marcava 9:08. Hanna encontrou uma vaga e Liam afastou uma mecha de cabelo dos olhos dela.

– Tem *certeza* de que precisa entrar?

– Tenho. – Hanna esfregou seu pescoço. – Já é bem ruim que eu não tenha assistido à peça. Vou ter que mentir para o meu pai e falar que fiquei nos fundo do teatro ou alguma coisa assim. O que aquelas bruxas fazem, afinal? Só para o caso de o meu pai me fazer perguntas.

– Elas fazem uma profecia para Macbeth. – Liam acariciou o braço de Hanna. Aquele vestido curto de seda da Otter, novo em folha e bem revelador, tinha sido especialmente escolhido para o encontro daquela noite. Eles haviam ido a uma sessão de cinema na Hollis e ficaram se agarrando na última fileira. – Elas dizem que ele será rei e fazem uma porção de advertências assustadoras – continuou Liam. — E também dão um monte de gargalhadas apavorantes.

Hanna tocou a ponta do nariz dele.

— Você fica tão sexy quando fala sobre Shakespeare... amo isso.

— Bem, eu amo *tudo* sobre você — disse ele, beijando-a novamente.

O coração de Hanna quase parou. Liam tinha mesmo acabado de dizer que *a amava*?

Depois de mais seis beijos de despedida, Hanna fez Liam sair do carro — o dele estava no estacionamento da igreja do outro lado da rua, desde algumas horas antes. Tremendo de satisfação, ela o observou enquanto ele atravessava a avenida Lancaster a passos largos. Depois disso, saiu do Prius e cruzou o estacionamento até o restaurante. Um Toyota cruzou na frente dela, parecendo não notá-la.

— Ei! — gritou Hanna enquanto desviava. Um rosto familiar olhou para ela do assento do passageiro.

— Emily? — Ao lado de Emily, Hanna viu uma garota ruiva que sabia já ter visto em algum lugar. Mas onde?

O carro deixou o estacionamento antes que Hanna pudesse se lembrar. Virando-se, ela entrou no restaurante apinhado de gente e com cheiro de alho torrado e pão fresco. Havia tantas pessoas bloqueando a porta que Hanna tropeçou enquanto tentava alcançar o vestiário para guardar seu casaco.

— *Cuidado!* — reclamou uma pessoa quando Hanna lhe deu uma cotovelada nas costas por acidente.

— Cuidado você! — respondeu Hanna. A pessoa se virou para encará-la. Era Mike.

Hanna recuou.

– Ah. Oi.

– Oi. – Mike piscou. Ele parecia assustado. Fazia semanas que não se falavam. Mike cheirava à loção de pepino Kiehl que ela lhe dera no Natal.

– Como... vai você?

Hanna ergueu uma das sobrancelhas.

– Então você está falando comigo de novo?

Mike se ajeitou, sentindo-se desconfortável.

– Acho que fui meio... babaca. – Ele olhou para Hanna de modo suplicante e pegou na mão dela. – Sinto sua falta.

Hanna olhou para seus dedos longos e finos, subitamente irritada. Por que Mike não se dera conta disso uma semana antes, quando Hanna enviara um monte de mensagens para ele? Mike só estava interessado nela de novo porque as mensagens tinham parado? Aquilo era *típico* dos garotos.

Ela afastou a mão.

– Mike, para ser franca, estou saindo com alguém.

O brilho dos olhos de Mike se apagou de repente.

– Ah, é. Bom. Bom para você. Sabe, eu também tenho uma namorada.

Hanna estremeceu. *Mesmo?*

– Que bom para você também – disse ela com a voz firme.

Eles se estudaram com cuidado. E então alguém puxou Hanna pelo braço. Virando-se, Hanna viu Aria e Spencer em pé ao lado dela. Elas pareciam exaustas e pálidas.

– Precisamos conversar – falou Aria. As três seguiram para o estacionamento. Hanna olhou por cima do ombro tentando ver Mike de novo, mas ele já tinha voltado para junto de Mason Byers e James Freed.

— Você precisa ler isso! – disse Spencer assim que elas alcançaram um lugar mais calmo e silencioso do estacionamento. Ela pegou seu iPhone e colocou a tela debaixo do nariz de Hanna.

Hanna demorou alguns segundos para entender o que via. A tela mostrava o corpo de uma menina jogado na areia. A cabeça dela sangrava.

— Essa é...? – Hanna ofegou, apavorada demais para dizer o nome de Tabitha.

— Sim, é ela. A foto veio de A. De *Kelsey*.

Spencer contou, então, que tinha sido abordada por Kelsey. A garota a procurara para perguntar se Spencer havia recebido a mensagem dela. *Aquela* mensagem.

— Ela sabe o que fizemos, Hanna – disse ela. – Sabe de tudo. Veio me atacar feito uma louca e tentei me defender, mas as pessoas me seguraram dizendo que *eu* é que tinha ido para cima. E então, quando a coisa toda acalmou, Kelsey me encarou e eu juro que ela disse: *Você está morta.*

Hanna engasgou.

— Tem certeza, Spence?

Spencer balançou a cabeça.

— Precisamos encontrá-la e impedir que faça alguma coisa terrível. Mas não tenho ideia de onde ela possa estar.

Na rua, um barulho de arrancada lembrou Hanna do carro que quase passara por cima dela havia um instante.

De repente, Hanna fez todas as conexões. Ela arquejou.

— Acho que acabo de vê-la! Kelsey! Mas eu não me dei conta de que era ela.

— Onde foi isso? – gritou Aria.

Hanna engoliu em seco e mostrou a saída do restaurante.

— No carro dela. Estava indo embora. E, pessoal, ela não estava sozinha.

Spencer arregalou os olhos.

— Emily estava com ela, não estava?

Aria procurou as chaves do carro dentro da bolsa.

— Precisamos encontrá-las. *Agora*.

Ela começou a correr pelo estacionamento, seguida por Hanna. Mas apenas alguns passos depois Hanna se virou e viu que Spencer permanecera na calçada, alternando seu peso de um pé para o outro.

— O que foi, Spencer? — perguntou Hanna.

Spencer mordeu o lábio.

— Eu... Emily e eu brigamos no restaurante. E eu disse coisas terríveis. É bem provável que ela não queira mais me ver.

— Sim, claro que ela quer. — Hanna agarrou Spencer pelo braço. — É *Emily*. Em perigo. Estamos juntas nessa, certo?

Spencer balançou a cabeça, fechou o casaco e acompanhou as amigas até o carro de Aria, que pressionou o botão de destrancar no chaveiro e todas elas entraram. Assim que Aria deu a partida, Hanna apontou para um pedaço de papel enfiado na antena sobre o capô.

— O que é?

Spencer desceu do carro e puxou o papel da antena. Entrou no carro novamente, e as meninas juntaram as cabeças para ler. Depois deram um longo e sofrido suspiro.

**Rápido, garotas! Antes que seja tarde! – A**

# 33

## UM ÍDOLO DESTITUÍDO

Emily e Kelsey passaram correndo pelas lojas pitorescas na rua principal, pela torre do relógio da Universidade de Hollis, pela ponte coberta, pelo salão de cabeleireiro chique onde a Ali Delas havia levado Emily e suas amigas para depilar as sobrancelhas para a festa de formatura do sétimo ano. Ali tentara convencer Emily a depilar a virilha também, mas Emily tinha se recusado.

Kelsey não disse uma palavra, só dirigia, olhando diretamente para a frente. De vez em quando, seu corpo todo estremecia e tinha espasmos, como o corpo de Emily quando ela acordava de um pesadelo.

– Está tudo bem? – perguntou Emily, hesitante.

– Tudo bem – respondeu Kelsey. – Nunca me senti melhor! Estou ótima! Por que a pergunta?

*Meu Deus.* Kelsey conseguiu dizer isso tudo em menos de dois segundos. Emily se acomodou no assento do banco, sentindo o cinto de segurança cortar seu peito.

— Você foi tirar satisfação com Spencer sobre o que aconteceu, não foi? Como foi? Você está chateada?

Kelsey tirou as mãos do volante, inclinou-se para o lado e colocou a mão no ombro de Emily.

— Você é tão bonitinha. Sempre se preocupa assim com as pessoas ou eu sou especial?

— Ah... será que dava para você manter os olhos na rua? — pediu Emily quando o carro serpenteou pelas faixas da rua. Um carro que passava por elas buzinou e se desviou.

— *Espero* mesmo que eu seja especial para você. — Kelsey olhou para a frente de novo. — Porque você é especial para mim.

— Que bom — respondeu Emily, ainda um pouco desconcertada. Olhou pela janela, os postes telefônicos eram sombras escuras passando mais e mais rápido. Onde elas estavam mesmo? Esta era uma parte de Rosewood que ela raramente visitava.

Uma velha igreja quacker caindo aos pedaços surgiu na frente delas, e, logo depois, Kelsey virou o volante, enfiando o carro para uma saída quase imperceptível. Passaram voando por uma placa que dizia em caixa-alta e com caligrafia trêmula: PEDREIRA DO HOMEM FLUTUANTE.

— E-E... por que estamos indo lá? — gaguejou Emily.

— Você conhece o lugar? — Kelsey acelerou na colina íngreme. — É maravilhoso. Faz séculos que não vou lá. Desde antes de ir para o reformatório.

Emily espiou pela janela. Fazia tempo para ela também. Na última vez, ela e as outras meninas tinham descoberto que Mona Vanderwaal era o A original. Mona estava prestes a empurrar Spencer do penhasco para as pedras pontiagudas abaixo, mas Mona escorregara para a morte antes de seguir em frente com seu plano.

– Há lugares mais bacanas do que esse, você sabe – disse Emily, abalada. – Há um mirante perto dos trilhos de onde se pode ver toda a região.

– Nada disso, eu gosto daqui. – Kelsey parou o carro no estacionamento vazio perto de um grande contêiner de lixo. – Vamos lá! – Ela se apressou para dar a volta no carro até o lado de Emily e a puxou para fora. – Você precisa apreciar essa vista!

– Tudo bem, tudo bem. – Com um movimento, Emily se desvencilhou de Kelsey. Os saltos de seus sapatos afundaram na grama molhada. – Não sou muito chegada a alturas.

– Mas é tão lindo, Emily! – Kelsey fez um gesto na direção da beirada da pedreira. Seus olhos estavam arregalados e um pouco desfocados, e ela ainda tinha espasmos e estremecia. – Isso deveria estar na sua lista de coisas a fazer antes de morrer! Você não viveu até que tenha ficado na beirada de um penhasco! – Kelsey terminou a frase com um riso fraco. Um calafrio percorreu a espinha de Emily. Ela pensou em todas as advertências de Spencer. A coincidência na Jamaica. O empurrão que Emily levara no alto da ribanceira na trilha, com Kelsey aparecendo um instante depois. A súbita mudança de comportamento de Kelsey.

– Kelsey, o que está acontecendo? – sussurrou Emily.

Kelsey deu a ela um enorme sorriso maníaco.

– Nada. Por que perguntou isso?

– Você parece tão... *diferente*. Como se estivesse... não sei... bêbada ou algo assim.

— Só bêbada de vida! — Kelsey abriu os braços. — Pronta para fazer uma coisa incrível! Pensei que você fosse corajosa, Emily. Não quer vir para a beira do penhasco comigo?

Kelsey saltitou na direção da beirada, largando para trás sua bolsa aberta no banco do motorista. As luzes do console ainda estavam acesas, e Emily pôde ver o que havia na bolsa. Bem em cima, um frasco enorme de comprimidos. Não havia nome na etiqueta de prescrição.

Todos os sentidos de Emily estavam em alerta. Aquilo não iria acabar bem. Devagar e discretamente, ela tateou no bolso para achar o celular. Quando o encontrou, digitou uma rápida mensagem para Aria. SOS. *Estou na pedreira. Por favor, venha.*

Ela pressionou ENVIAR e esperou pela confirmação de que Aria recebera a mensagem. Kelsey se virou e percebeu o que estava acontecendo.

— Para quem está ligando?

— Ah... Para ninguém. — Emily colocou o celular de volta no bolso.

Kelsey ficou mole.

— Você não queria estar aqui, queria? Não quer ficar comigo.

— Claro que quero, Kelsey. Mas estou um pouco preocupada com você. Você parece... chateada. Meio esquisita. É por causa do que lhe contei? Eu deveria ter sido sincera desde o início. Desculpe.

Kelsey fungou com força.

— Bem, eu deveria ter sido sincera também.

Emily levantou a cabeça.

— O que quer dizer?

— Eu também sou uma mentirosa, como você. — Kelsey deu risinhos, como uma criança, e encarou Emily. — Lembra-se de quando eu disse que não sabia que você e Spencer eram amigas? E que não sabia sobre toda aquela história com Alison? Eu sempre soube, Emily. Só estava fingindo que não sabia.

Emily esfregou as têmporas, tentando entender aquilo.

— Por quê?

— Porque estava tentando ser legal. — O vento agitou o cabelo de Kelsey. — Tentei não ficar encarando você como se fosse uma louca. Qual é a *sua* desculpa, Emily? Você queria rir de mim pelas costas? Você e Spencer se divertiram bastante conversando sobre o que ela fez comigo?

— Claro que não! — gritou Emily. — Eu só descobri depois que nos conhecemos!

Os olhos de Kelsey brilharam.

— Você tem todo tipo de esqueletos no armário, não tem? — Ela balançou a cabeça, com desgosto. — Não acredito que você tenha feito o que fez. Você é uma pessoa horrível, Emily. *Horrível.*

Emily pressionou a mão no peito e sentiu o coração batendo forte através do tecido do vestido. A expressão de Kelsey havia mudado por completo. Agora, ela olhava para Emily com ódio puro, o mesmo que Emily sentira de si mesma quando o corpo de Tabitha apareceu na praia. De repente, todas as teorias de Spencer sobre Kelsey pareciam possíveis. Mais do que possíveis. Pareciam corretas. Ela pensou na foto de Tabitha no celular de Kelsey. E no rosto de Tabitha quando Aria a empurrara do deque. O som macio quando ela bateu no chão. O hotel parecia vazio, como se todos os hóspedes tivessem deixado a ilha naquela noite. Mas havia alguém assistindo. Kelsey.

Como Emily não enxergara isso antes? Spencer estaria certa? Emily fora cegada por sua paixonite?

De qualquer forma, Kelsey estava certa: Emily era uma pessoa horrível. A pior pessoa do mundo.

— Eu não queria que isso tivesse acontecido — sussurrou Emily. — Você não entende.

Kelsey balançou a cabeça com desgosto.

— Você *permitiu* que acontecesse. E não disse nada.

Emily cobriu o rosto com as mãos, pensando sobre os memoriais on-line de Tabitha, as inúmeras páginas mostrando as amigas e a família dela de luto.

— Eu sei. Eu deveria ter dito. Foi tudo tão horrível.

Ouviu-se um som distante de pneus no cascalho, e Emily se virou. Faróis despontaram acima do penhasco, e o Subaru de Aria acelerou colina acima. Aria virou o volante. Hanna, sentada ao lado dela, apontou freneticamente quando viu Emily.

Emily ergueu as mãos acima da cabeça, acenando para elas, mas Kelsey a segurou pelo pulso.

— Você vem comigo. — Ela puxou Emily em direção ao penhasco.

— Não! — Emily tentou se desvencilhar, mas Kelsey segurou-a com mais força, arrastando-a até que os pés de Emily saíram do chão.

— Quero mesmo que você veja isso — disse Kelsey, seguindo em direção ao barranco. Emily torceu os tornozelos uma porção de vezes em seus sapatos desconfortáveis e, quando um deles caiu, deixou-o para trás e percorreu o restante do caminho com um dos pés protegido apenas pela meia-calça. Lágrimas escorriam por seu rosto, e ela mal podia respirar de tanto medo.

— Eu sinto muito — gemeu Emily. Sua voz estava trêmula, tanto que ela mal conseguia pronunciar as palavras. — Achei que éramos amigas. *Mais* do que amigas.

— Nós *éramos*. — Kelsey empurrou Emily sobre uma pilha de pedras. — Isso vai doer mais em mim do que em você, Emily.

Elas alcançaram a beira do barranco. Pedrinhas despencavam ao longo da parede de rocha. Quando Emily olhou para o lado, tudo o que pôde ver foi uma escuridão profunda, infinita. Ela olhou por cima do ombro e viu Aria deixando o carro.

— Emily! — gritou ela. — Ah, meu Deus!

Kelsey empurrou Emily, forçando-a mais para perto da beirada, e Emily gritou. Kelsey iria fazer com Emily exatamente o que Mona tentara fazer com Spencer, o que Tabitha tentara fazer com Hanna, o que Ali tentara fazer com todas elas. Mas dessa vez A sairia viva... e sua vítima, morta.

— Por favor — implorou Emily. — Você não quer fazer isso. Talvez possamos conversar e resolver tudo. Entender o que aconteceu...

— Não há nada para entender — disse Kelsey, baixinho. — É assim que deve ser.

— Emily! — gritou Aria, aproximando-se.

Mas ela não estava perto o suficiente. Kelsey colocou as mãos nos ombros de Emily, que pôde sentir a respiração quente em seu ouvido. Seu corpo todo parecia tão tenso, como que se preparando para empurrar Emily, que fechou os olhos, percebendo que aqueles eram seus últimos momentos de vida.

— Por favor — sussurrou mais uma vez.

E então, de repente, Kelsey largou o braço de Emily, que se virou a tempo de ver Kelsey seguindo na direção do precipício. Ela olhou nos olhos de Emily, mas aquele olhar ensandecido, perigoso, desaparecera. Ela parecia exausta e incrivelmente triste.

— Adeus — disse Kelsey, com a voz mais patética que Emily jamais ouvira. Havia lágrimas nos olhos dela. Suas mãos tremiam com tanta violência que faziam barulho quando batiam contra o corpo dela. Um filete de sangue escorria de seu nariz. Ela olhou para a beirada do precipício e respirou fundo.

— Kelsey! — Emily levou só um segundo para perceber o que estava acontecendo. — Não pule!

Kelsey a ignorou, adiantando-se aos poucos até que os dedos de seus pés ficaram para fora da beirada. Mais pedras rolaram do barranco.

— É tarde demais. Estou cheia dessa porcaria que é a vida. — Ela estava articulando as palavras tão mal que Emily quase não a entendia. — Estou cansada de *tudo*. — Ela fechou os olhos e deu um passo na escuridão.

— Não! — Emily enroscou os braços em volta da cintura de Kelsey. Ela tentou acotovelá-la, mas Emily juntou toda a sua força e ergueu Kelsey de volta. As duas oscilaram e caíram na grama. Kelsey grunhiu, tentando se soltar. Emily a puxou com ainda mais força. Torceu o tornozelo mais uma vez e, de repente, estava no chão molhado e escorregadio com Kelsey em cima dela. Uma dor explodiu em sua cabeça e em seu cóccix. O frio das pedras atravessou seu casaco, alcançando sua pele.

Emily apagou por alguns momentos, ouvindo ao longo soluços fracos e o som vago de passos. Quando voltou a si, Hanna estava debruçada sobre seu rosto.

— Emily? *Emily!* Oh, meu Deus!

Emily piscou com força. Kelsey não estava mais em cima dela. Ela olhou em volta alarmada, com medo de que Kelsey tivesse se jogado no barranco, mas a menina estava a apenas meio metro de distância, enrolada como uma bolinha.

— Você está bem? — Aria apareceu no campo de visão de Emily também.

— Eu-Eu não sei — disse Emily, aturdida. E então tudo voltou. O medo. A certeza de que estivera prestes a morrer. O fato de Kelsey saber de *tudo* desde o começo. As lágrimas escorriam quentes pelo seu rosto. Seu corpo estremecia. Seus soluços soavam altos e desesperados.

Hanna e Aria se ajoelharam ao lado dela e a abraçaram com força.

— Está tudo bem — sussurraram elas. — Você está a salvo agora. Nós prometemos.

— Ei — disse outra voz a alguns metros. Emily abriu os olhos e viu uma terceira figura agachada perto de Kelsey. — Acorde.

O maxilar de Emily despencou. Era Spencer. Ela duvidara de Spencer e a traíra, mas a amiga viera assim mesmo.

— Garotas? — Spencer ergueu os olhos e afastou seu cabelo louro do rosto. — *Olhem.*

Ela saiu da frente para que as meninas vissem. As costas de Kelsey estavam arqueadas, sua cabeça jogada para o lado e seus braços e pernas dançavam como se estivessem sendo bombeados com um milhão de volts de energia elétrica. Bile borbulhava em sua boca. Os tendões estavam proeminentes em seu pescoço.

— O que há de errado com ela? — gritou Hanna.

— Vou ligar para o resgate.

Aria pegou o celular.

— Acho que ela está tendo uma overdose. — Spencer ajoelhou perto do rosto de Kelsey. — Ela deve ter tomado alguma coisa.

Emily ficou de pé, ainda fraca, e cambaleou até a bolsa de Kelsey, que ainda estava no banco do motorista do carro dela. Lá dentro estava o frasco de remédio pela metade.

— Ela tomou isso aqui. — E mostrou o frasco às outras.

Spencer olhou para elas e assentiu.

— *Easy A*.

Uma ambulância chegou com a sirene ligada à pedreira minutos depois de Aria ter ligado. Paramédicos cercaram Kelsey e imediatamente começaram a cuidar dela, mandando que as meninas se afastassem. Emily abraçou a si mesma, sentindo-se gelada e entorpecida. Aria observou os paramédicos com a mão sobre a boca. Hanna balançou a cabeça, dizendo:

— Ah, meu Deus.

Spencer parecia enjoada.

Depois de um tempo, a motorista da ambulância, uma mulher atlética e com cabelo castanho na altura do ombro, veio até as meninas.

— O que aconteceu?

— Acho que ela tentou se matar — respondeu Emily, a voz ainda fraca. — Acho que tomou muitos comprimidos... E ia pular do precipício.

Os paramédicos verificaram se Emily estava machucada, mas, além de estar arranhada e se sentir abalada, estava bem. Então eles colocaram Kelsey na ambulância e partiram. Emily observou em silêncio as luzes vermelhas serpentearem colina abaixo. Ouviu as sirenes até que o som desapareceu.

Um silêncio ensurdecedor se seguiu. Emily foi até Spencer, que estava olhando para o outro lado, encarando a enorme queda livre. Era a mesma vista que observaram juntas havia mais de um ano, quando Mona estava prestes a matá-la.

Não parecia coincidência que estivessem de volta àquele lugar.

— Desculpe-me — disse Emily baixinho. — Eu não deveria ter duvidado de você.

— Está tudo bem — respondeu Spencer.

— Mas eu contei tudo a ela. — Emily fechou os olhos. — Eu contei à Kelsey o que você fez na Penn. Como você armou a prisão e a mandou para o reformatório.

Spencer ergueu os olhos. Todos os tipos de emoção passaram pelo rosto dela.

— Você *contou*?

Emily fez uma careta.

— Ela não falou a respeito disso quando vocês conversaram esta noite?

Spencer balançou a cabeça.

— Tudo aconteceu tão rápido. Só gritamos uma com a outra.

Emily colocou a cabeça nas mãos.

— Sinto muito. Eu nunca deveria... — Emily emudeceu, engasgando com soluços. Aquilo tudo parecia tão errado. — Eu sou uma péssima amiga. Não fiquei do seu lado, Spence. — Emily sabia que isso era verdade. E em mais de um sentido.

— Ei, está tudo bem. — Spencer colocou a mão no ombro de Emily. — Eu entendo. E o que eu fiz a ela foi uma coisa terrível, horrorosa. Talvez eu tenha merecido também, depois de tudo o que disse a você.

O vento assobiou. Lá longe, Emily pensou que ainda podia ouvir as sirenes. Hanna e Aria se aproximaram ruidosamente, caladas e solenes.

— Kelsey vai contar a todos o que fizemos com Tabitha — disse Hanna.

— Ninguém vai acreditar nela — disse Spencer. — Ela está usando drogas. Vão pensar que tudo foi alucinação dela.

— Mas ela tem provas — argumentou Hanna. — Tem aquela foto de Tabitha morta na praia.

— Que foto? — guinchou Emily.

Spencer pegou seu celular, depois deu de ombros e pareceu mudar de ideia.

— É uma longa história. Sinceramente, eu deveria excluir essa foto e fingir que nunca recebi. Mas uma foto de Tabitha não prova que *nós* fizemos alguma coisa. Pode até fazer com que *ela* pareça culpada. Quem tira uma foto de um corpo e não avisa a polícia? Todos vão pensar que ela é apenas... louca.

Um avião sobrevoou a pedreira em silêncio, suas luzes vermelhas piscando. Uma ave deu um piado longo, sepulcral, em algum lugar da pedreira. Elas voltaram para o carro de Aria, abaladas mas ligeiramente aliviadas. Mas então as palavras de Kelsey estalaram na cabeça de Emily mais uma vez. *Você permitiu que acontecesse. Você é uma pessoa horrível.*

Só porque ninguém acreditou em Kelsey não significava que não havia acontecido. Emily *era* uma pessoa horrível. Aquela culpa nunca iria desaparecer.

# 34

## A FAMÍLIA PERMANECE UNIDA

Hanna acordou na manhã seguinte com o barulho das unhas de Dot arranhando a porta de seu quarto.

– Só um segundo, meu amorzinho – gemeu ela, sentando-se na cama.

O sol atravessava as janelas de sua sacada de Julieta. Pássaros piavam nas árvores. Aquela era uma manhã perfeitamente agradável... até que Hanna lembrou o que havia acontecido na noite anterior. Kelsey. Homem Flutuante. A ambulância levando-a embora. Ela parecera tão frágil. Mais uma vez, elas haviam escapado por pouco de serem mortas por A.

Mas agora tudo estava acabado. Ela pegou seu iPhone e vasculhou suas mensagens. Liam não havia escrito para ela naquela manhã, o que era muito estranho. Era a primeira vez que acontecia. Será que ele tinha chegado bem em casa? Eram 9:23, um pouco cedo, mas ela podia ligar para ele, certo? Hanna digitou o número dele, mas a mensagem foi parar na caixa postal.

— Acorde, dorminhoco — arrulhou ela depois do sinal eletrônico. — Espero poder vê-lo hoje. Já estou com saudade. Ligue para mim quando receber a mensagem.

Depois de vestir jeans justos e uma camiseta Petit Bateau, Hanna desceu os três lances de escada até a cozinha carregando Dot nos braços. O pai dela estava sentado junto ao balcão de café da manhã, analisando uma pilha de planilhas. Kate estava debruçada sobre a metade de uma toranja em cima da mesa, folheando o jornal. Quando viu Hanna entrar, encarou-a de modo estranho. Hanna fingiu arrumar o fecho da coleira de Dot. Kate provavelmente havia descoberto que Hanna não assistira à peça e estava louca da vida, mas a última coisa que Hanna queria era uma briguinha.

Acontece que Kate não parava de encará-la, mesmo depois que Hanna soltou Dot no chão, serviu-se de uma xícara de café e adicionou um pouco de leite de soja.

— O que foi? — perguntou Hanna por fim. Deus, afinal de contas aquela não tinha sido a estreia de Kate na Broadway.

— Ah... — Kate baixou os olhos para a seção de Estilo do jornal e empurrou-o para Hanna com o dedo. Hanna baixou os olhos também. Quando ela viu a imagem na página aberta, cuspiu todo o café no chão.

— Você está bem? — O sr. Marin virou-se e saiu do banco.

— Estou bem. — Hanna limpou o café com um guardanapo. — Tudo bem.

Mas Hanna não estava nada bem. Ela se concentrou na imagem no jornal mais uma vez, rezando para estar imaginando coisas. Três fotos do lindo rosto sorridente de Liam olhavam de volta para ela. Na primeira, ele estava com o braço em volta de uma loura magra de nariz pontudo. Na segunda, estava beijando uma menina de cabelo escuro usando um vestido preto soltinho de jersey. E, na terceira, estava andando por uma movimentada rua de Philly, de mãos dadas com uma menina de cabelo curto que usava óculos escuros enormes e um casaco Burberry. *Um Romeu da vida real, enamorado do amor,* dizia a legenda perto da montagem. *Liam Wilkinson é um dos solteiros mais cobiçados de Philly... e ele adora explorar o terreno.*

Hanna ficou imediatamente sem ar. As legendas da foto forneciam os nomes de cada uma das meninas com quem Liam estava e quando eles haviam sido vistos juntos. Uma das fotos era do começo daquela semana, em um dos dias em que Hanna e Liam não tinham se visto. E a menina de cabelo curto, cujo nome era Hazel, era descrita como "a namorada mais antiga de Liam, aquela com quem ele espera se casar algum dia".

O olhar dela foi atraído para um trecho do artigo. "'*Ele é definitivamente encantador', disse Lucy Richards, uma das ex-namoradas de Liam do ano passado. 'Ele me fez sentir como a única garota do universo. Disse que nunca havia se sentido daquela forma, a não ser comigo. Ficou falando sobre fugir comigo e me levar para um dos chateaux da família dele na França ou na Itália. Isso definitivamente me fez sentir especial... até que percebi que ele fazia isso com toda menina com quem saía.*"

Hanna esticou o braço até o meio da mesa, pegou uma torrada da pilha e enfiou na boca. Depois apanhou outro pedaço e em seguida uma fatia de bacon, ainda que não comesse bacon havia anos. Liam dissera todas essas coisas para ela também. Ele fizera aquelas mesmas promessas. Então era só uma... cantada? Uma conquista barata? E ela havia se apaixonado por ele. Ela o deixara passar a noite na casa de seu pai. Pusera em risco a carreira do pai.

Hanna sentiu as pernas trêmulas quando se levantou. A cozinha pareceu inclinar-se e oscilar, como se a casa enfrentasse um maremoto. O rosto adorável de Liam não desaparecia da mente dela. Todas as coisas doces e românticas que ele dissera. A paixão que havia surgido e se estabelecido entre eles. *Meu Deus.*

Ela cambaleou da cozinha para a sala de estar. Quando digitou o número de Liam no celular, a ligação caiu na caixa postal novamente depois de vários toques.

— Ótimo artigo sobre você no *Sentinel* — explodiu Hanna assim que ouviu o sinal. — Não me ligue de volta. *Nunca mais.*

Quando ela desligou, o celular escorregou dos seus dedos para o sofá. Hanna afundou-se ali e abraçou uma almofada, mordendo a língua com força para não chorar. Graças a Deus que ela não contara a Liam nada importante sobre seu pai. Graças a Deus que ela não contara sobre Tabitha.

— *E aí?*

Hanna se virou. Kate estava na porta. Havia um olhar desconfortável no rosto dela. Ela entrou na sala de estar, acomodou-se na ponta da poltrona estampada na frente de Hanna e esperou. Kate *sabia*. Afinal, ela havia empurrado a seção de Estilo na direção de Hanna, para que ela visse.

— Como descobriu? — perguntou Hanna com uma voz baixa e cheia de ódio.

Kate mexeu com o colar de pérola em seu pescoço.

— Vi vocês juntos no *flash mob*. E depois ouvi vocês, na outra noite, no seu quarto. Eu sabia que ele estava aqui.

Hanna se contorceu.

— Você vai contar para o papai, não vai? — Ela olhou para a cozinha. Seu pai estava andando em volta da ilha, com o celular no ouvido.

Kate se virou.

— Ele não precisa saber.

Hanna piscou, incrédula, sem tirar os olhos de Kate. Aquela era a oportunidade perfeita para Kate ser a favorita do papai de novo. O pai nunca perdoaria Hanna por uma coisa daquelas.

— Eu também fui traída — disse Kate baixinho.

Hanna ergueu os olhos surpresa.

— Por Sean?

Kate balançou a cabeça.

— Não por *ele*. Por alguém com quem eu saí em Annapolis, antes de me mudar para cá. O nome dele era Jeffrey. Eu estava tão apaixonada por ele. Mas então descobri pelo Facebook que ele namorava outra menina.

Hanna se ajeitou.

— Sinto muito. — Hanna achou difícil acreditar que alguém poderia trair a perfeita Kate, mas ela parecia tão humilde. Quase humana.

Kate deu de ombros. Ergueu seus olhos verdes para Hanna.

— Acho que devemos acabar com eles. Aquela família não mexeu só com Tom, mas com você também.

Então Kate se levantou e desfilou para fora da sala, seus braços em harmonia, seus ombros para trás. Hanna contou até dez lentamente, esperando Kate se virar e dizer: *Brincadeirinha! Eu vou contar tudo que sei sobre você, vadia!* Depois de um momento, Hanna ouviu um clique delicado da porta do quarto de Kate se fechando. Hum.

— Ligo para você em um instante — disse o sr. Marin em voz alta na cozinha, e Hanna ouviu o sinal do final da ligação. Ela se levantou, a ponta dos dedos formigando. Kate estava certa. Talvez Hanna devesse acabar com a família de Liam. Hanna não tinha contado nada vital sobre o pai dela — a não ser os fatos típicos de um divórcio, coisas que vivem acontecendo com os mais diferentes tipos de família e muitas histórias embaraçosas sobre seu peso —, mas Liam havia contado a Hanna um segredo gigantesco sobre a família dele. Algo que tiraria Tucker Wilkinson da campanha para sempre.

— Papai. — Hanna entrou na cozinha. Agora seu pai estava parado na pia, lavando os pratos. — Tem algo que preciso lhe contar. Sobre Tucker Wilkinson.

O pai dela virou-se, uma sobrancelha erguida. E então ela despejou tudo o que Liam lhe contara. O caso do pai dele, a gravidez indesejada da amante, o aborto. Os olhos do pai dela se arregalavam mais a cada palavra. O queixo dele não parava de cair. As palavras pareciam veneno saindo da boca de Hanna, pior do que qualquer fofoca que ela jamais espalhara, mas então ela se lembrou das fotos do jornal mais uma vez. Elas a fizeram pensar na citação de alguma peça do tempo de Shakespeare que, no ano anterior, o sr. Fritz os obrigara a ler na aula de inglês: *O inferno não conhece fúria como a de uma mulher menosprezada.*

Liam bem que merecia isso.

# 35

## QUEM SE IMPORTA COM PERFEIÇÃO, AFINAL?

— Mike, o cereal deve ser comido com uma colher — disse Ella na mesma manhã, quando sentou-se com Aria e Mike para tomar café da manhã no recuo ensolarado da cozinha. O aposento cheirava a café orgânico, suco de laranja recém-espremido e flores silvestres ligeiramente murchas que Thaddeus enviara a Ella no outro dia.

Com má vontade, Mike pegou uma colher de prata antiga da gaveta e afundou em seu lugar novamente. Então Ella se voltou para Aria.

— Ei, o que aconteceu com você na festa do elenco noite passada? Eu me virei, e você tinha sumido.

Aria empurrou os grandes óculos Ray-Ban para cima do nariz. Ela os estava usando para esconder os olhos vermelhos e inchados por uma noite inteira chorando por causa de Ezra, Kelsey, A e todo o resto.

— Eu tive que resolver algumas coisas — balbuciou ela.

— Você devia ter ficado por lá. — Mike mastigou seu cereal Kashi fazendo barulho. — O diretor ficou muito mamado. As pessoas dizem que é por isso que ele teve que vir trabalhar em uma escola particular qualquer; ele é um bêbado. E Spencer Hastings ficou enlouquecida com uma garota. *É uma louca!* — Ele cantou as últimas palavras e esbugalhou os olhos.

— Ela não é louca. — Aria mexeu seu waffle Fresh Fields de um lado para outro, os eventos da noite passada reprisados em sua cabeça. Spencer tivera uma boa razão para perder o controle.

Então Kelsey era a Nova A. Por um lado, isso era bom. Pelo menos agora elas sabiam quem escrevia as mensagens. Por outro, e se as pessoas *realmente* acreditassem no que Kelsey sabia sobre Tabitha? Nesta manhã, mais três histórias apareceram na internet sobre a morte de Tabitha: uma sobre um novo procedimento forense que os cientistas seguiram para provar definitivamente que era o corpo de Tabitha, outra sobre um festival de bolos feito em homenagem a Tabitha e uma terceira sobre menores consumindo álcool, mencionando a morte de Tabitha como exemplo recente.

Tabitha estava ficando popular em sua comunidade, da mesma forma que Ali fora em Rosewood. Se a cidadezinha natal de Tabitha em Nova Jersey ficasse sabendo que ela fora assassinada, importaria à população que o denunciador da trama era uma menina viciada em drogas? E se Kelsey tivesse mais fotos do corpo de Tabitha? Ela pensou na mensagem recente de A: *Não pense que vai escapar do meu ódio, assassina. Você é a mais culpada de todas.* Kelsey parecia saber que tinha sido *Aria* a dar o empurrão fatal.

O celular de Mike tocou, e ele pulou para atender e saiu da sala. Ella tirou o guardanapo de seu colo e se inclinou para a frente apoiada nos cotovelos.

– Querida, quer conversar sobre alguma coisa?

Aria sorveu seu café ruidosamente.

– Não mesmo.

Ella pigarreou.

– Tem certeza? Não pude deixar de notar você e um certo ex-professor seu noite passada.

Aria estremeceu.

– Não há nada para contar.

E não havia. Ezra não havia ligado para Aria depois que ela o pegara com Klaudia. Não recebera nenhuma mensagem pedindo perdão ou caixas de chocolate que diziam *"por favor, me aceite de volta"* na escada da frente. A mudança para Nova York certamente não iria acontecer. O caso de amor também não. Era como se ela tivesse sonhado com tudo aquilo.

Aria suspirou e levantou a cabeça.

– Você se lembra como, antes de eu ir para a Islândia, todo mundo ficou me dizendo que seria maravilhoso voltar para lá?

– Claro. – Ella colocou mais Sugar in the Raw em seu café.

– Mas então, quando voltei, contei a você que, bem... já não era a mesma coisa? – Aria mexeu no conjunto de sal e pimenta em formato de gnomo que estava na mesa. – É como se você, depois de sonhar com alguma coisa por tanto tempo, descobrisse que, às vezes, a realidade toma outro rumo.

Ella estalou a língua.

— Sabe, você vai fazer alguém muito feliz um dia — disse ela depois de um instante. — E alguém vai fazer *você* feliz um dia também. Você saberá quando for o certo.

— Como? — perguntou Aria baixinho.

— Você apenas saberá. Eu juro.

Ella acariciou as mãos de Aria, talvez esperando que a filha dissesse mais alguma coisa. Quando ela não o fez, Ella se levantou para tirar a mesa. Aria se deixou ficar em sua cadeira, pensativa. Ela sabia que havia algo diferente com Ezra assim que ele voltou, mas não quisera admitir. Era o mesmo que sentira em Reykjavík, quando o ônibus do aeroporto os levou para a cidade. Aria queria adorar o lugar da mesma forma, mas não era como ela se lembrava. O bar que vendia sopa em tigelas gigantes não estava mais na esquina. A antiga casa de Aria havia sido pintada com um tom de rosa espalhafatoso, e uma antena parabólica tomava metade do telhado.

E também havia o que acontecera naquela viagem, algo que tinha mais ou menos arruinado as lembranças de Aria desse país para sempre. Era um segredo que só suas antigas melhores amigas sabiam, um segredo que ela levaria consigo para o túmulo.

Quando a campainha tocou, Aria se aprumou. Seria Ezra? Ela *queria* mesmo que fosse Ezra? Tanto para a Islândia quanto para Ezra, valia a mesma conclusão: algo da velha magia se perdera.

Aria se levantou da mesa, apertou o cinto do roupão em volta da cintura e abriu a porta. Noel estava na varanda, retorcendo as mãos.

— Ei.

— Ah. Oi — disse Aria com cautela. — Está procurando Mike?

— Não.

Segundos estranhos se passaram. A torneira da cozinha ligou e depois desligou. Aria se apoiou em um pé, depois no outro.

— Senti sua falta — desabafou Noel. — Não consigo parar de pensar em você. E eu sou um idiota completo. O que eu disse no corredor da escola no outro dia... era besteira. Eu não quis dizer aquilo.

Aria olhou para baixo, para o talho no piso que ela fizera quando era pequena, enfiando uma faça cega na madeira macia, pensando que era escultora.

— Mas você estava certo. Nós *somos* realmente diferentes. Você merece alguém mais... *rosewoodiana*. Alguém como Klaudia.

Noel gemeu.

— Oh, Deus. Klaudia *não*. Aquela menina é louca.

Uma luzinha piscou no coração de Aria.

— Ela me fez trabalhar como um cachorro depois daquele machucado no tornozelo — disse Noel. — E eu descobri que ela é totalmente cleptomaníaca. Andou roubando coisas do meu quarto! Cuecas, CDs, páginas dos meus cadernos... E então percebi que ela levou minha jaqueta de couro, aquela que era do meu avô.

Aria franziu a testa.

— Eu a vi com ela na escola e achei que você tinha dado a jaqueta para ela.

Noel ficou horrorizado.

— De jeito nenhum! E, quando perguntei a ela sobre isso, ela ficou maluca. Depois começou a falar de *você*, dizendo que *você* estava espalhando mentiras sobre ela... Que você disse a todo mundo que ela tinha ameaçado você, que ela estava determinada a dormir comigo e que eu não deveria acreditar nisso. Mas eu meio que acho que ela quer *mesmo* dormir comigo. Algumas noites atrás, acordei com ela parada na minha porta, vestindo... – Ele ficou mudo, com um olhar esquisito no rosto. – Eu disse a minha mãe que a queria fora de casa.

– Nossa – disse Aria. Parte dela queria ficar feliz, mas parte dela estava apenas cansada.

– Então... você não dormiu com ela?

Ela não conseguiu evitar perguntar. Era meio inconcebível pensar que Noel resistira à linda Klaudia.

Noel balançou a cabeça.

– Eu não estou interessado nela desse jeito, Aria. Eu gosto de outra pessoa.

Um *frisson* tomou conta dela. Aria não ousava olhar para ele por medo de revelar o que sentia.

Noel se apoiou no batente da porta.

– Eu deveria ter ouvido você. Em *tudo*. Eu entendo se não quiser voltar comigo, mas... sinto sua falta. Talvez pudéssemos pelo menos ser amigos? Quer dizer, quem mais iria comigo para o restante das aulas de culinária?

Aria levantou a cabeça.

– Você *gostava* daquelas aulas de culinária?

– São meio coisa de menina, mas são divertidas. – Noel sorriu timidamente. – E, de qualquer forma, temos que fazer nossa *Batalha dos Chefs* no final do semestre.

O embriagante aroma de sabonete de laranja que Noel sempre usava fez o nariz de Aria coçar de forma agradável. O que ele estava pedindo: uma companheira para as aulas de culinária... ou que Aria voltasse a ser sua namorada? Talvez fosse tarde demais para voltar a ficar com ele. Talvez eles de fato *não* tivessem tanto em comum. Aria nunca seria uma Típica Garota de Rosewood, afinal. Nem valia a pena tentar.

Ela deve ter demorado muito para responder, porque Noel suspirou.

– Você não voltou com aquele professor, voltou? Quando eu vi vocês juntos noite passada...

– Não – disse Aria na mesma hora. – Ele está... – Ela fechou os olhos com força. – Na verdade, ele está a fim da Klaudia.

De repente isso pareceu ridículo. Ela se inclinou para trás e riu até que as lágrimas saíssem de seus olhos.

Noel riu sem jeito, sem realmente entender a piada. Depois de um momento, Aria olhou para ele. Noel parecia tão doce, parado ali na varanda com jeans largos, uma camiseta grande demais e tênis de borracha sobre meias brancas de ginástica, um visual que Aria sempre detestara. Ele nunca escreveria um livro. Nunca reviraria os olhos para o estilo de vida dos subúrbios, nunca reclamaria de como tudo ali era tão planejado e pretensioso. Mas, então, ela se lembrou do Natal, quando Noel aparecera na frente da casa dela de roupa de Papai Noel, com um saco de presentes para ela, tudo porque Aria lhe contara que nunca ninguém em sua família se fantasiara de Papai Noel quando era pequena. E se lembrou de quando arrastara Noel para a ala de arte moderna do Museu de Arte da Filadélfia. Ele tinha percorrido pacientemente cada uma das salas com ela e depois comprara um livro sobre o Período Azul de Picasso na loja de presentes, porque tinha achado os quadros dele alucinantes. E ele fazia Aria rir: em uma das aulas do curso de culinária da Hollis, com as facas apontadas para pimentões verdes, Noel comentara que eles pareciam traseiros perebentos. Os outros alunos, a maioria senhoras ou solteirões tristes provavelmente fazendo o curso para conhecer mulheres, olharam feio para eles, o que os fez rir mais ainda.

Ela se aproximou de Noel. Seu coração disparou quando ele se inclinou, o hálito dele doce e quente no rosto dela. Eles tinham terminado havia apenas duas semanas, mas no instante em que seus lábios se tocaram parecia ser o primeiro beijo deles.

Fogos de artifício explodiram no peito de Aria. Seus lábios formigavam. Noel a trouxe para perto e a apertou tão forte que ela pensou que fosse explodir. E, certo, garoava lá fora e Aria tinha certeza de que a boca de Noel tinha gosto de café e que os sapatos de chuva dele provavelmente estavam cheios de bolor. O momento não era perfeito, mas não importava.

Apenas parecia... certo. Talvez até fosse o *certo* sobre o qual Ella falara na cozinha momentos antes. E para Aria era tão perfeito quanto possível.

# 36

## O VERDADEIRO SPENCER F.

— Desculpe-me por estar cheirando a cloro — disse Spencer, levantando o tampo da banheira de hidromassagem da família no quintal, que ficara fechada desde o último outono. Ela mexeu no nó de seu biquíni da Burberry.

— Estou acostumada — disse Emily. Ela estava usando um dos seus maiôs de treino, as alças esgarçadas e o emblema da Speedo quase apagado.

— Contanto que esteja quente, não me importa — completou Hanna, tirando a camiseta para revelar um biquíni novo da Missoni. E Aria deu de ombros, abrindo o zíper de seu moletom, revelando um maiô de bolinhas que parecia ter vindo de uma cápsula do tempo, direto dos anos 1950.

O vapor escapava por baixo da tampa da banheira. A água borbulhava, convidativa. Percival, o velho pato de borracha de Spencer, deixado lá desde a última vez que ela usara a banheira, boiava na água. Trazer Percival ali era um ritual dela, que começara quando era pequena, e seus pais só a deixavam ficar na banheira alguns minutos de cada vez. A Ali Delas costumava rir dela por causa disso, dizendo que era tão ruim quanto qualquer ursinho de pelúcia favorito, mas Spencer amava a carinha sorridente do pato balançando entre as bolhas.

Uma a uma, as meninas entraram na banheira quente. Spencer as havia convidado para discutirem com calma o que acontecera com Kelsey, mas, assim que viu o sr. Pennythistle – ela realmente deveria começar a chamá-lo de Nicholas – mexendo na tampa da banheira mais cedo, ela pensou que poderiam também relaxar durante a visita.

– Está maravilhoso – murmurou Aria.

– Ótima ideia – concordou Emily. Suas bochechas e testa brancas já estavam vermelhas com o calor.

– Lembram-se da última vez que estivemos em uma banheira juntas? – perguntou Hanna. – Em Poconos?

Todas assentiram, observando a fumacinha branca do vapor. Ali correra para baixo do deque para ligar a banheira, deixando as meninas sozinhas na varanda. Elas todas se abraçaram e falaram sobre como estavam felizes de ser amigas de novo.

– Eu me lembro de estar muito feliz – disse Emily.

– E então tudo mudou tão rápido – falou Hanna com a voz embargada.

Spencer arqueou o pescoço e procurou formas nas nuvens cinzentas. Aquela noite em Poconos parecia ter acontecido um dia antes e, ao mesmo tempo, há milhões de anos. Elas algum dia superariam aquilo, ou seria algo que as assombraria para o restante de suas vidas?

– Eu descobri em qual clínica de reabilitação Kelsey está – disse ela depois de um instante. – Preserve.

As meninas ergueram os olhos, abismadas. Preserve era a clínica para a qual A enviara Hanna ano passado... E onde a Verdadeira Ali tinha passado todos aqueles anos.

– A enfermeira disse ao telefone que ela pode receber visitas a partir de amanhã – continuou Spencer. – Acho que deveríamos ir.

– Você está falando sério? – Hanna arregalou os olhos. – Você não acha que deveríamos ficar longe dela?

– Temos que descobrir o que ela realmente sabe – disse Spencer. – Descobrir como ela se tornou A. O que queria conosco.

– Ela queria o que todo A quer. – Hanna cutucou suas cutículas. – Vingança.

– Mas por que ela tentou se matar? – Spencer havia pensado no problema a noite toda. – Isso não é típico de Mona ou Ali. Eu achava que ela nos queria mortas em vez disso.

– Talvez ela quisesse nos torturar com a culpa de ter feito com que ela se matasse – sugeriu Aria. – É a forma mais terrível de fazer alguém sentir culpa. Carregaríamos isso na consciência para o resto de nossas vidas.

O forte cheiro de cloro fez o nariz de Spencer coçar. Ela nunca suspeitara que Kelsey fosse suicida – a garota sempre parecera tão feliz e despreocupada na Penn, mesmo quando começaram a tomar *Easy A*. Teria sido o reformatório que a modificara? Teria sido seu vício em drogas? Essa era a maior surpresa de todas. Em todas as lembranças de Spencer, Kelsey resistia a tomar pílulas, parecendo enojada pelo seu passado de drogada. Ela jamais teria imaginado que Kelsey voltaria a isso depois do reformatório. Depois da experiência da noite na delegacia, Spencer deixara de tomar *Easy A* imediatamente. Fora difícil, ainda mais com toda a pesquisa que ainda tinha que fazer, mas ela se aplicara nos estudos e conseguira nota máxima em cada um dos testes. E agora ela nem mesmo sentia falta dos comprimidos.

A vida de Kelsey tomara um rumo tão diferente. Mesmo que Kelsey não houvesse conseguido pular da pedreira, só o fato de ela ter desejado fazer aquilo acabava com Spencer. Podia ter sido tudo culpa dela, tanto por levá-la de volta às drogas quanto por fazê-la voltar ao reformatório. As visões que Spencer tivera, tanto de Kelsey quanto de Tabitha, não eram por causa do estresse da escola, como quisera crer. Aquilo era a culpa devorando-a por dentro. Era bom que ninguém importante tivesse visto seu ataque a Kelsey na festa do elenco, como Wilden, sua mãe ou qualquer dos professores de Rosewood Day – Pierre estava lá, mas parece que ele também estava bêbado. Se Spencer não encontrasse em breve uma válvula de escape saudável para essa culpa, temia o que poderia ver – ou fazer – em seguida.

– Talvez Spencer esteja certa. – Emily quebrou o silêncio. – Talvez devêssemos ir ver Kelsey no Preserve. Tentar esclarecer as coisas.

Hanna mordeu o mindinho.

– Pessoal, eu não fico muito confortável voltando para lá. É um lugar horrível.

– Estaremos com você – disse Aria. – E, se ficar muito difícil, eu a levo para casa. – Depois olhou para Spencer. – Eu também acho que deveríamos ir. Juntas.

– Quando entrarmos em casa, vou marcar um horário para amanhã – disse Spencer.

Pingos pesados de chuva começaram a cair na banheira, primeiro lentamente e depois de forma rápida e constante. Podia-se ouvir um trovão retumbar a distância. Spencer olhou para o céu cor de aço.

— E lá se foi nosso banho quente.

Ela saiu da banheira, enrolou-se em uma toalha laranja e deu três toalhas para suas velhas amigas. Todas estavam em silêncio quando caminharam na direção da cozinha dos Hastings. Quando alcançou Emily, Spencer pegou no braço dela.

— Você está bem?

Emily balançou a cabeça parecendo insegura, os olhos fixos nas tábuas de madeira do deque.

— Quero dizer de novo que sinto muito — suspirou ela. — Eu não queria ter contado a Kelsey o que você fez. Eu nunca deveria ter confiado nela em vez de em você.

— Eu nunca deveria ter dito as coisas que disse a você, Emily. Não sei o que aconteceu comigo.

— Talvez eu tenha merecido — disse Emily com tristeza.

— Não mereceu. — Pobre Emily, sempre pensando que merecia o pior. Spencer se inclinou na direção dela. — Nós fomos terríveis umas com as outras desde a Jamaica. A essa altura já deveríamos saber que precisamos ficar juntas e não brigar.

— Eu sei. — Um pequeno sorriso nasceu nos lábios de Emily. Depois, de modo estranho, ela deu um passo adiante e colocou os braços em volta do ombro de Spencer, que retribuiu o abraço, sentindo lágrimas brotarem nos olhos. Em instantes, Aria e Hanna voltaram da cozinha e olharam para elas. Spencer não tinha certeza se haviam ouvido a conversa ou não, mas as duas meninas avançaram e passaram os braços em volta de Spencer e Emily também, fazendo um sanduíche, do mesmo modo como se abraçavam no sexto e sétimo anos.

Elas estavam com uma menina a menos, mas Spencer não sentia a menor falta dela.

Uma hora mais tarde, depois que as meninas foram embora, Spencer ligou marcando a hora para visitar Kelsey no dia seguinte. Então, sentou-se no sofá da sala, tocando o pelo macio de Beatrice, distraída. Pela primeira vez, a casa estava em completo silêncio. A orquestra de câmara de Amelia não estava ensaiando naquela noite. Spencer imaginou como as músicas soariam com um violinista faltando.

Quando o telefone da casa tocou, Spencer se assustou de tal maneira que seu corpo todo se contorceu. *Comitê de Admissões de Princeton*, dizia o identificador de chamada. Ela olhou para o telefone por um momento, com medo de atender. Era agora. A grande decisão da vida de Spencer havia sido tomada.

– Srta. Hastings? – disse uma voz brusca quando Spencer atendeu. – Não nos conhecemos, mas meu nome é Georgia Price. Eu sou do comitê de admissões da Universidade de Princeton.

– Certo. – As mãos de Spencer estavam tão trêmulas que ela mal conseguia segurar o telefone. Ela só conseguia imaginar a próxima frase. *Lamentamos informá-la, mas Spencer F. era um candidato muito mais forte...*

– Gostaria de saber se ainda planeja vir até aqui para a reunião de admissões prévias semana que vem. – A voz animada de Georgia interrompeu os pensamentos de Spencer.

Ela franziu a testa.

– Perdão?

Georgia repetiu o que havia dito. Spencer riu, confusa.

— E-Eu pensei que vocês ainda estavam revisando minha candidatura.

Houve um barulho de papéis sendo virados.

— Ah... não. Acho que não. Aqui diz que aceitamos você seis semanas atrás. Parabéns novamente. Foi um ano difícil para admissões.

— E o outro Spencer Hastings? — disse Spencer. — O menino com o mesmo nome que o meu que também se candidatou? Recebi uma carta dizendo que alguém do comitê de admissões revisou nossas candidaturas pensando que éramos a mesma pessoa, e...

— Você recebeu uma carta *nossa*? — Georgia parecia chocada. — Srta. Hastings, nós jamais faríamos algo assim. Sua candidatura é revisada por cinco grupos diferentes de leitores. Discutida em comitês. Aprovada pelo próprio reitor. Eu garanto que não cometemos erros com quem admitimos. Somos muito, *muito* cuidadosos.

Spencer olhou para seu reflexo no grande espelho do vestíbulo. Seu cabelo estava uma confusão. Havia uma ruga no meio de sua testa que sempre aparecia quando ela ficava extremamente confusa.

Georgia deu a Spencer os detalhes da reunião e desligou. Depois disso, Spencer se sentou de volta no sofá, piscando com força. O que diabos acabara de acontecer?

E depois Spencer entendeu. Ela se levantou e caminhou pelo corredor até o antigo escritório de seu pai, onde ainda havia um monte de computadores e apetrechos de trabalho. Levou cinco segundos para se conectar à internet e outros cinco para abrir o Facebook. Com as mãos tremendo, ela digitou o nome Spencer F. na janela de busca. Vários perfis de Spencer Hastings apareceram, mas nenhum do garoto de ouro de Darien, Connecticut, que Spencer procurara dias antes.

Ela imaginou a carta de Princeton nas mãos. Pensando bem nela, o lacre *parecera* estragado. E *era* suspeito que Kelsey soubesse que Spencer fora aceita em Princeton...

Claro. Kelsey escrevera a carta. Ela criara o perfil de Spencer F. também, para mexer com a cabeça dela. Spencer F. não existia. Foi tudo uma armação.

Spencer fechou os olhos, envergonhada por ter sido tão ingênua.

— Boa, Kelsey — disse ela para a sala silenciosa. Ela precisava reconhecer que sua antiga amiga a enganara de novo. Aquilo tinha a assinatura de A, sem sombra de dúvida.

# 37

## CARA A CARA COM O INIMIGO

Hanna estava tomada pelo medo enquanto caminhava pelo saguão brilhante da clínica Preserve de Bem-Estar Mental e Recuperação Addison-Stevens no domingo à tarde. De repente, ela estava revivendo os eventos do ano anterior: como o pai a havia empurrado pela porta giratória, certo de que ela precisava de ajuda com os ataques de pânico. Como Mike andara com ela pelo saguão dizendo: "Bem, *isso* não parece tão ruim!" De fato, o saguão não era mesmo ruim. Mas o restante do lugar era um pesadelo. Ao lado dela, Aria olhava mais de perto um cacto alto em um vaso no canto. Alguém havia colocado dois olhos, um nariz e uma boca em seu longo corpo verde.

– Onde foi que já vi isso?

Spencer olhou para ele e balançou a cabeça. Hanna deu de ombros, assim como Emily, que havia se arrumado para a ocasião com uma saia cinza de tecido amassado e um suéter branco quase pequeno demais. Ela se virou e observou nervosamente um casal com um menino magro de olhos fundos apoiar os cotovelos na mesa da recepção.

— É tão estranho pensar que Ali esteve *aqui* — sussurrou ela.

— Com certeza — disse Hanna. A família de Ali a deixara ali por anos mesmo e mal vinha visitá-la. Eles presumiram que ela era a gêmea louca, ignorando seus apelos de que *era* realmente a Verdadeira Ali. Isso provavelmente era o suficiente para fazer alguém perder a cabeça.

Spencer abordou a atendente na mesa de recepção e disse que elas estavam lá para visitar Kelsey Pierce.

— Certo, por aqui — disse a atendente bruscamente, lançando às meninas um olhar circunspecto. — Por que eu conheço vocês?

Todas se entreolharam. *Porque uma paciente daqui tentou nos matar*, Hanna queria dizer. Era um espanto que a Preserve não tivesse sido fechada por um comitê médico — afinal, eles permitiram que a Verdadeira Ali saísse, pensando que ela estivesse bem, e ela acabara matando um monte de gente inocente.

Elas entraram em uma sala arejada com mesas redondas. Havia um bebedouro no canto, uma cafeteira na prateleira. Cartazes escritos em amarelo com estêncil, com frases otimistas que supostamente deveriam desenvolver a autoestima dos pacientes, ocupavam todas as paredes: Você é único! Deseje o máximo! Blergh.

Hanna reconheceu a foto em preto e branco da escadaria em espiral; aparentemente, um interno da Preserve a fizera quando se recuperou. A sala tinha vista para o corredor, e ela não conseguia evitar olhar para alguns dos pacientes que passavam, meio que esperando reconhecer alguns deles. Como Alexis, que nunca comia nada. Ou Tara, que tinha seios enormes. Ou Iris, que Hanna pensou que fosse A e que também fora companheira de quarto da Verdadeira Ali. Mas nem as enfermeiras eram conhecidas. Betsy, a enfermeira que administrava medicamentos, se fora. E não havia sinal da dra. Felicia, que liderava as torturantes sessões de terapia de grupo.

Depois de um instante, a porta do corredor foi aberta, e uma enfermeira forte com uma verruga peluda no queixo trouxe para dentro da sala uma menina de aparência frágil vestida com pijama de hospital rosa. A menina tinha cabelo ruivo brilhante e feições pequenas e regulares, mas ainda levou um tempo para Hanna perceber que era a mesma pessoa que ela conhecera brevemente na festa de Noel no ano anterior... *Ou* a pessoa enlouquecida que tinha visto na pedreira duas noites antes. Havia círculos debaixo dos olhos de Kelsey. Seu cabelo estava emaranhado. Seus ombros caídos e seus braços pendiam sem vida.

Todas ficaram tensas quando Kelsey puxou uma cadeira e se sentou, quieta. Ela olhou para as meninas sem expressão, seu rosto não revelava nada.

— Veja só, encontrar vocês aqui.

— Olá — respondeu Spencer. Ela gesticulou para Hanna e as outras. — Você se lembra de todas nós, certo? Estas são Hanna e Aria... e você conhece Emily.

— Aham — disse Kelsey com morosidade.

Houve um silêncio longo e punitivo. Hanna olhou para suas mãos no colo, de repente desesperada para ocupá-las com uma lixa de unha ou um cigarro. Ela e suas amigas não haviam discutido exatamente o que diriam a Kelsey quando chegassem ali. Elas nunca tinham estado naquela situação antes: cara a cara com A, podendo perguntar por que as estava torturando.

Finalmente, Kelsey suspirou.

– Bem, meninas, meu terapeuta diz que eu devo pedir desculpas.

Hanna deu uma olhada para Aria. *Desculpar-se?*

– Eu não deveria ter levado você para a pedreira. – Kelsey olhou para Emily. – Meu terapeuta disse que eu a coloquei em perigo.

A garganta de Emily se moveu quando ela engoliu. *Não era esse o intuito?* Hanna queria dizer.

– E eu deveria agradecer-lhe também. – Kelsey olhou para suas unhas, parecendo chateada. – Por salvar minha vida no sábado. Então... *gracias.*

Emily piscou.

– Hum, de nada?

Kelsey colocou uma carta na mão de Emily.

– Isto é para você. Eu a escrevi esta manhã, e ela explica... tudo. Nós não temos acesso a telefones ou computadores aqui, então os psiquiatras nos dizem para escrever cartas para extravasar nossos sentimentos. – Ela revirou os olhos.

– Obrigada – disse Emily, olhando para o pedaço de papel dobrado.

Kelsey deu de ombros.

– Fico feliz que tenha me puxado de volta do penhasco, mas não deveria ter chamado uma ambulância.

Emily ficou boquiaberta.

– Você estava convulsionando! O que deveríamos ter feito?

— Você deveria ter me deixado em paz. Eu teria ficado bem. Já aconteceu antes. — Kelsey começou a fazer em pedaços um guardanapo qualquer que estava na mesa. Seu pescoço começou a apresentar uma vermelhidão. — Os policiais não tiveram a menor tolerância, por causa dos meus antecedentes. Essa foi a terceira vez, então eu volto automaticamente para a reabilitação. E, depois disso, mais tempo de reformatório.

Emily balançou levemente a cabeça.

— Eu não tinha ideia.

— Nenhuma de nós tinha — adicionou Spencer.

Kelsey não disse nada, mas pareceu não acreditar nelas.

Todas se mexeram em desconforto. Então, Spencer se inclinou para a frente.

— Ouça. Sinto muito, você sabe. Sobre... o que aconteceu nesse verão. O que eu fiz na delegacia.

Kelsey olhou para a mesa, ainda sem dizer uma palavra.

— Eu também sinto muito — complementou Hanna. Não havia como ela segurar por mais tempo. — Por plantar a droga em seu quarto. E por chamar a polícia e denunciar você.

Kelsey deu uma risada agitada.

— Já havia muitas pílulas em meu quarto, mas foi muito feio da sua parte chamar a polícia. Eu nem sequer *reconheço* você.

Hanna piscou com força. Então... Kelsey merecia ir para a prisão no fim das contas?

Spencer parecia ter sido pega de surpresa.

— Por que você não me contou que tinha pílulas naquela noite? Nós não teríamos ido comprar no traficante. Não teríamos nos encrencado!

Um sorriso apareceu nos lábios de Kelsey.

— Aquela era minha reserva secreta, Spencer. *Meu* passaporte para uma faculdade da Ivy League, não o seu. Não achei que você teria coragem de ir a North Philly para comprar drogas. Quer dizer, *olha só* para você. — Ela correu os olhos pela túnica Elizabeth and James e pela legging J Brand de Spencer, que Hanna vira à venda na Otter por quase trezentos dólares.

Aria se inclinou para a frente.

— Por que fez isso conosco?

— Fazer o quê? — perguntou Kelsey de forma alheia, erguendo seus olhos de pálpebras pesadas para o grupo.

*Torturar-nos como A*! Hanna queria gritar.

— É por causa de Tabitha, certo? — pressionou Aria.

— Quem é Tabitha? — Kelsey parecia entediada.

— Você *sabe* — insistiu Spencer. — Você sabe de tudo!

Kelsey olhou para elas por um instante, depois fechou os olhos com força.

— Minha cabeça realmente está doendo. Eles me dão tantos remédios aqui. — Ela afastou sua cadeira e ficou de pé. — Francamente, isto é meio estranho. E... aqui. — Ela pôs a mão no bolso da calça do pijama e pegou um pedaço de papel pautado. — Escrevi isso para você também, Spencer.

Kelsey empurrou a carta nas mãos de Spencer.

— Tenham uma boa vida, pessoal. — E então ela saiu da sala caminhando a passos pesados, a barra do pijama se arrastando no chão. Uma enfermeira a pegou do lado de fora da área de visitas e a levou a um pequeno escritório com janelas transparentes. As meninas observaram enquanto ela sentava em uma cadeira de plástico azul. A enfermeira disse algo a ela, e Kelsey assentiu debilmente, sem expressão no rosto.

Hanna se inclinou na mesa.

— O que diabos foi aquilo?

— Ela parecia tão... *diferente*. — Emily olhou para Kelsey do outro lado do corredor. — Tão desesperançada.

Spencer torceu seu anel de prata no dedo.

— Por que ela disse que não conhecia Tabitha? Ela *tem que* conhecer. Ela tem aquelas fotos no celular. Ela me mandou aquela mensagem!

— Ela estava mentindo — disse Aria, decidida. — Tinha que estar.

Então Spencer desdobrou a carta que Kelsey dera a ela e a colocou aberta na mesa. Todas se inclinaram para lê-la. Um único parágrafo estava escrito com uma caneta preta que vazava um pouco.

*Cara Spencer,*

*Aparentemente um dos passos da reabilitação é desfazer a inimizade entre as pessoas, então acho que vou começar com você. Não estou mais brava. Quer dizer, fiquei louca da vida com você por meses depois de cumprir pena no reformatório, me perguntando se você tinha algo a ver com a encrenca, mas eu não sabia ao certo até Emily me contar na sexta-feira. Então você se safou; que bom para você. Eu não a culpo de verdade, acho que não. Quando mandei a mensagem para você na sexta-feira dizendo que precisávamos conversar, achei que conseguiria me manter calma, mas então vi você e fiquei tão brava! Só que você também estava brava. Mas até desculpo você por ter me magoado. Não sei qual é o seu problema, mas você precisa de ajuda com urgência.*

*Boa sorte com tudo. Pense em mim quando estiver em Princeton — Rá, até parece.*
*Kelsey.*


— Nossa — disse Hanna quando terminou de ler.

— Eu não entendo. — Spencer olhou para Emily. — Ela *não sabia* o que eu tinha feito até você contar a ela? Se ela é A, como isso é possível?

— Ela pareceu realmente surpresa quando contei a ela na festa do elenco — murmurou Emily. — Mas depois, na pedreira, achei que ela estava mentindo, que sabia o tempo todo.

Hanna apontou para a carta de Emily.

— O que diz a sua?

Emily olhou aflita para cada uma delas, quase como se preferisse ler a carta sozinha, mas então encolheu os ombros e desdobrou a carta.

*Cara Emily,*

*Acho que tenho que explicar algumas coisas. Sei que estraguei tudo e a arrastei junto. Sinto muito. Mas estou brava com você também. Você guardou um enorme segredo de mim.*

*Quando a conheci, eu estava limpa e sóbria. Feliz. Animada por fazer uma nova amiga. Mas então entendi quem você era e quem você conhecia. Aquilo me fez pensar em Spencer, e todas as lembranças ruins voltaram. Então, comecei a tomar os comprimidos de novo. Tomei antes de irmos ao boliche e antes de andarmos na trilha. Tomei na peça. Você me perguntou o que estava errado, mas não lhe contei. Eu sei que você tentaria tudo ao seu alcance para me impedir, e eu não queria parar.*

*Assim que você me contou o que Spencer fez, afoguei minhas mágoas, tomando mais comprimidos do que podia aguentar. Eu estava fora de mim na pedreira e sinto muito se a coloquei em perigo. Não posso agradecer o suficiente por me tirar da beirada, e, embora eu esteja louca da vida por estar na reabilitação, meu terapeuta diz que se eu me empenhar talvez realmente fique boa. Nunca se sabe.*

*E, ah, eu também sou mentirosa. Fiz coisas das quais não me orgulho, coisas que ninguém jamais colocaria na Lista de Tarefas para Ser Uma Garota Má. Colei no exame de admissão para a faculdade. Subornei um professor do segundo ano para me dar um A beijando-o no depósito de suprimentos. E, quando eu estava na Jamaica para o recesso de primavera, encontrei um cara na primeira tarde e saí com ele algumas horas depois. Fui para o outro lado da ilha, deixando minhas amigas sem carro e sem dinheiro.*

*Então, veja, você não está sozinha quando se trata de pessoas ruins. Eu perdoo você e espero que possa me perdoar também. Talvez algum dia possamos ser amigas de novo.*

*Ou talvez a vida seja uma droga, até que, no final, você morre.
Kelsey.*

Quando todas acabaram de ler, Emily dobrou a carta de novo, com lágrimas nos olhos.

— Pobre Kelsey.

— Pobre *Kelsey*? — explodiu Spencer. — Pobre *de você*!

— E, pessoal, *Jamaica*. — Aria apontou para o final da página. — Esta parte onde diz que ela foi embora com o cara no primeiro dia. Poderia ser *verdade*?

Hanna olhou para o corredor de novo. Kelsey ainda estava sentada no escritório da enfermeira, mexendo no fio da calça do pijama.

— Se for, ela não teria nos visto com Tabitha. Ela certamente não teria visto... o que aconteceu.

— Talvez ela estivesse falando a verdade quando disse que não sabia quem era Tabitha — sussurrou Emily.

Spencer balançou a cabeça, seus brincos compridos oscilando.

— Não é possível. E aquela foto que ela me mandou de Tabitha na praia... *morta*?

Uma luz se acendeu na mente de Hanna.

— Deixe-me ver seu celular.

Spencer deu uma olhada esquisita para ela, mas então pensou bem. Hanna abriu as mensagens salvas e procurou pelo histórico. As mensagens de A ainda estavam lá: *Você nos machucou. Agora eu vou machucá-la.* Mas Spencer também tinha pelo menos vinte mensagens não lidas de sexta-feira depois da peça. Muitas delas eram de sua família ou amigos ou daquele garoto da peça, mas uma era de um número desconhecido com código de área 484.

Hanna a abriu. *Emily me contou o que você fez, vadia*, estava escrito. *Precisamos conversar. Kelsey.*

— Meu Deus — sussurrou Hanna, mostrando-a a Spencer. — E se *esta* for a mensagem sobre a qual ela estava falando na carta? A mensagem a que ela se referia na noite de sexta-feira?

O sangue se esvaiu do rosto de Spencer.

– M-Mas eu não vi isso na sexta-feira. Tudo o que eu vi foi aquela foto de A, então Kelsey apareceu e eu juntei as coisas, e...

Ela deixou o celular cair na mesa. Percorreu a sala com o olhar, parecendo que tentava se agarrar a algo estável e sólido.

– Kelsey deve ter mandado as duas mensagens.

– Mas e se ela não mandou? – sussurrou Hanna. – E se essa segunda foi de outra pessoa?

Todas se entreolharam, de olhos arregalados. Então Hanna se virou e espiou o escritório da enfermeira do outro lado do corredor. Elas precisavam resolver isso. Precisavam perguntar a Kelsey o que estava acontecendo.

Mas o escritório estava vazio. A enfermeira se fora... e Kelsey também.

# 38

## ALGO MALVADO VEM PARA ESSE LADO

— A hora de visita acabou — disse uma enfermeira, enfiando a cabeça na sala de visitas. — Se quiserem marcar outra hora para amanhã, podem vir entre meio-dia e duas da tarde.

Emily mordeu a bochecha por dentro. Elas tinham aula no dia seguinte.

— Há como ligarmos para Kelsey? — perguntou ela. — Temos uma perguntinha rápida para ela. É importante.

A mulher brincou com o crachá que estava pendurado em sua jaqueta.

— Desculpe, mas ligações são proibidas para os pacientes. Queremos que eles se concentrem no trabalho que fazem aqui dentro, sem lidar com nada do mundo exterior. Mas, como eu disse, se quiserem vir para uma nova visita... — Ela abriu a porta que levava ao corredor que, por fim, desembocava no saguão.

Não havia nada a fazer a não ser obedecer. Emily seguiu Spencer, Hanna e Aria pelo corredor, e sua cabeça não parava de trabalhar. A carta de Kelsey para Spencer era enigmática, e a que escrevera para Emily era certamente trágica. Kelsey realmente não vira o que elas fizeram com Tabitha... ou era só mais um de suas manipulações ao estilo A? Se ela não sabia, no que Kelsey estava pensando quando disse que Emily era uma pessoa terrível? Talvez fosse simplesmente porque Emily tinha guardado segredo sobre o que Spencer fizera a ela. Kelsey confiara em Emily, afinal.

— Então o que fazemos? — sussurrou Emily. — Vamos visitá-la outro dia?

— Acho que sim — disse Spencer. — Se ela nos receber.

As meninas percorreram lentamente o corredor, iluminado pela luz desagradável das lâmpadas fluorescentes no teto e com portas bem fechadas de cada lado.

— *Olhe* — esganiçou Aria, parando em uma pequena alcova onde havia um bebedouro. Na parede interna estavam dezenas de nomes rabiscados com diferentes cores de canetas. PETRA. ULYSSES. JENNIFER. JUSTIN.

— Esta era minha companheira de quarto — sussurrou Hanna, apontando para o grande IRIS escrito com canetinha rosa. — A que achei que fosse A.

Então Emily espiou algo no canto, uma assinatura tão assombrosamente conhecida que ela sentiu os joelhos bambos. COURTNEY, estava escrito com letras cheias prateadas. Era a mesma caligrafia do mural do sexto ano, onde todos tiveram que estampar as palmas das mãos e escrever alguns adjetivos sobre si mesmos. Era uma caligrafia muito similar também à da *verdadeira* Courtney, a garota que Emily conhecera como Ali. Emily imaginava Sua Ali escrevendo o nome dela no cabeçalho da prova de vocabulário, a letra '*e*' em DiLaurentis tão cheia de voltinhas quanto a desse *Courtney*, as letras ligeiramente inclinadas para a frente da mesma maneira. Courtney quisera ser como Ali nos mínimos detalhes – e conseguira.

As outras meninas seguiram o olhar de Emily.

– Então ela esteve mesmo aqui – disse Spencer, baixinho.

Hanna fez que sim.

– Ver uma prova torna tudo tão real.

Emily olhou para a assinatura mais uma vez, depois para o corredor triste e impecável da Preserve. Como deve ter sido para a Verdadeira Ali ficar presa neste lugar, sem ninguém acreditar que ela era quem dizia ser por quase quatro longos e miseráveis anos? Ali devia ter ardido de raiva por sua irmã ter feito a troca. Devia ter fumegado de ódio de Emily, Aria, Spencer e Hanna por estarem no lugar errado na hora certa também. Cercada por estas paredes, ela tinha maquinado seu plano de volta, orquestrado o assassinato de sua irmã, feito seus planos como A e podia até mesmo ter planejado o incêndio de Poconos.

E, se o instinto de Emily estivesse certo, ela ainda estaria por aí. Viva.

Emily se voltou para suas velhas melhores amigas, perguntando-se se deveria contar a elas o segredo que guardara por mais de um ano. Se elas fossem recomeçar direito e realmente ficar próximas de novo, ele teria que ser revelado em algum momento, certo?

Mas então Hanna suspirou e empurrou a porta de saída no fim do corredor. Spencer a seguiu, depois Aria. Emily deu uma última olhada para dentro das dependências da clínica. Uma gargalhada distante e aguda ecoou em seus ouvidos. Ela pulou, virando para trás. Mas, é claro, ninguém estava lá.

As meninas seguiram pelo gramado em direção ao estacionamento. Um jardineiro estava ajoelhado com as mãos no chão, removendo a grama seca dos canteiros de flores. Uma bandeira do estado da Pensilvânia esvoaçava em um mastro, fazendo um barulho estalado com o vento. Pela primeira vez em muito tempo, conforme elas andavam caladas e em fila, Emily não se sentiu esquisita perto das antigas amigas. Em vez disso, sentiu-se confortável. Limpou a garganta.

– Talvez pudéssemos sair juntas nesta semana – disse ela suavemente. – Tomar café ou algo assim.

Aria ergueu os olhos.

– Eu gostaria disso.

– Eu também – disse Hanna. Spencer sorriu e deu um encontrão no quadril de Emily. Uma agradável sensação de satisfação envolveu Emily, como um cobertor grosso. Pelo menos uma coisa boa acontecera. Ela não percebera o quão desesperadamente sentia falta das velhas amigas.

As meninas passaram por um banco de ferro perto do mastro da bandeira. Era possível que tivesse sido instalado recentemente; a base de cimento parecia ter sido colocada fazia pouco tempo. Havia uma placa de cobre brilhante em frente ao banco, um buquê de lírios perto dela. Emily olhou para a placa sem prestar atenção, seus olhos só passando pelas letras, sem realmente ler. Então, ela parou antes de terminar e leu de novo.

– Ei, pessoal.

As outras meninas, agora alguns passos à frente, voltaram-se. Emily apontou para a placa no chão.

Todas olharam para as letras recém-entalhadas. ESTE BANCO É DEDICADO A TABHITA CLARK, EX-PACIENTE NO PRESERVE em Addison-Stevens. Descanse em paz. Os anos de seu nascimento e de sua morte estavam inscritos abaixo da mensagem. Eram os mesmos da Verdadeira Ali.

— Oh, meu Deus — sussurrou Spencer. Aria colocou a mão sobre a boca. Hanna recuou, virando-se de costas.

— Tabitha esteve...? — disse Spencer.

— Por que isso nunca apareceu nas reportagens, nos artigos? — Aria balançou a cabeça.

Emily olhou em volta para as outras, fazendo uma ligação assustadora.

— Vocês acham que ela conhecia...?

Todas se entreolharam, horrorizadas. O vento soprou, arrastando folhas mortas e secas para cima do nome de Tabitha. Então o celular de Aria tocou. Segundos depois, o celular de Spencer, enfiado no fundo da bolsa, soou. O celular de Hanna emitiu um silvo. E o celular de Emily vibrou em seu bolso, fazendo-a saltar.

Emily sabia de quem era a mensagem sem ter que olhar. Ela olhou para suas amigas, confusa.

— Pessoal, Kelsey não pode fazer ligações de dentro da Preserve. Ela não tem celular.

— Então... — Hanna olhou para o celular. — Quem escreveu?

Com as mãos trêmulas, Emily pressionou ler. E depois fechou os olhos, percebendo que não estava tudo terminado. Nem perto de acabar.

**Procurem por aí o quanto quiserem, vadias. Mas vocês nunca me encontrarão. – A**

O QUE ACONTECE DEPOIS...

Essas mentirosinhas não conseguem deixar de ser más, e eu não consigo fazer mais nada a não ser torturá-las. Acho que isso é uma *relação simbiótica*, certo? Spencer saberia – ou espere, talvez ela estivesse chapada durante aquela aula? Ah, não!

    Logo quando a pobre Emily mijona pensou que havia conseguido uma nova melhor amiga, Kelsey foi lá e quase a matou. Ainda tem uma queda por meninas más, Em? Hanna pensou que era Julieta em um amor proibido. Que romântico. Talvez ela devesse ter escutado quando eu avisei a ela como a original acabou. E Aria – ah, Aria. Ela retornou a alguns velhos e maus hábitos. Afinal, aqueles que não aprendem com a história estão fadados a repeti-la. Tomara que ela nunca aprenda a lição.

    Eu diria que essas senhoritas precisam de férias, mas, dado o que elas fizeram da última vez, essa provavelmente não é a melhor ideia. Além disso, observar como o drama se desdobra é como férias *pour moi*! Há tantas coisas que ainda precisam ser explicadas, aqui mesmo, em Rosewood. Como a estadia de Tabitha na Preserve. Quem ela conheceu? E quanto sabia? Bem, isso cabe a mim saber e a você descobrir... no final.

Até a próxima, vadias.

Mwah! – A

## AGRADECIMENTOS

Não posso acreditar que estou escrevendo os agradecimentos de Pretty Little Liars 10. Tenho muita, muita sorte pela série ter continuado por tanto tempo – e por trabalhar com tantos editores e colaboradores maravilhosos, além de pessoas brilhantes a minha volta que ajudam a tornar a série tão atraente e interessante quanto ela é. É o mesmo grupo de pessoas de sempre, mas tenho uma enorme dívida de gratidão com Lanie Davis, Sara Shandler, Josh Bank, Les Morgenstein e Kristin Marang da Alloy Entertainment por darem apoio, serem confiáveis, inteligentes e compreensivos durante todo esse processo. Vocês tornam tudo isso muito mais fácil, e fico impressionada por ainda sermos parceiros depois de todos esses anos.

Obrigada também às pessoas a quem dediquei este livro – Farrin Jacobs, Kari Sutherland, Christina Colangelo e Marisa Russell da Harper Teen. Farrin e Karin são editores sensacionais, com uma visão sensacional, que torna esses livros não bons, mas ótimos. Christina é meu guru digital – ela é o gênio por trás das muitas competições do Twitter! E Marisa organizou um grande tour para mim nesse verão, no qual eu conheci tantos dos meus maravilhosos leitores. Sinto-me muito segura e bem cuidada por vocês, pessoal, e estou tão animada quanto ao futuro!

Obrigada também a Andy McNicol e Jennifer Walsh da William Morris, ao ótimo pessoal da televisão, que continua a produzir episódios eletrizantes de *Pretty Little Liars*, incluindo Marlene King, Oliver Goldstick, Lisa Cochran-Neilan, todos são fantásticos escritores, diretores, produtores e funcionários, e, claro, Lucy, Shay, Ashley, Troian... e Sasha! Não vamos nos esquecer da querida que interpreta Ali!

Obrigada a Andrew Zaeh, que aguentou registrar todos aqueles presentes no chá de bebê, e a Colleen McGarry por estar maravilhosamente por perto – e encontrar os melhores *cupcakes* do mundo para o meu marido. Falando no assunto, muito amor para o meu marido, Joel, e para os meus pais, Shep e Mindy, e para Ali, que, permitam-me lembrar a todos, não é nem um pouco como a Ali dos livros... nenhuma delas.

No livro anterior, esqueci de agradecer a Mia Rusila por toda a ajuda com a tradução do francês, então, já que Klaudia ainda está no rolo, gostaria de expressar publicamente minha gratidão. Obrigada a todos os fãs que conheci nesse verão durante o tour, todos os fãs com quem falei no Twitter e todos os outros que são inspirados pelos livros ou pela série de televisão. Todos vocês fazem escrever o livro valer a pena. Continuem e me prometam que manterão seus segredos a salvo de A!

Leia também:

**THE LYING GAME**

**O JOGO DA MENTIRA**

Este livro foi impresso na Gráfica JPA Ltda., Rio de Janeiro – RJ.